LES EFFACÉS

BERTRAND PUARD

LES EFFACÉS

(OPÉRATION 6) STATION DUMAS

hachette

Hachette Livre, 43 quai de Grenelle, 75015 Paris.

Pour Bérénice, ma nièce,
à qui je souhaite de belles aventures !

PROLOGUE

L'homme était seul sur son île, comme dans un désert. Lorsqu'il vit les lueurs des torches sur le rivage au-delà du bras de mer, ses yeux se plissèrent, simplement, et ce fut tout. Il n'eut pas d'autre réaction, alors qu'il savait pertinemment que ceux qui tenaient les torches embarquaient pour le massacrer.

La lune ardente bringuebalait dans le ciel clair, cherchant à accélérer sa course imposée, sûrement pour ne pas avoir à éclairer ce qui allait venir, à se rendre complice de ce qui se passerait bientôt.

À présent, plus d'une douzaine de barques fendaient les flots calmes. Si ce bout de mer paraissait déchaîné, ce n'était pas la faute du mistral, c'était celle de ces cohortes qui ramaient comme si elles avaient le diable aux trousses, hurlant, ahanant, éructant, les hommes, les femmes, les enfants même, qui, en place des épées, brandissaient des couteaux. Pourtant ceux-là étaient persuadés que le diable n'était pas derrière eux, qu'il était devant, sur cette île, dans cette tour, très certainement, à prendre encore quelques décisions dont ils pâtiraient sous peu. Il était leur prince, ils étaient son peuple.

Le prince, justement, on ne le distinguait plus sur le rivage de l'île. Non qu'il ait effectué le moindre pas en arrière ou sur le côté, mais parce qu'il se trouvait caché par sa tour qui était en fait son château. Sur son île de porphyre, sur cette île où il venait déjà seul pour lire et penser à cette exquise période de l'enfance, la seule qui vaille, l'homme avait fait édifier une simple tour crénelée de cinq étages où il vivait désormais. Et cette tour de pierre orangée, elle aussi, aurait été en mesure de contenir l'assaut qui se préparait. Le prince aurait très bien pu se réfugier dans son bureau, au cinquième étage, celui qui offrait cette vue bouleversante sur le cap qu'il aimait tant. En fermant toutes les portes à double tour, en armant ses chausse-trapes et en lâchant ses bêtes, il aurait peut-être tenu le siège. Peut-être. Mais il n'en avait nullement l'intention.

Lorsque les barques se trouvèrent à mi-distance de son île, il souleva sa main droite avec une nonchalance tout étudiée. Alors, une lueur apparut à une des fenêtres du premier niveau, et deux nains, portant des vestes et des pantalons en velours incrustés de pierres précieuses, sortirent de la tour. Ils souriaient. Mais ils ne souriaient pas comme on sourit par convenance, pour faire comprendre à l'autre qu'en somme tout va bien. Non, ils souriaient toutes dents dehors, tels des déments, comme si, même, on leur avait coupé les lèvres et une partie des joues, laissant les gencives à vif. Leurs ombres translucides s'étendaient sur les pics de porphyre au triple de leur taille.

Le nain de gauche tenait une chaîne à la main. Au bout de cette chaîne marchait un lion. Le nain de droite avait enroulé une corde autour de son poignet. Au bout de cette corde gambadait un renard. Les deux serviteurs du prince amenèrent les animaux près de leur maître puis les détachèrent. Ils battirent alors en retraite, marchant à reculons vers la tour en suivant le même chemin qu'à l'aller. Les cris et les insultes, les promesses de mort qu'on entendait venir des embarcations n'avaient pas réussi à altérer la vigueur de leurs sourires.

— Merci pour votre aide, dit simplement l'homme en s'inclinant tour à tour devant le lion, puis devant le renard.

Le puissant animal des savanes, les yeux rivés sur ces torches, ces petites boules de feu qui se rapprochaient, émit un grognement poli. Celui des forêts se contenta de gratter la roche avec une patte après avoir fait frémir ses moustaches et cligné de l'œil.

Alors le prince s'éloigna, laissant ses deux bêtes face aux barques qui approchaient. Il monta sur un rocher plus imposant que les autres et se tint là, dressé, la jambe droite légèrement fléchie et la main gauche à la taille. Il ne voulait rien perdre de cette tragédie dont l'accostage des embarcations serait le premier et le dernier acte. Et il n'en perdrait rien car son nom à lui, le prince, figurait tout en haut de la liste des personnages.

La première barque se brisa littéralement contre les rochers. Les deux rameurs, des hommes aux muscles saillants, au corps couvert d'une sueur poisseuse qui avait la consistance d'une huile, avaient refusé de ralentir leur cadence à l'approche de l'île. Ils tombèrent à l'eau avec d'autres hommes, des femmes et des enfants, mais tous parvinrent à s'agripper à des éperons pour regagner la roche ferme, les yeux pourtant brûlés par le sel. Cette mésaventure décupla leur rage d'en découdre avec le prince. Ce fut ce premier groupe qui posa les pièges. Les enfants, dont le plus jeune devait avoir cinq ans et le plus vieux dix, écartaient les grandes mâchoires de fer tandis que leurs aînés les fixaient au sol en assénant des coups de marteau à même de fissurer l'île tout entière.

Sur leur gauche, deux autres barques accostèrent en douceur et, cette fois, en plus des humains, quatre loups descendirent, quatre loups au pelage gris, extrêmement soyeux, et aux yeux jaunes, qui coururent immédiatement en direction du renard.

L'animal tenta vainement d'éviter la meute. Il était intelligent et rusé, il avait un plan, il connaissait l'île. Mais le plus gros des loups se jeta sur lui, le mordant au flanc, et bientôt les trois autres carnivores plantaient à leur tour leurs crocs entre les côtes de l'animal, secoué en tous sens. Des bouts de chair et des touffes de poils volaient au-dessus de la curée. Des rires s'élevèrent, des cris de joie retentirent.

Le prince, sur son promontoire, observait, toujours dans cette même position, ne détournant absolument pas le regard lorsqu'il découvrit ce que les loups avaient laissé de son renard – une sorte de masse informe dans laquelle on ne distinguait plus rien d'animal. Il vit les autres barques arriver, et, à la vive lumière des torches, tous ces doigts accusateurs, vengeurs, le désignaient. Et les ombres de cette centaine d'index s'étendirent sur les rochers devant lui, s'étendirent si bien que certaines l'atteignirent presque.

— À mort ! hurla un homme.

— À mort ! reprirent les femmes et les enfants.

Le lion, qui s'était dirigé vers le premier groupe en rugissant, pour l'effrayer, n'avait pas eu l'intelligence d'éviter les pièges adroitement posés par ses ennemis, et il emprisonna ses deux pattes avant entre les énormes mâchoires des pièges. Il se débattit mais, loin d'être une solution, cette conduite insensée planta les triangles de fer plus profondément encore dans sa chair. Après une dernière ruade, le lion s'affaissa, perdant toute sa majesté. Il se vidait de son sang et une mare de liquide carmin, presque orangé, qui se confondait avec la roche, s'était formée sous lui. Des enfants hilares vinrent aussitôt patauger dedans, montant sur le lion mort, même, en se servant de ses flancs comme de toboggans.

Ces deux séides éliminés, les hommes, les femmes et les plus jeunes brandirent alors leurs armes et on vit à leurs gestes qu'ils ne quitteraient pas l'île sans avoir fait subir le même sort au prince. Ils se séparèrent en deux groupes de taille égale, l'un prenant tout droit, vers la tour, pour la saccager, et l'autre obliquant sur sa droite afin de s'occuper du propriétaire des lieux. Mais, pour l'animal comme pour l'homme, l'odeur du sang versé est plus alléchante que celle du bois qui brûle ou de la pierre qui fond, et ces deux colonies noires se rejoignirent bientôt à quelques mètres à peine du prince, qui se tenait toujours dans la plus parfaite immobilité.

Les hommes, les femmes et les enfant s'agglutinèrent autour de lui, formant un cercle compact. Les plus proches de lui se figèrent, interdits. Le silence se fit. Ils se dévisageaient intensément, et le prince ne se trompa pas sur ce temps d'arrêt. Ils n'hésitaient pas devant l'infâme forfait qu'ils s'apprêtaient à commettre. Ils se demandaient simplement qui allait porter le premier coup.

— J'ai été conciliant, trop peut-être, dit alors le prince de sa belle voix de stentor. Mais j'ai beaucoup appris avec vous.

Ses paroles devinrent inaudibles car, lorsqu'on commença à le frapper à coups de poignard et à mains nues, lorsqu'on déchira ses vêtements précieux de tous côtés, que certains se mirent à le piétiner, les membres de la horde s'encouragèrent en lançant de grands cris de satisfaction. Et, pendant cette première phase de l'attaque, le visage du prince ne reflétait toujours aucune émotion, aucune souffrance, aucune douleur. Le seul changement de sa physionomie se trouvait dans l'éclat de ses yeux bleus, devenus plus brillants, plus magnétiques encore à mesure que les coups pleuvaient.

L'homme mourut vite, pourtant on continua de le frapper à terre longtemps après, car chacun voulait s'assurer d'avoir participé à cette mise à mort. Alors, les lueurs des torches s'estompèrent et les couleurs de l'île et de ses bourreaux prirent une étonnante teinte sépia.

Même si leur tâche était loin d'être terminée, et même s'il restait à détruire cette tour, ce symbole encore debout de la puissance du prince, la horde s'accorda une pause, et on vit des petits groupes se former tout autour du cadavre mutilé du maître des lieux. On se réunit en plusieurs cercles d'une dizaine de personnes, et des femmes sortirent de leurs besaces de l'eau-de-vie, du pain et de la viande crue que tous ingurgitèrent avec avidité en jetant des regards encore chargés de haine sur la dépouille.

Un des hommes, le plus grand, le plus robuste aussi, continuait même à invectiver le corps avec des mots très durs, des insultes d'une violence inouïe. À un moment, il n'y tint plus et cracha sur le sol un bout de viande à moitié mastiqué. Il se leva d'un bond, le visage rubicond, et dégaina un poignard de sa ceinture. En deux pas de géant, il se trouva derrière la tête du prince, empoigna les quelques cheveux bruns qu'il lui restait et exhiba la gorge de leur victime, déjà marbrée de supplices. Il posa dessus la lame de son poignard qui étincelait curieusement, et tous les regards présents à cet instant, ceux des hommes et ceux des dieux, convergèrent alors vers cette lumière qui imposait sa force. Il fallait que tout le monde voie cette ultime souillure, que tout le monde prenne conscience qu'ils avaient gagné, eux, et qu'il avait perdu, lui.

Mais une jeune femme aux cheveux longs couleur de paille bondit auprès du géant et lui retint le poignet, l'implorant dans un souffle :

— Non ! Tu ne peux pas ! Pas devant nos enfants !

Des enfants, qui jouaient tout près à la marelle avec le museau sanguinolent du renard en guise de caillou et s'étaient arrêtés pour observer la scène, se mirent à insulter la blonde.

— Mêle-toi de ce qui te regarde ! Si tous les adultes de notre peuple étaient aussi fiers que nous, voilà bien longtemps que le prince serait tombé !

Et l'un d'eux, un gamin de sept ans, qui portait un silex taillé à la ceinture, lui lança à la figure une masse spongieuse et gorgée d'un liquide encore chaud. Le foie du renard, peut-être. Cela déclencha des rires insensés. La jeune femme se retira, défaite.

La tête du prince fut tranchée d'un geste sec. Tout à leur joie, à leur communion, les membres de l'assemblée ne remarquèrent pas que les yeux clos du seigneur de l'île s'ouvrirent en grand lorsqu'on planta la chair du cou en haut d'une lance, et qu'ils n'avaient rien perdu ni de leur intelligence ni de leur éclat. L'homme qui avait commis ce sacrilège tenait l'arme haute, exhibant son trophée, et il mena la horde jusqu'à la tour en sautant sur les rochers. Des gouttes de sang voletaient en tous sens depuis la pique, et certaines femmes, hilares toujours, ouvraient la bouche, tiraient la langue pour recueillir le breuvage et le recracher aussitôt.

— Va ! C'est nous, à présent, qui t'avons saigné !

Ils ne parvinrent pas à réduire la tour en miettes. Ils y entrèrent à cent puis en ressortirent ivres de joie après avoir saccagé tout ce qui pouvait l'être, et balancé par les fenêtres ce qu'ils n'arrivaient pas à détruire. On mit le feu aux rideaux, au linge, aux tapisseries, aux livres surtout, qu'on réunit sur le sol de la bibliothèque avant d'y jeter plusieurs torches. On ne trouva pas les deux nains qu'on avait cru apercevoir depuis les barques, avant l'accostage, mais peut-être était-ce seulement une vision.

Dans le ciel pourtant dénué de tout nuage, la lune avait bel et bien disparu lorsque les barques reprirent la mer en direction du rivage. L'embarcation chargée du trophée prit la tête du convoi.

L'île retrouva son calme et, lorsque la dernière flammèche se fut éteinte dans la bibliothèque, les deux nains sortirent de la tour. Ils souriaient toujours, laissant parfois échapper de petits rires flûtés. La lune se remontrait timidement, ils s'en rendirent compte en observant l'éclat revenu sur les pierres précieuses dont étaient incrustés leurs vêtements, comme autant de lucioles déchaînées aux couleurs de l'émeraude, du saphir et du rubis. Les deux serviteurs du prince sautaient de rocher en rocher, de pic en plateau, donnant l'impression de maîtriser parfaitement ce parcours pour le moins erratique.

Le premier s'occupa de délivrer les pattes du lion des mâchoires de fer et, ayant hissé la lourde bête sur son dos, il mit le cadavre à la mer. Le second observa le même cérémonial avec ce qui restait du renard. Il ramassa à mains nues la dépouille et les quelques viscères restants et les jeta dans les flots. Puis ils se retrouvèrent, toujours gambadant, près du corps décapité du prince. L'un le prit par les jambes, l'autre par les épaules, et ils le portèrent dans une pièce secrète située dans les tréfonds de la tour, à laquelle on accédait par une porte dérobée et un escalier en colimaçon creusé dans la roche. L'endroit ne comportait aucune fenêtre. Le seul éclairage consistait en une maigre chandelle à moitié consumée.

Les deux nains déposèrent le corps sur une table en bois. L'un nettoya les plaies, s'attardant plus particulièrement sur celle du cou, l'autre ouvrit une armoire aux lourdes portes de bois qui contenait plusieurs pots d'herboriste et, plus étrangement, une dizaine de têtes du prince alignées les unes à côté des autres, dans un état de perfection absolue. Le nain prit la première d'entre elles sous son bras, ainsi qu'un pot de terre marron portant la mention *Mandragora officinarum*. Tandis que son compère terminait le nettoyage du corps et refermait les lésions avec du fil, lui ôta du pot une dizaine de grandes feuilles vertes et elliptiques qu'il déplia et plaça dans un broyeur. Il y ajouta trois fleurs comportant chacune cinq pétales pourpres, choisies avec soin, puis y versa un liquide verdâtre puisé dans une sorte de bénitier taillé à même la roche. Il commença aussitôt à pilonner les ingrédients, alternant entre des coups de haut en bas et des mouvements circulaires pour faire venir la préparation au centre. Lorsqu'il obtint une pâte blanche et scintillante, il se mit à en badigeonner la base de la tête extraite de l'armoire, qu'il avait posée avec douceur sur la table. Puis il étala la mixture sur la plaie béante du corps, au niveau du cou. L'un et l'autre procédèrent de concert à l'assemblage des parties, qui coïncidèrent parfaitement. Aussitôt le contact effectué, la pâte, après un dernier éclat très vif qui illumina la pièce entière, cessa de scintiller et fut totalement absorbée par les chairs.

Le prince ouvrit alors les yeux, plus bleus que jamais, et se redressa aussitôt sur la table. Il se massa le cou, vierge de toute cicatrice, puis se sentit assez fort pour reprendre équilibre sur ses deux pieds.

— Merci pour votre aide, dit-il aux deux nains, qui refermèrent la grande armoire et quittèrent la pièce après deux superbes révérences.

L'homme sortit aussi de la pièce souterraine et monta tout en haut de sa tour saccagée sans paraître le moins du monde affecté par la perte de tous ses biens. En passant devant sa bibliothèque réduite en cendres, il n'eut pas même un signe de contrariété, pas un cillement, rien, comme si tout cela était naturel, déjà connu. Comme si le prince vivait cet instant pour la énième fois.

Au cinquième et dernier étage, il parvint à retrouver une partie de son bureau et releva trois planches, les emboîtant les unes dans les autres pour que la structure lui offre quelques instants de solidité.

Il voulait écrire.

Il glissa la main à l'intérieur de sa veste souillée pour en extraire sa plume favorite, mais le morceau de métal s'était profondément incrusté dans sa chair, à l'endroit du cœur, et il lui fut impossible de l'en dégager. Alors il chercha sur le sol son plumier que les gens de son peuple avaient pulvérisé contre un mur. Il parvint à récupérer la plus petite des plumes et la trempa dans un interstice au sol, entre deux pierres, où s'était déversé le contenu noir d'un encrier.

Il devait absolument écrire.

Il se mit à la fenêtre pour profiter de la lumière céleste qu'il n'avait jamais trouvée aussi éclatante qu'en cet instant et posa une feuille froissée sur l'appui. Au même moment, dans leur village, les hommes, les femmes et les enfants devaient s'enivrer de leur victoire en contemplant la tête tranchée de leur maître. Personne ne jugea nécessaire de diriger son regard vers cette tour qui reprenait vie peu à peu.

Le prince écrivit de sa belle écriture, aux lettres droites et serpentantes, reflétant à la fois toutes ses qualités et tous ses défauts :

Il est plus sûr d'être craint que d'être aimé

Et il inscrivit en dessous, toujours de son trait racé :

Rien n'est aussi désespérant
que de ne pas trouver une nouvelle raison d'espérer

Le prince souriait.

L'image se fondit alors.

Et l'écran devint noir.

(1)
PALAIS DE L'ÉLYSÉE, PARIS, 5 SEPTEMBRE

Le coup de téléphone les avait pris par surprise.

C'est Neil qui l'avait reçu sur son portable. Marie-Ange Mouret conviait les Effacés à l'Élysée. Elle souhaitait les remercier, tout simplement, de l'avoir délivrée de l'île du Prince, en Érythrée. Depuis le mois de juin, depuis que Marie-Ange Mouret s'était définitivement installée au palais pour les cinq années à venir, elle n'avait pas eu le moindre contact avec Ilsa, Zacharie, Neil, Mathilde, Anouar, José et Elissa. Ni avec Nikolaï Stavroguine, d'ailleurs, on pouvait s'en douter. Si les Effacés acceptaient cette invitation délivrée en personne, ils devraient se conformer aux consignes du chef de l'État afin que la rencontre ait lieu en toute discrétion. Elle exposait donc la date et l'heure, le 5 septembre à 11 h 30 du matin, et annonçait qu'un monospace du parc automobile de l'Élysée viendrait les chercher à leur adresse qu'elle supposait commune.

— Ne me donnez pas immédiatement votre réponse, parlez-en entre vous... avait conclu Marie-Ange Mouret. Sachez que je vous dois beaucoup et que j'ai un certain nombre de choses à vous proposer. Bien évidemment, M. Stavroguine, qui a été d'un grand soutien pour vous, est aussi mon invité.

Plus important encore, elle avait précisé :

— Et je répondrai à vos questions, si vous en avez à me poser.

Les Effacés s'étaient concertés et avaient décidé à l'unanimité de s'y rendre. À l'unanimité moins deux personnes, puisque José avait quitté le groupe au milieu de l'été, partant avec Anke loin, très loin de la civilisation, dans un endroit inconnu, et que Mathilde, depuis la mort brutale d'Émile, n'avait toujours pas adressé le moindre mot à ses compagnons. La jeune fille restait murée dans le silence, le regard dans le vide, depuis bientôt deux mois, s'efforçant, sur l'insistance de ses amis, d'ingérer quelques aliments de temps à autre pour ne pas mourir tout à fait. Nikolaï avait appelé plusieurs médecins, un psychiatre américain, un autre japonais, un grand professeur russe spécialisé en neurologie, mais aucun n'était venu à bout de la carapace de l'adolescente. Émile avait été enterré à Saint-Raphaël, non dans le caveau familial puisqu'il était censé s'y trouver déjà, mais dans un caveau non loin, et le groupe avait fait graver sur la pierre tombale le prénom uniquement. La cérémonie, très courte mais d'une vibrante émotion, avait été célébrée par ses seuls amis ainsi que Nikolaï. Chacun avait dit un mot au bord de la tombe, à l'exception de Mathilde, qui était restée là aussi dans son monde. Ils ne surent même pas si elle était consciente de se trouver aux obsèques d'Émile.

Neil avait donc rappelé Marie-Ange Mouret et lui avait communiqué leur accord. Nikolaï Stavroguine se joindrait au groupe, le Russe trouvait cela splendide : lui, le fomenteur de la révolte, le leader déchu des rebelles, reçu à l'Élysée par la représentante d'une société qu'il souhaitait toujours ardemment détruire.

Depuis le coup de téléphone présidentiel, et dans l'attente de la rencontre, le Russe se laissait aller à de grands éclats de rire entre lesquels il développait ses idées de rébellion, une fois qu'il serait entré dans le palais.

— Je ne vais pas mettre le feu aux rideaux, disait-il, je vais plutôt aller en cuisine pour mélanger de la mort-aux-rats au ras el-hanout de la Mouret puisque j'ai lu qu'elle raffolait du couscous...

Lorsque le jour J arriva, deux monospaces vinrent chercher les Effacés place Dauphine, à l'adresse où ils vivaient à présent en compagnie de Nikolaï Stavroguine. Elissa resta près de Mathilde, et les cinq autres se rendirent à l'Élysée dans une seule voiture. Le véhicule entra dans l'enceinte du palais par l'entrée dérobée de l'avenue Gabriel, à l'arrière, et les Effacés, dont Ilsa était la seule représentante féminine, débarquèrent directement sur la terrasse. Un homme élégant, vêtu d'un costume gris taillé sur mesure, les accueillit d'un hochement de tête, lorgnant avec une pointe de déception le col ouvert des chemises d'Anouar, Neil, Zacharie et Nikolaï, qui n'avaient pas mis de cravates pour l'occasion. Il les guida dans le salon des Ambassadeurs, puis dans le salon Pompadour, louvoyant avec expérience entre les objets de grande valeur, les tapis précieux et les dorures, et leur indiqua l'escalier Murat qui devait les conduire directement au bureau de Marie-Ange. Ils ne croisèrent pas âme qui vive.

— Si la Mouret voulait nous recevoir comme des voleurs, chuchota Stavroguine à l'oreille de Neil, pourquoi ne nous a-t-elle pas convoqués dans un bouge de banlieue ? On aurait tout aussi bien pu lui donner rendez-vous chez nous place Dauphine pour une soirée tequila...

Neil lui intima l'ordre de se taire. Avant de partir, il lui avait fait promettre de s'abstenir du moindre dérapage. La partie n'était pas gagnée.

Marie-Ange Mouret les accueillit sans effusion dans le Salon doré où se trouvait son bureau, sous un lustre majestueux tout en cristal. De larges fenêtres s'ouvraient sur le jardin de l'Élysée. Elle leur serra à tous la main en leur adressant un sourire. Le strict minimum. Les Effacés ne purent s'empêcher de fixer cette main droite où l'auriculaire manquait pour une raison qu'ils étaient les seuls au monde à connaître. D'ailleurs, elle ne put s'empêcher de jeter un regard vers le moignon d'Anouar, à sa main droite, là où aurait dû se trouver l'index du jeune surdoué qui avait créé l'algorithme. Ces deux-là avaient été liés jadis par cette attache singulière. La présidente avait revêtu une robe magnifique, noire perlée, qui laissait paraître ses formes, dignes de celles d'un mannequin. Marie-Ange Mouret se savait belle et savait user de son charme en toutes circonstances.

— Je suis ravie de vous recevoir à l'Élysée, dit-elle en les invitant à prendre place autour d'une table basse, dans de larges fauteuils recouverts de toile de Jouy. Après tout, si je suis ici à présent, ce n'est pas seulement grâce aux dix-neuf millions de Français qui m'ont accordé leur suffrage, c'est aussi grâce à vous qui m'avez sauvée des griffes du monstre.

Le monstre, c'était Dominique Destin, ils le comprirent tous.

L'homme élégant qui les avait guidés jusqu'au bureau présidentiel avait pris place à droite de Marie-Ange Mouret. Les Effacés lançaient des regards insistants dans sa direction pour hâter sa présentation.

— Hervé Moine est le nouveau chef de la Direction centrale du Renseignement intérieur. Je l'ai nommé au lendemain des cérémonies du 14 Juillet et, depuis, il travaille jour et nuit pour pacifier notre République. Ce n'est pas mon éminence grise, cette mandature ne fonctionnera pas comme la précédente. Hervé Moine est un haut fonctionnaire au-dessus de tout soupçon.

Les cérémonies du 14 Juillet ! Stavroguine les avait en horreur. Il avait même évoqué la possibilité d'une action dissidente pendant le passage de Mouret sur les Champs-Élysées, mais Neil, Ilsa et Zacharie l'en avaient dissuadé.

Anouar était plutôt pour. Les images du défilé étaient tombées à pic pour la présidente. Sous un soleil de plomb, tous ces militaires marchant au pas devant elle, la tête haute, sous le fracas des avions de chasse, suivis des chars qui avaient combattu quelques mois auparavant en plein Paris... Son service de communication avait donné des consignes strictes aux directeurs des chaînes de télévision : cadrage en gros plan sur son visage de commandeur, plan large sur le Grand Palais et ses échafaudages, et sur la grue immense à l'horizon, venue de Chine, qui devrait bientôt poser un nouveau capuchon sur la tour Eiffel. Il fallait montrer à l'occasion de la Fête nationale que le pays était à nouveau uni derrière sa présidente. À nouveau la nation était une et indivisible !

— Vous avez promis de répondre à nos questions, commença Ilsa.

Marie-Ange Mouret approuva.

— Oui, mais, tout d'abord, permettez-moi de vous présenter à tous mes sincères condoléances pour la perte de votre ami Émile Rimbaud.

Neil remarqua qu'une fine bruine s'était mise à tomber et floutait les arbres encore bien verts et le bassin, en contrebas. Un temps de circonstance, en somme.

— Mes condoléances ne s'arrêteront malheureusement pas là. Je sais bien que vous ne nourrissiez plus grand espoir à son sujet, mais j'ai eu la confirmation que Jean-Baptiste Descimes, puisque vous connaissez sa véritable identité à présent, est bien mort sur l'île du Prince. Hervé Moine s'est rendu lui-même sur place pour identifier la dépouille.

Les Effacés ne dirent pas le moindre mot à la suite de cette déclaration. Était-ce une surprise pour eux ? Non. Était-ce un choc ? Oui, encore maintenant.

— Je vous assure que j'ai été moi-même bouleversée par cette nouvelle. Je connaissais bien Jean-Baptiste et, si nos liens n'ont pas toujours été des plus étroits, c'était un homme bon, droit, que j'appréciais.

— Vous le connaissiez depuis longtemps ? demanda Neil.

— Nous pouvons donc passer aux questions, continua la présidente, voulant absolument garder la conduite de la conversation.

Ce qui n'était pas une gageure des moins complexes. En ce lieu, dans le centre décisionnaire du pays, ou tout au moins dans un de ses centres décisionnaires, les adolescents, et même Stavroguine, se montraient quelque peu impressionnés. Les effets de l'apparat et de l'Histoire jouaient à plein.

— Non, je ne connaissais pas Jean-Baptiste depuis longtemps. Je n'ai d'ailleurs jamais connu Descimes, j'ai connu Nicolas Mandragore. Il est venu me trouver au lendemain de l'assassinat de Valéria Hennebeau par son mari, il m'a dit détenir l'arme absolue pour faire tomber Hennebeau et Destin le jour venu. Nous avions le même but, nous nous sommes alliés. La suite, vous la connaissez.

— C'est tout ? dit Zacharie.

— Non.

La présidente regardait au loin, un point situé dans une autre dimension peut-être.

— Ce qui est étrange, bien étrange en vérité, c'est que, lorsque Nicolas est venu à moi, j'ai eu l'impression que son visage m'avait toujours été connu, qu'il me revenait. Mais il m'est encore impossible aujourd'hui de saisir le sens véritable de cette impression.

Hervé Moine remua dans son fauteuil. Sa manière à lui, tout en convenances, d'exprimer sa surprise devant de telles confidences faites à ces adolescents, et qu'il n'avait pas été le premier à recueillir.

— Sur l'île du Prince, intervint Ilsa, vous donniez l'impression d'avoir totalement baissé les bras. Vous n'étiez même plus capable de dire le moindre mot... Destin vous avait-il droguée ?

Marie-Ange Mouret approuva la pertinence de cette question.

— Non, il n'en a pas eu besoin. Il a attendu que coule dans mes veines la drogue la plus puissante pour annihiler la volonté, ce poison naturel qui finit par se distiller en vous et que l'on appelle le désespoir. Jean-Baptiste Descimes possédait lui le plus bel antidote contre le désespoir : la vengeance. Il n'a pas sombré et est allé jusqu'au bout. Pour ce qui est de moi, vous êtes arrivés à temps. Soyez-en encore remerciés.

— Et Dominique Destin ? demanda Neil. Avez-vous aussi la certitude de sa mort ?

Mouret adressa un regard à Moine, qui cligna des yeux.

— Nous ne pouvons pas avoir la même certitude. Son corps n'a pas été retrouvé, contrairement à celui de Jean-Baptiste. Mais l'explosion de la citerne a été d'une telle force qu'il a très bien pu se désintégrer totalement. Pardonnez-moi ces détails quelque peu sordides. Mais nous ne croyons pas qu'il ait survécu. Il n'y avait pas de bunker à cet endroit pour se protéger de l'explosion et l'île a été passée au peigne fin. Je sais bien que, selon un de nos plus charmants poètes, la mauvaise herbe n'est pas celle que l'on met en gerbe, mais il faut plutôt partir du principe que Destin a succombé lors de l'explosion, à l'instar de son plus vieil ennemi...

La conversation se tarit rapidement et Marie-Ange Mouret, pour la relancer, et, du même coup, se montrer accueillante, demanda à ses hôtes s'ils souhaitaient boire quelque chose. Les Effacés déclinèrent la proposition mais, puisque la présidente insistait, ils optèrent pour un verre d'eau – à l'exception notable de Nikolaï Stavroguine, qui demanda une vodka on the rocks. Comme un défi.

Ils furent très étonnés de constater qu'Hervé Moine, le patron de la DCRI, faisait le service en personne. Une fois le verre de vodka rempli, additionné de quelques glaçons extraits d'un petit réfrigérateur dissimulé dans un meuble bas, il le tendit à Nikolaï puis s'empara de son téléphone portable, qui vibrait depuis près d'une minute dans sa poche. Il s'excusa et quitta la pièce à grandes enjambées.

La conversation dériva ensuite sur des sujets plus politiques et les Effacés se rendirent alors compte qu'ils n'avaient pas quantité de questions à poser à Marie-Ange Mouret. Après tout, la présidente ne faisait pas partie intégrante de leur histoire récente. Ils avaient été ses agents de l'ombre, sous l'égide de Nicolas Mandragore. Sous prétexte de rendre le monde meilleur, de s'attaquer aux puissances qui outre-passaient leurs droits, l'un réalisait sa vengeance et l'autre assouvissait sa quête du pouvoir.

En ce lieu et à cet instant, les Effacés, hormis Anouar, qui n'avait pas la même histoire, se sentaient las, très las.

— Je serais heureuse de pouvoir vous être utile à l'avenir, déclara leur hôtesse. J'ai la conviction que votre histoire doit rester secrète, pour vous préserver en premier lieu. Toutes les dispositions seront prises par mes services en ce sens. Hervé Moine y veillera en personne. Très peu de gens sont au courant de votre existence. François Salavin, l'ancien Premier ministre d'Étienne Hennebeau, celui qui a assuré l'intérim de notre République décapitée, est de ceux-là. Il sort tout juste de mon bureau et je lui ai fait promettre de ne rien dire, de ne surtout rien divulguer à votre sujet. Cet homme d'État a été sensible à mes arguments, je peux vous l'assurer.

Elle prit à son tour une gorgée d'eau.

— Si vous le souhaitez, je peux faire en sorte de vous fournir de nouvelles identités. Je sais que M. Stavroguine aurait ce pouvoir en Russie, notamment, mais si vous souhaitez rester citoyens de votre pays, je suis à votre écoute…

Tandis que les Effacés notaient cette proposition dans un coin de leur esprit, sans savoir encore quoi en penser vraiment, Nikolaï Stavroguine intervint :

— Redevenir des membres de la société, de simples marionnettes, après avoir tenté de cisailler les fils qui les reliaient à toute cette pourriture, ça ne va pas être facile !

Il fit claquer sa langue et vida du même coup son verre, plutôt fier de sa remarque. Ce qu'il trouvait hallucinant, c'est que cette femme recevait dans son bureau le grand révolutionnaire en personne, celui qui détenait, encore soigneusement dissimulées, les tapisseries composant *La Dame à la licorne*. Malgré tous les yeux et toutes les oreilles dont elle disposait, malgré toute l'organisation d'un État, la Mouret n'avait pas été capable de remonter jusqu'à lui. Nikolaï se demanda même, à cet instant, s'il n'allait pas poser une question à propos de la révolte prétendument matée. Et il le fit !

— Avez-vous trouvé les véritables responsables de la révolution qui a bien voulu naître à Paris en juin dernier ?

Marie-Ange Mouret le fixa droit dans les yeux, et sourit.

— Non, pas encore. Mais mes services y travaillent également. Paris ne s'est pas fait en un jour, monsieur Stavroguine. Il ne se refera pas en un claquement de doigts. Mais peut-être détenez-vous des informations primordiales à ce sujet…

Nikolaï balaya cette remarque d'un geste de la main et reposa son verre. Il était sans doute temps de partir, et ce fut la présidente en personne qui raccompagna ses jeunes hôtes au monospace qui stationnait toujours dans la cour. Comme à l'aller, ils ne croisèrent personne et cela accentua encore ce malaise qui était né en eux à l'instant même où ils avaient pénétré dans le palais de l'Élysée. Ils éprouvaient tous un sentiment diffus – et Anouar peut-être encore plus que les autres, lui qui n'avait pas dit un mot de toute la rencontre, Anouar et son fameux sixième sens –, le sentiment que, malgré la sincérité de Marie-Ange Mouret dans ses remerciements, le reste paraissait faux et qu'elle les avait fait venir ici pour une autre raison qui leur échappait.

Une fois revenue dans le Salon doré, Marie-Ange Mouret cessa de sourire. Elle s'assit derrière son bureau et composa un numéro de téléphone sur son portable tout en massant délicatement son moignon.

— Vous pouvez revenir, Hervé, dit-elle simplement.

Un serveur du palais avait frappé et elle lui avait machinalement répondu d'entrer. Le jeune militaire en costume blanc, alors qu'il s'apprêtait à débarrasser les verres sur la table basse, fut secoué par le hurlement du chef de l'État.

— Non ! Laissez ça ! Ne vous en occupez pas ! Partez ! Partez !

Elle s'était levée, rouge de colère, désignant la porte d'un air rageur. La venue de Moine la fit se calmer. À sa suite entrèrent deux hommes vêtus de combinaisons blanches intégrales, portant gants, calot, masque et surbottes. Ils avaient chacun une mallette noire à la main. Moine leur désigna la table basse d'un coup de menton.

— Le troisième fauteuil sur la gauche, dit-il tout en rejoignant sa patronne.

La présidente les regarda s'affairer en silence et observa plus attentivement les gestes précis du plus grand des deux, un homme dont elle apercevait les sourcils si broussailleux qu'ils recouvraient à peu près la moitié de son front. Il inspecta tout d'abord le dossier du fauteuil et, à l'aide d'une pince à épiler, s'empara d'un cheveu, puis d'un autre, qu'il déposa délicatement dans une petite poche de plastique. Puis, tandis que son collègue continuait l'examen du fauteuil, il prit le verre qui se trouvait devant et déposa une fine couche d'alumine sur ses parois pour faire apparaître plusieurs empreintes digitales. Sa dernière intervention consista à passer un coton-tige stérile à l'endroit où figurait encore la trace des lèvres du buveur. L'ustensile fut ensuite placé dans une autre poche de plastique et le tout disparut dans sa mallette. L'homme aux gros sourcils attendit alors que son collègue termine à son tour ses investigations, puis adressa un hochement de tête à Hervé Moine et à Marie-Ange Mouret.

— Vous avez trouvé tout ce qu'il vous fallait ? demanda Moine.

Il lui répondit par le même signe.

Puis les deux hommes sortirent par la porte par laquelle ils étaient entrés.

— Vous donnez le feu vert ? demanda alors Mouret.

— En règle générale, madame la présidente, c'est à la personne la plus haut placée dans l'organigramme de l'État de le donner…

— Ne jouez pas avec mes nerfs, lâcha-t-elle. Cela a été suffisamment pénible pour moi de jouer la comédie devant ces gamins…

Hervé Moine tapait un message à toute vitesse sur son téléphone.

— L'opération est bien en cours, madame la présidente, et le feu vient de passer au vert.

Alors seulement Marie-Ange Mouret retrouva son sourire.

ALEXANDRE-DUMAS

12 JUILLET 1974

Assise dans la voiture de tête de la rame, Marie-Ange Mouret avait déjà plus d'une heure de retard. Elle devait retrouver Étienne, son compagnon, chez lui, rue de Nice, à 20 heures et il était 21 h 03. Étienne allait être de méchante humeur. Il devait lui présenter ses parents cet après-midi-là, et elle avait prétexté une entrevue impromptue avec un professeur de l'ENA, où ils étudiaient tous deux, entrevue qui s'était éternisée et l'avait ainsi privée de la joie de rencontrer ses futurs beaux-parents, les Hennebeau, venus de Clermont-Ferrand pour quelques jours seulement. Elle était persuadée qu'Étienne ne l'avait pas crue, et elle s'en voulait d'avoir trouvé une excuse aussi improbable pour ne pas subir cette rencontre. La force de persuasion, tel était le nerf de la guerre en politique, à égalité avec l'argent, et, puisque les deux amants s'étaient juré de conquérir l'Élysée l'un avant l'autre, un rêve un peu fou, Marie-Ange marquait là un mauvais point.

La rame venait de quitter la station Philippe-Auguste et se dirigeait vers Alexandre-Dumas. Étienne était un impatient. Marie-Ange savait que le jeune homme l'attendrait sur le quai pour qu'ils n'aient plus qu'à monter dans la voiture et filer vers Ternes, où un camarade de promotion donnait une fête. Elle replia *Le Monde* daté du lendemain qui titrait sur les tensions sociales dans la métallurgie et la sidérurgie. En plus des agriculteurs et du reste... La révolte couvait. Marie-Ange fourra le journal dans son sac à main et se leva. Le métro n'allait pas tarder à entrer dans la station portant le nom de l'auteur du *Comte de Monte-Cristo*, un de ses romans favoris. Elle se dirigea vers la porte en apercevant les premiers néons lorsqu'elle fut violemment déstabilisée. La motrice avait bloqué ses freins dans un assourdissant bruit de métal martyrisé. Marie-Ange s'écrasa contre la porte du conducteur, elle sentit particulièrement l'impact au niveau du front. Mais cette douleur n'était rien face au spectacle qu'elle avait entraperçu à travers les vitres avant de trébucher.

Un malheureux venait de se jeter sur les voies. Elle l'avait vu et, par un de ces mystérieux raccourcis de l'âme, elle sut que sa propre existence serait à jamais changée.

(2)
PARIS, 5 SEPTEMBRE

Au moment précis où Nikolaï Stavroguine laissa couler la première gorgée de vodka le long de sa gorge, la DS5 appartenant au parc automobile de l'Élysée et transportant François Salavin s'arrêta devant le numéro 53 de la rue Planchat. Il pleuvait, pour changer. Devant l'immeuble d'en face, des pelleteuses s'activaient pour réparer la chaussée. Avait-elle été endommagée par les émeutes qui avaient secoué Paris juste avant l'été ? Salavin ne possédait pas les éléments pour trancher. Aussi s'abstint-il de le faire – il n'était pas homme à s'engager à la légère. Le garde du corps assis à côté du conducteur quitta aussitôt son siège pour lui ouvrir la porte. À cet instant, l'ancien Premier ministre français se demandait s'il avait déjà posé les pieds dans le XXe arrondissement de la capitale. Probablement pas. Il était directement passé des champs de la Sarthe aux boiseries du VIIe, sans détour.

François Salavin mit pied à terre et une nausée le prit instantanément. Il la sentit naître au creux de son ventre, puis elle irradia très vite jusqu'à la plus infime des terminaisons nerveuses de son corps. Il serra les dents, une main posée sur la portière de la berline, tentant de ne rien montrer.

— Monsieur, ça ne va pas ? demanda le garde du corps en se penchant vers lui.

— Si, très bien, répondit-il de sa voix de flûte.

Cette voix faisait de l'ancien Premier ministre français – un grand blond bâti non comme une armoire normande mais plutôt comme une penderie norvégienne – un être tout à fait improbable, une composition étrange, presque extraterrestre, et, même après plus de trente ans de vie politique, on continuait à railler cette dichotomie entre le son et l'image.

Salavin se força à desserrer la mâchoire et à sourire, tandis qu'à présent les acides dansaient une gigue infernale dans son estomac.

Non, ça ne va pas, imbécile. Pour que ça aille mieux, il faudrait que je m'empare par surprise du pistolet que tu portes à la ceinture, que je parvienne à enlever le cran de sûreté avant que tu n'aies le temps de me l'arracher, que j'introduise le canon de l'arme dans ma bouche et que je tire. Alors, tout cesserait. Enfin.

— Ne vous inquiétez pas, murmura l'homme politique. Vous pouvez me laisser ici. Je prendrai un taxi pour rentrer.

Mais le garde du corps secoua la tête.

— Mme la présidente a insisté pour que nous vous attendions ici et que nous vous ramenions chez vous ensuite. Mme la présidente tient à vous.

Elle tient surtout à ce que j'aille voir son avocat de malheur. Elle tient surtout à ce que je ferme ma gueule à propos des événements de juin. Parce que, si je fais strictement l'inverse, si je dis tout des manœuvres d'Hennebeau, de Destin, si je dis tout ce que je sais car je suis un des seuls à tout savoir, alors elle tiendra beaucoup moins à moi, la Mouret. Elle va voir.

Le garde du corps insista pour accompagner François Salavin devant la porte du cabinet. Il composa le code d'accès et ils entrèrent tous deux dans le petit hall d'un immeuble qui n'était en rien luxueux et dont les murs étaient recouverts d'un simple lambris au vernis écaillé. L'avocat de la présidente

Mouret, riche à millions, préférait certainement investir à Genève plutôt qu'à Paris, il est vrai que cela se remarque moins. Un ascenseur fatigué leur permit de rejoindre le quatrième étage.

— C'est ici, fit le garde du corps en désignant la seule porte du palier, où était fixée une plaque dorée mentionnant le nom de l'avocat. Je vous attends là.

— Je préférerais que vous retourniez à la voiture, avança Salavin.

Mais le colosse prit une position d'attente et, après avoir ajusté la discrète oreillette qui le reliait au chauffeur de la DS5 officielle, croisa ses immenses bras sur sa poitrine.

Salavin sonna et la porte s'ouvrit aussitôt. Un petit homme au visage composé essentiellement de rides, flottant au gré de ses mouvements, se jeta presque dans ses bras. Il souriait, ou tout au moins Salavin interpréta comme un sourire cette vague qui souleva une joue, découvrant quelques dents et un bout de gencive.

— Puis-je vous appeler François ? demanda tout de go maître Trépan.

En réalité, je ne te permettrais même pas de m'appeler, ni de poser ton regard impur sur moi.

— Bien évidemment, maître, répondit Salavin en s'efforçant de sourire.

— Ah ! J'ai eu Marie-Ange en ligne, après votre départ. Il semblerait que votre petite entrevue à l'Élysée ait été particulièrement fructueuse. Et elle n'est pas passée inaperçue, bien au contraire. Il y a déjà un « confidentiel » sur le site de *L'Express*, je crois. Cette entente de tous les partis après la tempête, après les ravages, cela va mettre du baume au cœur des Français !

Ce qui mettrait vraiment du baume au cœur des Français, salopiaou, ce serait de voir nos trois têtes, Mouret, toi et moi, en haut de trois piques, faisant le tour de la Bastille. C'est bien tout ce que nous méritons.

— Mais venez, venez... continua le petit homme en guidant Salavin à travers un labyrinthe de dossiers empilés à même le couloir, puis dans chacune des pièces qu'ils traversèrent au pas de course, un labyrinthe qui aurait donné des migraines à Dédale en personne.

Ils arrivèrent enfin dans un endroit à peu près rangé où trônait un bureau style Louis XIII. Trépan s'y installa, et permit à Salavin de lui faire face.

— Ce meuble aurait appartenu à Richelieu, savez-vous ? dit l'avocat en extase, en passant la main sur le vieux bois, parfaitement entretenu. Pas au palais cardinal, non, mais dans son château de Richelieu. Ce n'est pas loin de chez vous, ça, la ville de Richelieu ?

Ça... Voilà comment les Parisiens traitent la province. Ça... Voilà le pronom dont on devait user pour me désigner à l'Élysée ou dans les ministères lorsque j'étais le collaborateur d'Hennebeau.

— En effet, ce n'est pas loin, répondit Salavin. Cent cinquante kilomètres peut-être, en passant par Tours.

Ses douleurs à l'estomac se disciplinèrent une fois qu'il fut assis. Il se tourna vers la fenêtre et s'aperçut que la pluie avait cessé et que le soleil cherchait à percer les nuages. Un rayon, d'ailleurs, le frappa soudainement en pleine face, si puissant qu'il resta aveuglé un court instant.

— Vous n'êtes pas comme les autres, François, continua l'avocat, vous ne vous étonnez même pas de mon adresse dans un quartier plus que populaire, de la modestie de ces locaux – mon bureau mis à part –, de tous ces dossiers certainement confidentiels qui traînent un peu partout, à la vue de tous !

C'est parce que je m'en fiche, et plus que tout.

— Éclairez-moi, maître, dit Salavin en parvenant à mettre dans cette demande un enthousiasme qui remplit d'aise le petit homme.

— C'est que je prends plaisir à brouiller les pistes !

Il se mit à rire et son visage fut secoué en tous sens. Les amas de chair tressautaient et Salavin le trouva monstrueux.

— Mais nous ne sommes pas là pour parler de moi, François. Alors c'est entendu avec la présidente Mouret, vous vous retirez de la vie politique. Nous allons régler les détails financiers et juridiques, l'abandon de toutes les poursuites judiciaires qui auraient pu être établies à votre encontre pour les faits survenus lors de votre période d'intérim, lorsque Marie-Ange avait disparu et que vous complotiez avec Hennebeau pour le remettre en selle. Appelons un chat un chat, François.

Et un salopiaou, un salopiaou.

— Bien entendu, tout cela restera oral et vous n'aurez aucun document écrit attestant notre marché. Mais nous savons pouvoir compter sur votre confiance.

Oui, comme un rat aurait confiance s'il venait dîner chez le découvreur du trioxyde d'arsenic.

— Mais bien évidemment, maître, répondit Salavin en accompagnant sa parole d'un geste ample.

Trépan se rejeta dans son fauteuil, visiblement satisfait de tout en général et de lui en particulier.

— Vous avez réussi à vaincre votre dépression en un temps record, François, continua l'avocat. Je vous en félicite. Peu, à Paris, vous donnaient gagnant dans ce combat contre la maladie de l'homme de pouvoir qui perd tout en un instant. Lorsque Marie-Ange a reparu comme par magie après l'assassinat d'Hennebeau et que le Conseil constitutionnel a validé son élection, lorsque les élections législatives lui ont apporté sa large majorité d'aujourd'hui, vous vous êtes retiré avec grâce, François, oui, grâce, je n'emploie pas ce mot à la légère...

Le soleil gênait l'ancien Premier ministre à présent. Il se décala de quelques centimètres pour mettre son visage à l'ombre. Trépan continua :

— Cela a plu à notre présidente, bien sûr. Votre silence, surtout, cette discrétion qui est votre marque de fabrique. D'autres auraient pu se laisser aller dans ces circonstances, cela n'a pas été votre cas. La France a besoin de paix à présent, François. Elle a vécu des moments très difficiles. Nous sommes en train de tout reconstruire, et je ne parle pas seulement de notre tour Eiffel ou de la verrière du Grand Palais. Paris était désert encore cet été, mais les touristes reviennent et la ville respire à nouveau ! Il ne faudrait pas gâcher ce retour à la normale avec de bien vilaines explications à propos des événements de juin...

De bien vilaines explications qui ne seraient que la vérité, Trépan ! Ah je la revois, la Mouret, derrière son bureau du Salon doré, avec son auriculaire sectionné qu'elle a vainement tenté de me dissimuler, alors que je sais pertinemment pourquoi elle l'a perdu ! Elle a usé d'une métaphore pour m'ordonner de la fermer. Elle m'a dit : « Dans notre République, le feu couve encore sous les cendres. Laissons les cendres s'éteindre. » Eh bien moi, je vais faire en sorte qu'elle soit coincée entre le soufflet et le tisonnier, comme d'aucuns le furent entre la faucille et le marteau en d'autres temps ! Je vais tout dire, bientôt, très vite.

— C'est bien pour cela que j'ai accepté la proposition de Marie-Ange. Je vais me retirer à Saint-Saturnin, dans la maison familiale, celle de mon enfance, et j'irai à la chasse à l'automne et à la pêche au printemps !

— C'est sage... et bon pour votre santé.

Dans un ou deux jours, le temps d'organiser la venue dans mon fief de quelques journalistes triés sur le volet, je vais tout dire, et tout sera enregistré, on ne pourra pas effacer cela, jamais,

jamais. Je vais tout dire. Tout. Le rôle de Destin dans la mort d'Hennebeau, les connivences de chacun, jusqu'à l'existence de ces adolescents qui ont ramené Mouret de l'île du Prince... Et je dirai aussi que la présidente a voulu acheter mon silence à propos du financement de sa campagne et du reste, à propos de cet algorithme notamment, et de ses liens avec ce Mandragore mort sur l'île du Prince. Et, lorsque les journalistes partiront, assommés par tant de révélations, je me rendrai dans le pavillon que mon père a fait construire au fond du domaine, et j'aurai le choix entre me pendre avec un de ces ceinturons de cuir dont il se servait pour me corriger et m'envoyer une grande décharge de chevrotine dans la mâchoire à l'aide de son fusil. Qui me pleurera ? Des journalistes, des éditorialistes en mal de bons mots ? Mes détracteurs puisque je n'ai plus de partisans ? Ma famille ? Ah ! Voilà bien longtemps que ma femme en aime un autre, ou d'autres, pour être plus exact, et que mes enfants me haïssent pour avoir passé plus de temps au chevet de la République qu'au leur.

— Croyez-le bien, maître, je vais me retirer, continua l'ancien Premier ministre. Et il ne sera guère question pour moi de jouer encore à l'homme d'État et de m'atteler à la rédaction d'un quelconque livre pour lequel, même si je pense avoir un beau brin de plume, on abattra inutilement quelques arbres alors qu'il n'élèvera rien en retour dans la conscience des Français.

— Mais oui ! s'enthousiasma Trépan, qui sautait presque sur son fauteuil. J'avais lu que vous vouliez devenir écrivain, avant de venir à la politique.

Oui, et si je l'avais été, si j'avais suivi ce rêve d'enfant, le seul genre de rêve qui vaille, si je ne l'avais pas abandonné pour l'attrait d'un pouvoir illusoire, je ne serais pas là à voir ta sale face, à supporter tes postillons nauséabonds. Je serais heureux, en somme.

— Bah ! Il y a un temps pour tout, maître. Je voulais le devenir comme d'autres, à cet âge, veulent être pompiers. La vie passe, avec ses réalités.

— Vous avez raison, François. Nul doute que vous avez fait le bon choix. Et puis les livres ne se vendent plus. C'est passé de mode. Le papier salit les doigts des gens à présent.

Moins que le reste, Trépan. Moins que le reste.

— Alors, c'est entendu ! dit l'avocat en se levant et en tendant la main par-dessus le bureau.

À son tour, Salavin leva sa grande carcasse malade.

Oui, c'est entendu. Dans à peine soixante-douze heures, nous serons morts, tous morts, au propre ou au figuré. Le feu se rallumera en France et, cette fois, les flammes ne laisseront rien derrière elles, elles seront trop immenses, trop intenses pour que les sempiternels pompiers de la République puissent les éteindre à l'aide d'un énième mensonge, d'une énième manipulation crapuleuse. C'est tout au moins ce que j'espère, le feu purificateur, c'est tout au moins ce que…

Sa pensée s'arrêta net. Foudroyée.

Un jet de sang aspergea le mur du cabinet qui faisait face à la fenêtre. Ce ne fut qu'après que le bruit de verre brisé parvint aux oreilles de l'avocat. Après avoir vu la tête de Salavin exploser sous l'impact d'une balle de calibre 7.62 mm.

(3)
PARIS, 5 SEPTEMBRE

L'homme ne chercha pas à vérifier si la balle avait atteint sa cible. Il en était persuadé. À cette distance, et avec son œil devant le viseur, son épaule soutenant l'Ultima Ratio et son doigt aguerri sur la détente, il ne pouvait en être autrement. Il devait sortir de cet appartement vide, puis de l'immeuble qui faisait face au cabinet de maître Trépan. Et vite. Car, si le silencieux intégral avait réduit le bruit du coup de feu à celui d'une pomme qu'on tranche d'un coup de couteau, le garde du corps qui accompagnait sa cible risquait, en bon professionnel, de désigner l'immeuble d'en face comme repaire du tireur isolé et de chercher à bloquer la seule et unique issue du lieu. L'homme avait connu des tirs plus compliqués d'un point de vue balistique, mais aussi beaucoup plus sécurisés en termes de retraite. La discrétion était une des vertus cardinales d'un tireur d'élite, ce que l'homme se targuait d'être.

En moins de quinze secondes, il parvint à enfouir l'arme dans un sac de sport et à quitter l'appartement. Pas une seule goutte de sueur ne perlait sur son visage. Il aimait ces instants où il devait parvenir à juguler son angoisse, il aimait précisément tuer des hommes ou des femmes dans l'optique de vivre ces instants où il devait atteindre la limite de lui-même. Il aimait se comparer à un sportif au bord de l'évanouissement pour parvenir à l'exploit – un cycliste en manque d'oxygène au sommet d'un col de haute montagne, ou bien un navigateur épuisé par les tempêtes, mais tenant solidement sa barre pour revenir au port et inscrire un nouveau record de traversée.

Son but n'était pas seulement de fuir. Il devait aussi le faire dans les règles de l'art, c'est-à-dire sans se faire surprendre dans l'immeuble par un des résidents. La réussite de sa mission était à ce prix, et à ce prix seul. Hors de question, donc, d'emprunter l'ascenseur pour descendre les quatre étages. Il utilisa l'escalier de secours, prudemment, en tenant fermement la rampe pour descendre les marches quatre à quatre. Il ne laisserait aucune empreinte, il portait des gants de cuir raffinés.

Arrivé au deuxième étage, il crut entendre une sirène de police au loin. Tout ce qu'il y avait de plus naturel. Pas de quoi perdre son calme.

Rien, tout au moins, à côté de la mauvaise surprise qui l'attendait au rez-de-chaussée. La porte de l'escalier de secours était fermée. Qu'écrivait-il, là, l'autre Anglais au XIXe siècle ? *De l'assassinat considéré comme un des beaux-arts*... Comme dans les beaux-arts, il y a souvent l'impondérable d'où surgit le génie ! Le tireur remonta jusqu'au premier : il existait certainement un autre escalier ou bien il prendrait l'ascenseur. L'essentiel était de se décider vite et d'agir aussi prestement.

Il arriva sur le palier du premier étage, son sac de sport à l'épaule, et son regard acéré par des années de pratique lui indiqua immédiatement que, pour éviter l'ascenseur, il pouvait sauter dans le petit jardin de l'immeuble, qui communiquait directement avec la rue Planchat. La sirène de police s'approchait. L'homme ouvrit la fenêtre facilement et passait une jambe au-dessus du garde-corps lorsqu'il entendit un bruit de verrou derrière lui. Il se retourna et découvrit une jeune femme d'une trentaine d'années, aux cheveux roux qui lui descendaient jusqu'aux reins. À l'air que prit le meurtrier, elle comprit qu'elle n'aurait jamais dû ouvrir la porte à cet instant. Le tireur n'avait plus le choix. Elle avait vu son visage. Les actions qui suivirent se déroulèrent en à peine plus de cinq secondes. L'homme ôta sa jambe du garde-corps et fonça vers la porte, glissant un pied afin que sa proie ne puisse la refermer. Elle voulut appeler au secours, mais son cri fut avorté par la souffrance qui naquit aussitôt à la base de son cou. L'homme avait sorti un poignard de sa ceinture. Il tenta de le planter dans la carotide de la jeune femme, mais elle eut un mouvement de recul salvateur qui l'en empêcha. Il arma à nouveau son geste, et, cette fois, le couteau atteignit le ventre, juste au-dessus du pubis. La victime s'évanouit aussitôt et s'écroula. L'homme entendit des bruits de pas précipités dans l'appartement mitoyen. Il n'avait pas le temps d'arracher son couteau du corps agonisant. Peu lui importait. Il s'agissait d'un produit standard que l'on pouvait trouver dans toutes les bonnes armureries du pays.

Il enjamba cette fois pour de bon le garde-corps de la fenêtre et sauta dans le jardinet au moment précis où une voiture de police pilait devant le bâtiment abritant le cabinet de l'avocat. Trois officiers en tenue en sortirent, l'arme à la main, et se précipitèrent dans le hall de l'immeuble. Une deuxième sirène résonnait du côté du cimetière du Père-Lachaise – le SAMU ou les pompiers, très probablement. Deux véhicules seraient préférables à un. Mais l'homme, très satisfait de lui, se dit qu'ils auraient mieux fait d'envoyer directement deux corbillards.

Il remonta la rue Planchat en direction du cimetière puis tourna à gauche. Le remue-ménage sur la voie publique poussait les passants vers le lieu des crimes. Les clients d'un bar, rue de Bagnolet, et ce quel que soient leurs taux d'alcoolémie respectifs, s'étaient tous rassemblés sur le trottoir pour prendre ensemble la direction du hurlement des sirènes.

L'homme ne pouvait se départir de son sourire. Il aimait le travail bien fait. Le cadavre de la jeune rousse n'était pas à proprement parler un souci, puisqu'elle était morte. Cela ferait passer le tueur pour plus cruel encore, ce qui conviendrait parfaitement à son employeur. Le sac sur son épaule lui paraissait léger, léger. Il tourna encore à gauche, boulevard de Charonne, entra dans une boulangerie pour s'acheter un croissant qu'il avala en deux larges bouchées. Puis, comme on était mercredi, il tendit cinquante centimes au kiosquier avant d'empocher le *Pariscope*. Cet après-midi, avant de rejoindre ses amis pour un pot, il irait se faire une toile dans le Quartier latin. On y projetait en version restaurée *Blow Out*, de Brian De Palma, qu'il tenait pour un chef-d'œuvre. Si, un jour prochain, ses ennemis devenaient aussi perspicaces que John Travolta, il aurait du souci à se faire. Mais, fort heureusement pour lui, le cinéma était toujours en avance sur la réalité, le cinéma voyait toujours plus fort, plus vite, plus loin.

L'homme descendit les marches de la station Alexandre-Dumas. Direction Nation.

ALEXANDRE-DUMAS

12 JUILLET 1974

On ne voyait pas encore la motrice, on apercevait tout juste le pâle éclat de ses phares qui caressait les parois du tunnel. Au bruit, au ronron de son moteur, aux légers crissements de ses bogies contre les rails, on devinait qu'elle se trouvait à mi-chemin entre Philippe-Auguste et Alexandre-Dumas, entre le père de l'Université de Paris et celui de Monte-Cristo.

Jean-Baptiste Descimes se tenait au bord de la voie, qu'il voyait comme un abîme. Ils étaient trois dans la station, lui et deux hommes sur le quai qui semblaient ne pas se connaître. L'un lui avait tendu cinq francs sans qu'il ait même à montrer la photographie de sa fille. Le plus jeune des deux, le plus riche visiblement, s'était refusé à lui donner une pièce. Il avait empoché la Semeuse dans une des poches de son pantalon. Cette humiliation, il désirait qu'elle soit la dernière. Bientôt, des passagers débarqueraient. Et puis elles n'allaient pas tarder à arriver, il devait faire vite, puisque sa décision était prise.

Il ne pouvait plus continuer ainsi. Maintenant, échapper à la mort tiendrait du miracle… Le miracle qui ferait que la motrice freinerait à temps, ce qui était impossible. Ou bien que quelqu'un le retienne, ce qui était peu probable. Il n'imaginait pas cet homme chauve ou le blanc-bec capables de risquer leur vie pour sauver la sienne.

Le ballast boirait bientôt son sang. Quelle sensation cela ferait-il lorsque les roues tranchantes viendraient lui broyer les chairs et les os ?

Il pensa une dernière fois à Ilian, à Aurore, à sa petite fille. Quand il aurait disparu, elles pourraient s'éclipser – on ne leur voulait pas de mal, à elles.

La motrice se rapprochait, elle était en vue. Un courant d'air lui gifla la face. Ce ne fut pas suffisant pour l'attirer sur les voies. Il devait sauter pour ne pas mourir en pleurant.

Alors, Jean-Baptiste Descimes sauta.

(4)
CINÉMA PATHÉ BELLECOUR, LYON, 5 SEPTEMBRE

La foule se pressait devant la large façade Art déco du cinéma Pathé de la place Bellecour, surmonté de son coq dodu en béton, pour l'avant-première mondiale de la dernière production de la série des *X-Men*, logiquement titrée *X-Men Ending*. Cette gigantesque production hollywoodienne au budget record de cinq cents millions de dollars promettait, d'après la bande-annonce, des effets spéciaux jamais vus jusque-là. Comme cela arrive quelquefois, ce film hors normes sortit en France avant de sortir aux États-Unis. Et c'était dans la ville de naissance du cinéma, à trois kilomètres à peine de l'endroit où avait été tourné le premier film, *La Sortie de l'usine Lumière à Lyon* en 1895, qu'avait lieu l'une des avant-premières. Quatre cent soixante-quatorze petits chanceux allaient pouvoir assister à la projection. Il ne s'agissait pas seulement de voir ce film qui s'étalerait bientôt sur plus d'un millier d'écrans en France. Il s'agissait surtout de pouvoir dire : « J'y étais ! »

Combien étaient-ils à attendre une hypothétique place ? Un millier ? Un peu plus peut-être ? La direction du cinéma avait eu l'excellente idée d'installer des barrières le long de la rue de la République, obliquant rue Simon-Maupin pour éviter l'engorgement. Même la bruine qui tombait depuis le matin sur la ville ne parvenait pas à décourager les fans de tous âges. Car il serait illusoire de croire le public âgé de moins de vingt ans en majorité. On y trouvait des spectateurs de toutes générations, le plus jeune pouvant bien avoir neuf ans et le plus âgé quatre-vingts.

À 18 heures très précisément, la directrice du lieu, une femme d'une trentaine d'années au visage très volontaire, informa le public qu'il n'y aurait malheureusement pas assez de places pour tout le monde. Sa déclaration rassura les premiers venus, qui patientaient depuis tôt le matin devant le cinéma, et déclencha une vague de protestation parmi ceux qui étaient là depuis peu.

— C'est toujours la même chose ! hurla l'un d'entre eux.

La directrice, qui se prénommait Jane à en croire le badge qu'elle portait au revers de sa veste de tailleur, alla voir cet homme qui commençait à s'énerver pour redire combien elle était désolée, mais qu'elle n'avait pas de solution.

— On ne peut tout de même pas organiser un tirage au sort ! argumenta-t-elle. Il fallait arriver plus tôt, monsieur !

— Mais je viens de Valence ! répondit le spectateur malchanceux.

Jane hocha la tête.

— Nous projetons neuf autres films au même horaire.

— Je m'en fous de vos navets ! éructa le spectateur, qui ne se calmait pas. Je veux voir Wolverine !

D'un geste discret, Jane appela un des deux vigiles postés à l'entrée du cinéma, et lui demanda de faire en sorte que cet homme ne communique pas son virus du mécontentement dans le rang des déçus.

Déjà, les spectateurs entraient au compte-gouttes dans la salle 7, la plus grande du cinéma. L'endroit s'emplit aussitôt d'une odeur de pop-corn, effluves d'huile sucrée qui incommodaient certains cinéphiles tandis que d'autres ne concevaient pas le visionnage d'un film sur grand écran sans s'emplir les narines de ce parfum.

Une fois le quatre cent soixante-quatorzième et dernier siège occupé, un projecteur éclaira le devant de l'écran. Jane entra dans le halo et des sifflets se firent aussitôt entendre. Il y eut bien quelques applaudissements, mais trop timides pour être remarqués.

— Bienvenue dans notre cinéma ! commença la jeune femme. Je suis très heureuse de vous accueillir pour l'avant-première de *X-Men Ending*. Dans un peu plus de deux heures et demie, vous ferez partie des premiers spectateurs au monde à avoir vu ce film. Vous êtes, ce soir, de vrais privilégiés !

Là, des applaudissements montèrent, plus audibles. Une voix se distingua aussitôt dans l'assemblée :

— Allez, Mystique ! Balance le film, on se fout du reste !

Des rires fusèrent et Jane continua courageusement :

— Puisqu'il s'agit d'une avant-première à l'initiative du studio, le film démarrera immédiatement, sans bande-annonce ni publicité. Je me permets de vous rappeler qu'il est interdit de prendre des photographies et de filmer l'écran.

— Compte là-dessus ! dit la même voix.

Jane jugea bon de se retirer. Toutes les lumières s'éteignirent dans la salle, et la première image de *X-Men Ending* apparut à l'écran.

MONTE-CRISTO PRODUCTIONS PRÉSENTE

Dans le très court générique, il n'était pas question de la Fox, comme il ne fut jamais question du titre du *X-Men*. En lettres blanches sur fond rouge à l'écran, on lisait *Toxicité maximale*.

Un spectateur, assis au sixième rang, se pencha vers sa compagne qui avait déjà presque fini son seau de pop-corn.

— Je vois déjà le truc. Un film dans le film pour commencer le film. Y font souvent ça, les Américains. Sont forts, quand même, pour nous égarer.

Alors les spectateurs découvrirent la première séquence, qui se déroulait dans un laboratoire high-tech sans fenêtre, sous la lumière crue des néons. Une jeune fille à la peau très noire observait à travers une paroi en plexiglas d'étranges créatures : un batracien aux couleurs vives, un scorpion, un escargot, une araignée et un serpent... Les bêtes étaient filmées de très près et cela provoqua quelques frissons d'angoisse chez certains. On entendait une musique douce mais surtout très inquiétante, à base de cordes maltraitées et de quelques cuivres qui sonnaient en sourdine.

Une voix retentit alors :

— *Elissa, pourrais-tu nous sortir Algernon ?*

Deux adultes apparurent à l'écran, derrière une autre paroi. L'un était revêtu d'un costume moiré et d'une cravate noire, l'autre d'une blouse blanche de savant.

— *Bonsoir, professeur Verrine.*

— *Bonsoir, Elissa. Nous avons besoin d'Algernon ce soir. Peux-tu le glisser dans la boîte et me l'apporter ?*

Le même spectateur se pencha à nouveau vers sa compagne.

— Le doublage est parfait, regarde leurs lèvres, c'est bluffant, on dirait que le truc a été tourné en français ! Mais on voit bien que non, parce que la musique est drôlement efficace ! Ce n'est pas l'habituelle musique sirupeuse française !

Les deux adultes entrèrent ensuite dans une pièce du laboratoire après avoir revêtu des combinaisons intégrales parfaitement hermétiques, reliées à un caisson d'oxygène, et pris une douche tout habillés ! Le savant manipulait des fioles avec dextérité. La scène était composée de multiples gros plans, installant une ambiance très oppressante autour de ces manipulations. Et, au moment où tout semblait terminé, deux événements arrivèrent à la même seconde. L'homme au costume trébucha, déchirant le haut de sa combinaison contre un microscope, et une fiole remplie d'un liquide violet se brisa sur le sol. La salle entière sursauta. Et ce ne fut rien à côté de ce qui arriva à l'homme à la combinaison déchirée.

Son corps fut pris de violents soubresauts, son visage devint écarlate, son front s'imbiba de sueur. Sa nuque se raidit, il arracha le casque de son scaphandre, se saisit la tête à deux mains en grimaçant horriblement, comme pris d'une migraine intolérable. Il vacilla puis s'écroula par terre. Ses cheveux rencontrèrent le liquide mortel. Il fut secoué par un spasme et un jet de vomi sortit de sa bouche. Il semblait souffrir atrocement, les paumes serrées sur ses tempes.

L'autre hurla :

— *Il me faut deux seringues de ceftriaxone dosée à deux grammes. Procédure d'urgence enclenchée, je répète, procédure d'urgence enclenchée.*

L'homme au sol se tordait de douleur, du sang s'échappait de ses oreilles, qu'il tentait en vain d'arracher.

— *Mais qu'est-ce que vous foutez, bon Dieu !*

Tous les regards dans la salle, sans la moindre exception, étaient scotchés à l'écran. Ça commençait fort !

Dans une convulsion d'une violence extrême, le corps du malheureux se cambra si fort qu'il glissa d'un bon mètre sur le carrelage et fit trébucher le scientifique. La prise d'air céda aussitôt. Les deux hommes étaient à terre et les secours n'arrivaient toujours pas. Le cerveau de la première victime explosa. Ses yeux jaillirent de leurs orbites et répandirent un liquide grisâtre et bouillonnant. Pendant ce temps, Elissa se cachait les yeux.

— Y a que les Amerloques pour démarrer un film comme ça ! Paf ! Tu rentres tout de suite dedans ! Ils osent tout, c'est même à ça qu'on les reconnaît !

La scène suivante se passait à Paris. C'était curieux, tout de même, car les images, quoique très efficaces, addictives même, n'avaient pas franchement grand-chose à voir avec celles d'une production à grand spectacle.

— Il est où Wolverine ! hurla un type, au fond de la salle.
— Remboursez ! cria un autre.
— Ferme-la, abruti !

Ils assistèrent durant les cinq minutes suivantes à une scène étrange, un simulacre d'assassinat d'un adolescent par une adolescente dans un immeuble du boulevard de Sébastopol à Paris, scène qui se terminait dans une ambulance filant à vive allure en direction de la vallée de Chevreuse. Au bout de quinze minutes, après avoir exploré les recoins d'une grande villa blanche dont un garçon avait voulu s'échapper, toujours aucune trace des X-Men, ce qui provoqua à nouveau quelques tensions. Mais l'immense majorité des spectateurs souhaitaient découvrir la suite de ce film qu'ils jugeaient très intrigant. Ce n'était apparemment pas les X-Men, certes, mais il y avait là quelque chose d'improbable, d'inédit. Des images qui semaient le doute dans l'esprit des spectateurs et provoquaient la dépendance, et qui faisaient qu'ils restaient quasiment tous les yeux rivés sur l'écran, impatients de connaître la suite des aventures de ces jeunes héros qui se prénommaient donc Ilsa, Zacharie, Émile, Mathilde et Neil. Et de ce curieux personnage aux yeux très bleus, hypnotiques, interprété par un acteur qu'ils ne connaissaient ni d'Ève ni d'Adam, qui se faisait appeler Nicolas Mandragore et qui envoyait ces gamins ici à Lyon justement, pour circonscrire un dangereux virus mis au point par un neurologue complètement taré.

Et là, cette assertion, l'explication de la propagation du virus, les collusions mises au jour par ce type étrange qui portait le nom d'une plante mystérieuse, entre le monde politique et le monde pharmaceutique, soulevèrent dans la salle un tonnerre d'imprécations. Alors, tous ces morts, tous ces proches pris dans cette tragédie, ils les devaient aussi bien aux laboratoires ProCure qu'à cette ordure d'Étienne Hennebeau et à son gouvernement ? On leur avait donc menti à ce point ! Et tous les événements curieux de ces derniers mois étaient peut-être donc dus non pas au hasard mais aux malversations d'Étienne Hennebeau et de toute sa clique, les politiques, les banquiers, les industriels, les grandes familles… Ceux qui possèdent l'argent et tiennent ferme les rênes du pouvoir. Tiens, ils n'iraient pas le pleurer, le Salavin, assassiné ce matin ! Il avait eu ce qu'il méritait, celui-là !

On leur avait caché la vérité, et les éléments sortis clandestinement sur Internet à la veille du second tour de l'élection présidentielle devaient receler une part de cette vérité… Il y avait franchement là de quoi déclencher une autre révolte, mais une immense, celle-là, une absolue ! Quelque chose qui ferait vraiment s'embraser la France !

— On se moque de nous ! hurla une femme, sans que l'on sache si elle parlait du film projeté ou de l'explication officielle de la diffusion du virus.

La salle se remplit aussitôt de cris, de pleurs, qui se transformèrent en un gros roulement de tonnerre. On tapait des pieds, on se levait, on invectivait ce coupable invisible qui se dressait derrière l'écran tandis que le film continuait.

— C'est le château de la Motte, dans le VIIe ! balbutia le seul spectateur resté carré dans son fauteuil en désignant l'écran d'un doigt tremblant. Je le reconnais bien, j'habite juste en face, c'est dingue !

La projection finit par s'arrêter et les trop vives lumières de la salle se rallumèrent aussitôt.

— Éteignez ! On veut la suite, on veut la vérité !

La directrice du cinéma, hagarde, les yeux exorbités de stupeur, tenta de se frayer un chemin vers la scène.

— Calmez-vous, calmez-vous ! disait-elle.

— Le film ! Le film !

Elle demanda le calme d'un geste des mains. Le public reprit :

— *Toxicité maximale* ! Hennebeau, Mouret, tous des salauds !

Jane reçut un verre en carton rempli de soda sur son tailleur, elle se retrouva trempée. Des insultes fusèrent en tous sens. Elle se demanda s'il était bien sérieux de rester là. Elle avait beau être courageuse et responsable, parfois on devait savoir prendre ses jambes à son cou. Elle se décida à battre en retraite lorsqu'un téléphone portable, lancé de très loin, l'atteignit sur le nez, le brisant net.

Sur le chemin vers la sortie, un adolescent d'une quinzaine d'années saisit son bras gauche avec autorité, l'attirant vers lui.

— On veut la suite du film, tu entends ? Fais éteindre les lumières et projette-nous la fin !

Plusieurs spectateurs les rejoignirent, formant un cercle dont Jane était le centre.

— Je ne peux pas projeter la fin, articula Jane, qui se tenait le nez et souffrait le martyre. C'est ce que je voulais vous dire.

— Tu mens ! hurla une vieille femme, qui la menaça avec son parapluie.

Jane implora :

— Il faut me croire. Les serveurs du cinéma ont été hackés à deux reprises. Depuis que nous sommes passés au numérique, on reçoit directement les fichiers des films par Internet, le mardi soir ou le mercredi matin. Là, on avait vérifié, c'était bien le dernier *X-Men*, mais on a été hackés et le fichier *X-Men* a été remplacé par celui-là quelques secondes seulement avant le début de la projection. Pitié ! Je ne sais pas ce que signifie ce film, ce qu'est ce film...

— C'est l'histoire de ces derniers mois, la vraie ! dit le jeune garçon sans lâcher le bras de Jane. C'est l'histoire des cinq adolescents qui était très brièvement parue sur Internet le soir du second tour de la présidentielle ! C'est notre histoire à tous, j'en suis persuadé ! C'est ça, c'est ça !

— C'est ça, c'est ça ! répétèrent les autres.

L'atmosphère devenait de plus en plus électrique dans la salle.

— C'est pas un film, c'est un documentaire, continua l'adolescent, qui se grisait.

— On vient au cinéma pour se marrer, pas pour se prendre la tête. On s'en contrefout que ça soit un documentaire ou un film. Balance la sauce, tavernier ! On veut voir la fin…

— Mais je ne peux plus, balbutia Jane. On a rebooté nos serveurs à distance il y a cinq minutes à peine. Et le fichier du film a été effacé, il est impossible pour nous de continuer la projection.

Des cris fusèrent :

— La vérité ! La vérité !

Jane courut, heurtant plusieurs spectateurs, et parvint à sortir de la salle avant que les plus violents ne pensent à commettre l'irréparable. Et, puisque le film ne redémarrait pas, les quatre cent soixante-quatorze spectateurs spoliés, en rage, comme en transe, dévastèrent la salle 7, arrachant à plusieurs les fauteuils, les lançant sur l'écran et sur le matériel de projection. Puis la horde sortit du cinéma pour se reformer sur la place Bellecour. En attendant qu'on leur montre la suite du film, la vérité sur ce virus qui avait osé défier leur ville.

Ce qui se passa ce soir-là au cinéma Pathé de Bellecour se produisit très précisément dans quatre cent cinquante et une salles réparties dans plus de soixante-dix départements français. Dans toutes les salles où devait être projeté en avant-première *X-Men Ending*. Les spectateurs employèrent les mêmes mots pour exprimer leur colère, les directeurs de cinéma utilisèrent les mêmes explications pour chercher l'apaisement. Mais rien n'y fit. Au total, cinquante-huit salles furent sérieusement endommagées et douze entièrement ravagées. Dans le cinéma de Paimpol, le directeur reçut même un coup au visage qui le plongea dans le coma. Et, à l'UGC Ciné Cité de Lille, rue de Béthune, un député de la région, que certains spectateurs avaient repéré dans la foule, fut précipité dans la grande machine à pop-corn du hall, dont on avait poussé à fond les manettes. Le visage brûlé au quatrième degré, le député mourut dans l'indifférence générale, certains se bornant à constater que le maïs éclaté avait ce soir-là une odeur de cochon brûlé.

(5)
PARIS, 5 SEPTEMBRE

Le nouveau repaire des Effacés, place Dauphine, à la pointe ouest de l'île de la Cité, était en plein cœur de Paris. Nikolaï Stavroguine avait promis de leur fournir un triplex gigantesque dans cet endroit comptant parmi les plus charmants et les plus prisés de la capitale. Il avait tenu parole. Le Russe était d'ailleurs tellement fier d'avoir dessiné lui-même les plans d'aménagement de ce vieil immeuble acquis en son temps par son père Lev qu'il y avait aussi élu domicile et occupait le troisième niveau, le plus ensoleillé, offrant une vue panoramique sur la Seine, le Louvre et tous les trésors de Paris situés en aval de l'île. Chaque niveau couvrait plus de six cents mètres carrés, ce qui permettait à chacun des Effacés de s'octroyer une chambre particulière, à l'exception de Mathilde, toutefois, qui partageait la sienne avec Elissa. Celle-ci veillait sur elle à toute heure du jour et de la nuit.

Est-ce qu'Ilsa, Zacharie, Neil et Anouar profitaient de cet appartement aux volumes exceptionnels, idéalement situé et d'une modernité d'avant-garde ? La réponse était non. Depuis la disparition d'Émile, depuis le retour de l'île du Prince, depuis le départ de José Aladin vers d'autres latitudes, depuis l'exil forcé de Mathilde vers des territoires connus d'elle seule, le groupe naviguait à vue, ne parvenant pas à couper avec le passé, hésitant à se trouver un avenir. Quel avenir, d'ailleurs ? Que pourraient-ils faire à présent ? Reprendre une vie ordinaire, comme le leur avait proposé quelques heures auparavant Marie-Ange Mouret ? Ils se trouvaient entre deux eaux, ne sachant pas encore si l'avenir serait à même de clarifier les sombres effluves de leur passé.

Il était 20 heures et, malgré le beau temps revenu en milieu d'après-midi, les Effacés et Nikolaï n'étaient absolument pas tournés vers la baie vitrée faisant face à la Seine. Le farniente, ce serait pour plus tard, bien plus tard, pour jamais peut-être. Depuis la matinée, les flashs spéciaux se succédaient sur les grandes chaînes généralistes à un rythme effréné, les antennes spécialisées dans l'information multipliaient les duplex entre Paris et plusieurs dizaines de villes en France. Les journalistes en plateau ou sur le terrain semblaient proches de l'hystérie. Depuis les soulèvements de juin, depuis le retour de Marie-Ange Mouret sur l'échiquier politique, l'information n'avait jamais été aussi dense qu'en ce soir du 5 septembre. Un ancien Premier ministre avait été abattu par un tireur isolé dans un immeuble parisien. Et, partout en France, des émeutes, dont une meurtrière, s'étaient produites dans plus de quatre cents cinémas. Mais ce qui avait provoqué la sidération totale des Effacés devant ce flot d'informations, c'étaient les premiers échos d'un film projeté par erreur dans les cinémas où étaient nées les émeutes. Ce film, *Toxicité maximale*, racontait l'histoire de cinq adolescents recueillis par un mentor aux yeux bleus magnétiques qui les envoyait à Lyon sur la piste d'un dangereux virus.

Leur histoire.

Zacharie, le plus halluciné de tous, s'était joint à Anouar, qui pianotait sur son ordinateur à la recherche de la moindre information inédite à propos de ce film. Mais tous les sites d'information reprenaient les mêmes dépêches en les paraphrasant.

— Je ne vais pas dire que c'est dingue, ces histoires, commença Nikolaï en se servant une solide rasade de vodka dans un verre à cocktail. Parce que ça serait en dessous de la vérité…

Il continua son soliloque :

— D'abord, nous sommes tous reçus à l'Élysée, et moi le premier, moi le chef des révolutionnaires, moi qui possède encore *La Dame à la licorne*, reçu sans cravate, et taillant le bout de gras avec la Mouret qui me sourit… Et je lui siphonne sa vodka, à cette greluche, l'air de rien, en la provoquant doucettement… Et, pendant que je picole, le père Salavin se fait buter dans le cabinet d'un avocat à Paris… Ce même Salavin dont Mouret se vantait d'avoir obtenu le silence, lui qui savait tout… Pourquoi cet assassinat ? Il a changé d'avis entre le faubourg Saint-Honoré et le Père-Lachaise ? Et qui l'a commis ? Et puis maintenant ce film… Ce film sur vous… M'est avis que vous n'allez pas rester longtemps à la retraite, les amis…

Ilsa lui intima l'ordre de se taire. Une journaliste prenait la parole depuis Strasbourg. Elle se trouvait debout devant la caméra, et, derrière elle, on voyait un bâtiment en feu, le cinéma Vox, situé sur la Grande Île, qu'une dizaine de pompiers arrosaient à grande eau.

— *Et il semblerait donc, recoupant par là les dizaines et les dizaines de témoignages recueillis par nos reporters d'un bout à l'autre du pays auprès des gérants de cinéma, qu'à Strasbourg comme ailleurs l'émeute a commencé non pas lorsque les spectateurs se sont aperçus qu'ils n'assistaient pas à la projection du nouvel* X-Men, *mais bien lorsque le film projeté, ce film qui n'existe plus à présent,* Toxicité maximale, *s'est brutalement interrompu une vingtaine de minutes après le générique et cela sans la moindre intervention des gérants de cinéma, j'insiste là-dessus. Le témoignage du directeur du Vox l'atteste, il est formel, le film a purement et simplement été effacé de la boîte, du disque dur, du réseau du cinéma où il était stocké...*

— Vive le progrès ! ironisa Nikolaï. Du temps où on livrait les bobines, ça ne serait jamais arrivé. Parce qu'on n'aurait jamais pu faire brûler les bobines au même moment partout en France, à moins d'un plan de très grande envergure. Là, il suffit de pénétrer dans les serveurs prétendument sécurisés des cinémas et d'appuyer sur la touche « supprimer ». Je parie que même Anouar aurait été capable de faire un truc pareil...

— Même Zacharie ! corrigea Anouar.

— On va se réveiller, répétait Neil, qui ne pouvait détacher ses yeux de l'immense écran plat fixé dans le salon du troisième niveau. On va se réveiller... Eh oh ! Un film sur nous ! Les quelques spectateurs qui ont été interviewés parlent d'un laboratoire souterrain, d'un batracien de toutes les couleurs, d'une fille de dix à douze ans à la peau très noire, d'un mec aux yeux bleus, de moi, de toi, de nous... On va se réveiller ou quoi ?

Ilsa secoua la tête.

— Il faut se demander qui a tourné ce film, et pourquoi. Et qui a tout effacé aussi vite des serveurs.

Ilsa s'interrompit. Il y eut un instant de flottement sur le plateau du 20-heures de TF1. Le remplaçant de Louis Saline, qu'ils avaient côtoyé lors de leur quatrième opération, balbutia quelques mots, puis s'interrompit une dizaine de secondes, hochant la tête, écoutant son oreillette comme un chien écoute son maître, avant de reprendre enfin la parole :

— *Priorité au direct, bien évidemment, puisque nous apprenons à l'instant que la préfecture de police de Paris s'apprête à diffuser une image du meurtrier de François Salavin... La préfecture de Paris qui doit communiquer dans les prochaines secondes non pas un portrait-robot de l'assassin mais bien une photographie extraite d'une bande vidéo enregistrée à la station de métro Alexandre-Dumas vers midi, station de métro empruntée par le meurtrier… Et il semblerait que l'identification soit déjà effectuée et que les empreintes laissées dans l'appartement où se trouvait le tireur isolé, empreintes aussi bien digitales qu'ADN, confirment son identité…*

— Ah, ça devient intéressant, là ! s'enthousiasma Nikolaï en se redressant sur son siège Mies van der Rohe. J'imagine le pire… Ce qu'on va apprendre ne sera pas joli-joli, croyez-moi…

La chaîne, pour accompagner le commentaire du présentateur, passait en boucle des images de la police scientifique opérant dans l'appartement vide. Un homme, dont on apercevait les sourcils intensément broussailleux au-dessus du masque, effectuait des prélèvements sur le bord d'une fenêtre.

— *Voilà, et nous sommes en mesure de vous communiquer à présent l'identité de l'assassin, identité confirmée, je le rappelle, de l'assassin, ou plutôt de l'assassin présumé, de François Salavin, même si son forfait ne fait aucun doute…*

Les Effacés se rapprochèrent tous de l'écran.

Une photo se composa alors, une photo assez floue, très granuleuse, mais où il était tout à fait possible de discerner le visage de Nikolaï Stavroguine. Il se trouvait sur deux marches, dans un escalier du métro, portant sur son épaule un large sac de sport.

— *L'assassin s'appellerait donc Nikolaï Stavroguine, âgé de vingt-cinq ans, le fils de Lev Stavroguine, un oligarque controversé, ancien président de l'Annecy Football Club et décédé en ce début d'année…*

— Qu'est-ce que… bafouilla le Russe.

— Police ! hurla une voix au pied de l'immeuble.

Un bruit assourdissant leur vrilla les tympans. La porte principale du triplex de Nikolaï venait de voler en éclats.

(6)
PARIS, 5 SEPTEMBRE

Claude Busc, le patron du RAID[1], était arc-bouté contre le mur qui encadrait la porte de l'immeuble de la place Dauphine. Il s'était placé directement à droite, au plus près de l'action, il n'était pas question qu'il laisse quelqu'un d'autre que lui pénétrer en premier dans les lieux. Lui et ses douze hommes jouissaient de l'effet de surprise. Ils ne risquaient rien.

Marie-Ange Mouret en personne l'avait appelé voilà une heure pour lui confier une mission d'importance : arrêter l'assassin de François Salavin. Le laboratoire de la police scientifique s'était montré formel à propos de son identité. Les caméras des principales chaînes de télé se trouvaient déjà place Dauphine. Leurs camions-régies satellitaires n'avaient qu'à parcourir quelques centaines de mètres depuis le quai des Orfèvres jusqu'à la place.

Busc se fichait bien du Russe, de ce Stavroguine. Ce qui lui importait, c'étaient les gamins. La présidente lui avait assuré qu'ils se trouveraient avec l'assassin de Salavin. Et, cette fois, Busc allait les attraper. Ils ne parviendraient pas à s'enfuir. Pas question. Il en allait de sa réputation,

1. Recherche, Assistance, Intervention, Dissuasion : unité d'élite de la Police nationale française qui intervient dans les situations de crise.

déjà mise à mal par l'épisode du château Al-Rayyan. Il les coffrerait, un à un. Il s'agissait d'abord d'une vengeance personnelle. Sa motivation n'avait jamais été aussi forte. Il était passé si près de la mort voici quelques mois, si près de souhaiter en finir, de retourner l'arme vers lui plutôt que de la pointer vers d'autres, qu'il se devait de les capturer. Mouret avait prononcé ces étranges paroles : « Vous avez trois jours, Busc », alors que lui comptait bien ne prendre que trois minutes. Il allait les accrocher tous à son tableau de chasse. Et il rempilerait dès lors pour cinq années de plus à la direction du RAID.

— Police !

Une sommation, à peine. D'un regard, Busc ordonna le déclenchement de la charge explosive. La porte d'entrée vola en éclats et les hommes du RAID, Busc en tête, vêtus de cagoules et de combinaisons noires frappées de leur célèbre panthère, déboulèrent au rez-de-chaussée. Les lasers écarlates de leurs fusils d'assaut HK53 balayaient l'espace en tous sens, les murs d'un blanc immaculé, le parquet de chêne verni, découvrant des objets, des meubles, du matériel high-tech d'un luxe inouï. On se serait cru dans le département design d'un musée d'art contemporain.

Le commandant avisa l'escalier en colimaçon qui menait aux étages.

— En haut ! hurla Busc.

Il en oubliait les règles strictes de l'unité, la communication gestuelle plutôt qu'orale, mais il s'en fichait, il devait les coffrer pour les cuisiner, les humilier comme ils l'avaient humilié, lui, à la sortie du château Al-Rayyan.

Déjà, deux hommes qui s'étaient faufilés dans un couloir avaient effectué la première prise. Il y eut deux brefs cris stridents, des cris de gamine, et, au milieu de l'escalier, Busc vit ses deux subordonnés revenir avec deux proies, une adolescente d'une douzaine d'années à la peau très noire, celle qui se prénommait Elissa, et l'autre, plus grande, qui se laissait traîner sans se débattre, sans même regarder devant elle, celle qui se prénommait Mathilde.

Busc ne s'attarda pas sur cette scène. Il s'agissait de menu fretin. Les autres étaient sans doute tout en haut. Il arriva avec six hommes au deuxième niveau et il entendit alors des bruits provenant du second étage du triplex, des bruits de pas, des bruits de course. C'était un sauve-qui-peut général.

— Deux fouillent l'étage, les autres avec moi, ordonna-t-il.

Tandis que la course se poursuivait, en bas les hommes de la troupe d'élite avaient fait asseoir les deux adolescentes sur un canapé de cuir blanc. La plus jeune était dans un état de nerfs terrible, elle s'agitait et lançait parfois des mots grossiers.

— Vous ne voyez pas qu'elle est dans la détresse ? disait-elle en montrant Mathilde. Vous croyez que votre intervention va arranger les choses ? Vous ne pouviez pas appeler avant ?

Les deux hommes ne bronchaient pas, alors Elissa se leva. Un des deux policiers, le plus grand, braqua immédiatement son fusil sur elle et un petit point rouge apparut au beau milieu de son front.

— On ne bouge pas, dit-il.

— Avec vos cagoules… soupira la fille, qui resta debout. Vous n'avez même pas le courage d'avancer à visage découvert.

Elle fit un pas sur le côté et l'autre policier fusa aussitôt vers elle, lui empoignant les deux bras, qu'il rabattit derrière son dos.

— On ne bouge pas ! dit-il.

Mais Elissa se cambra, parvenant à libérer sa main droite. Elle se retourna, arracha la cagoule de l'homme et la jeta au loin.

Tout alla très vite, trop vite.

Ce geste insensé de sa part déclencha instinctivement une réaction chez le policier qui la visait. Il dévia le point rouge sur le tibia droit d'Elissa et tira. La balle partit et, puisque les fusils étaient équipés de silencieux, le bruit que tous les protagonistes de la scène entendirent dans le triplex ne fut pas celui de la détonation, mais celui des os, des cartilages et des muscles, que le calibre 5.56 mm déchiqueta instantanément.

Elissa tomba au sol en hurlant, et s'évanouit aussitôt. Mathilde jeta péniblement un regard vers le corps de sa garde-malade, aussi immobile à terre qu'il avait été vivace quelques secondes auparavant. L'homme à qui Elissa avait ôté la cagoule ne nota aucun changement de physionomie sur son visage.

— Demande son évacuation, souffla-t-il en s'encagoulant de nouveau.

Busc avait dit de ne ménager aucun des occupants des lieux, si jeunes soient-ils. Il s'agissait d'arrêter des terroristes, les coupables d'un crime abject.

— Une cible touchée, communiqua le collègue dans leur système de transmission interne.

Puis ce dernier s'assit près de Mathilde sur le canapé blanc tacheté de rouge et la prit par les épaules.

— Où sont-ils ? dit-il.

Il la secoua sans ménagement.

— Où sont-ils ? Y a-t-il une sortie directement par le troisième niveau ? Un ascenseur ?

Mathilde ne dit rien. Elle fixait toujours le corps d'Elissa, et ce filet de sang qui envahissait peu à peu les interstices du parquet.

— Tu m'écoutes ? demanda le policier.

Il lui envoya une gifle qui fit plus de bruit peut-être que la précédente agression.

Busc ne croyait pas trouver une telle superficie au second étage. Il n'avait pas eu le temps de bien étudier les plans du cadastre, et, d'ailleurs, il pensait que Stavroguine n'avait pas tout déclaré au moment de lancer les travaux. Les adolescents ne se trouvaient plus dans ce salon qui dominait la Seine et où un immense écran plat retransmettait en direct, depuis la place Dauphine, l'assaut en temps réel avec quelques images volées aux fenêtres – trop zoomées et trop floues pour qu'on aperçoive quoi que ce soit, sinon des mouvements furtifs.

— Évacuez immédiatement la blessée, ordonna Busc dans son transmetteur tout en courant.

Il n'allait pas s'émouvoir pour du sang. Le but était de les capturer vivants. Les blesser restait dans le champ des possibles.

Qu'avait-il vu pour se ruer en direction du dédale des chambres ? Un pied peut-être... Il avait surtout entendu des bruits de course. S'il y avait une sortie cachée depuis l'extrémité est de l'appartement, ils ne pourraient pas aller bien loin. Tous les accès à l'île de la Cité, soit les huit ponts, avaient été bouclés par ses soins. C'était l'inconvénient d'habiter sur une île. Une île était un havre pour les honnêtes gens, un piège pour les autres.

— Faites décoller l'Alouette, ajouta Busc, toujours en mouvement.

Un hélicoptère, à Issy-les-Moulineaux, le rotor déjà en action, attendait ses instructions pour quitter le sol au cas où une course-poursuite s'engagerait dans Paris.

— Bien reçu, répondit une voix de femme.

Busc en tenait déjà deux, Elissa et Mathilde, mais il allait les avoir tous. Et devant les caméras. Son fiasco originel serait remplacé sur les mêmes antennes par le triomphe qui se préparait.

D'un coup, les bruits de pas devant eux cessèrent et il ne resta plus que les leurs. Busc leva le poing et le serra fort. Ses hommes s'arrêtèrent aussitôt. Il en déploya trois dans chacun des deux couloirs qui se présentaient. Il était possible que Stavroguine et ses sbires se soient réfugiés dans des chambres fortes, prêts à soutenir un siège. Il ne s'agissait pas là de son scénario favori, certes, mais on n'était pas dans un de ces films débiles où l'action des forces d'élite se trouve systématiquement caricaturée.

Ils avancèrent à pas comptés, en prenant soin de rester silencieux, évitant tout frôlement, tout frottement. Les deux couloirs se rejoignaient en V sur les derniers mètres et Busc vit alors deux portes métalliques fermées et un bouton transparent, à droite de l'une des portes, où clignotait une diode rouge. Deux portes d'ascenseurs. Une des cabines était en marche. Elle descendait.

Busc ne dit rien tout d'abord, il n'eut pas le moindre geste de contrariété. Il demanda à ses hommes de baisser leurs armes et enclencha son casque-micro.

— Ils ont fui. Un ascenseur. Surveillez les sorties de parking. Assurez-vous que les barrages sur les ponts sont bien en place.

Une chance.

Puis il rebroussa chemin au pas de course. Il devait regagner au plus vite le QG mobile de la place Dauphine.

Nikolaï Stavroguine était homme à s'adresser de larges compliments. Tandis que l'ascenseur privé dévalait à toute allure la hauteur complète de son immeuble, il aurait dû se féliciter de l'installation de cet engin secret qui lui permettait en temps ordinaire d'épater ses conquêtes d'un soir, qu'il débarquait directement depuis sa McLaren, au parking, jusqu'à sa chambre, à l'étage, en toute discrétion. Mais il ne le fit pas, trop halluciné par cette accusation argumentée que la police lui mettait sur le dos.

Anouar, Ilsa, Zacharie et Neil le suivirent dans l'étroit parking souterrain où stationnaient une dizaine de véhicules de grand luxe, dont trois motos. Le Russe leur désigna une BMW X6, un monospace où ils pourraient tous s'engouffrer.

Ilsa était très contrariée d'avoir laissé Mathilde et Elissa derrière eux. Elle suivait le mouvement tout en tournant et retournant la situation dans son esprit. Il s'était révélé impossible de leur prêter main-forte. N'étant coupables de rien, elles seraient vite libérées.

— Mouret donnera des ordres, lâcha-t-elle en s'engouffrant dans l'habitacle.

Ses acolytes n'eurent aucun mal à saisir où sa pensée se situait.

— Mouret ! hurla Stavroguine. Mouret, cette salope ! Mais vous n'avez pas encore compris qu'elle nous a piégés tout à l'heure ? Les empreintes, le test ADN… J'ai laissé ma putain de carte de visite génétique sur mon verre à vodka !

Neil tenta de le calmer. Il lui proposa de prendre le volant. Stavroguine lui envoya un violent coup de poing sur la poitrine.

— Non, laisse-moi ! C'est moi qu'ils veulent ! C'est moi qu'ils n'auront pas !

Anouar secoua la tête.

— On ne sortira pas de l'île, constata le surdoué. Ils ont certainement bloqué tous les ponts. Tu n'as pas un hors-bord, plutôt ?

— Il faut se rendre, ajouta Zacharie. On parlementera ensuite.

— Ferme-la ! Boucle ta gueule et ta ceinture, et ferme-la !

Il était en pleine démence. Si bien que chaque Effacé se demanda, un court instant, s'ils n'auraient pas mieux fait de rester dans le triplex et d'attendre que les hommes de Busc les menottent.

— Jamais je n'ai été autant en danger que maintenant ! Jamais !

Il mit le moteur en marche et donna de grands coups inutiles sur le volant.

— Jamais ! Jamais ! Même quand je voulais foutre ce putain de pays à feu et à sang, on me foutait une paix royale... Et là, l'autre agite le drapeau blanc et on me colle cette accusation sur le paletot !

Un gyrophare orange commença à tourner tandis que le portail du parking se soulevait doucement, dévoilant peu à peu les pâles rayons du soleil déclinant.

— On sort par le quai de l'Horloge. On va essayer le Pont-Neuf.

Les roues crissèrent sauvagement sur le sol tandis que le monospace bondissait hors de l'enclos souterrain.

Nikolaï braqua violemment à gauche, sans ralentir, et se retrouva pare-chocs contre pare-chocs avec un utilitaire métallisé noir du RAID.

— On va éviter le pont Neuf, dit-il.

Il enclencha la marche arrière et vint s'encastrer dans une voiture circulant, elle, dans le bon sens. Le choc envoya violemment les cinq passagers en avant.

Nikolaï braqua à nouveau, le pied à fond sur l'accélérateur pour faire demi-tour. Il s'engagea sur le quai de Corse et le remonta à vive allure, slalomant entre les quelques véhicules qui circulaient encore malgré le bouclage du quartier. Lorsque le compteur numérique dépassa les cent kilomètres à l'heure, Neil détourna vivement le regard.

— Tu vas nous tuer ! hurla Ilsa.

— Vous êtes déjà morts ! répondit le Russe entre ses dents.

Mais Nikolaï ne relâcha pas la pression sur la pédale, concentré sur sa conduite, les deux mains sur le volant, à 10 h 10 comme on l'apprenait à l'auto-école. Le van du RAID filait toujours derrière eux et plusieurs autres véhicules – cinq ou six voitures de police ordinaires et deux ou trois banalisées – jaillissaient des rues intérieures pour les prendre en chasse.

— Pont au Change, Notre-Dame, Arcole barrés... Ça se complique...

Anouar haussa les épaules à l'énoncé de la constatation de Zacharie.

— Je vous l'avais bien dit.

Le surdoué se tenait à l'arrière, le coude en appui sur l'accoudoir de la portière et la tête posée nonchalamment sur la paume.

— Bizarre, y a pas encore d'hélico, ajouta-t-il.

Le Russe donna un grand coup de volant en même temps qu'il freina et la voiture glissa plus qu'elle ne s'engagea sur leur droite, rue de la Colombe. L'arrière chassa et renversa au passage des présentoirs de cartes postales et de souvenirs, et le pare-brise de la BMW reçut une pluie de petites tours Eiffel en métal.

— J'ai déjà donné ! dit Stavroguine en reprenant sa course folle.

La rue de la Colombe, très étroite, fut avalée en quelques secondes à peine. Ils passèrent devant l'École nationale de la magistrature avant de voir surgir, sur leur droite, l'arrière majestueux de Notre-Dame. Il prit encore à gauche, la rue du Cloître, mais deux voitures de police arrivaient par là toutes sirènes hurlantes, ce qui ne changea en rien les plans du conducteur. Il fonça droit dans les voitures, comptant sur le côté raisonnable des fonctionnaires de police, souvent pères de famille, pour s'écarter avant la collision, à l'angle de la rue et des deux quais. Ce qu'ils firent... mais trop tard. L'avant de la BMW heurta l'aile du véhicule de droite et les deux voitures se transformèrent en toupies. Le véhicule de la police, une Peugeot quelconque dont Stavroguine n'aurait pas même voulu pour aller acheter son pain, s'encastra dans une des grilles du square Jean-XXIII, qui se plia sous l'impact. L'arrière de la voiture s'enflamma. Trois policiers en sortirent, hébétés, le visage en sang.

Dans la X6, les quatre passagers n'eurent pas même le temps de reprendre leur souffle, de se masser la nuque pour remettre leurs cervicales en place, que le conducteur fonçait droit dans la Peugeot, trouvant là une façon un peu cavalière mais ô combien efficace de pénétrer dans le jardin public. Le choc fut rude là aussi, la voiture de police effectua un virage à cent quatre-vingts degrés avant de laisser le passage.

— Tu ne tentes pas le pont de l'Archevêché ou le Saint-Louis ? souffla Neil.

— Bloqués ! souffla Stavroguine, qui, n'ayant pas perdu une seconde, avait déjà repéré les forces en présence.

Le Russe accéléra à fond sur les pelouses du jardin public. Des enfants hurlaient et couraient dans toutes les directions, accompagnés de leurs parents ou de leurs nourrices, des chaises disposés çà et là sur les allées volaient en tous sens mais, par miracle, personne ne fut blessé. En passant à pleine vitesse devant un bac à sable, Stavroguine déchaîna une tempête qui fit ressembler un temps ce lieu calme et innocent au désert de Gobi en plein été. Ils filaient le long de Notre-Dame, entre des autochtones et des touristes hallucinés.

— Reste le pont au Double ! lança Stavroguine, qui avait la main appuyée en permanence sur le klaxon pour que les passants s'écartent.

— Je ne vois pas pourquoi ils n'auraient pas bouclé ce pont-là, dit Anouar.

Le Russe accéléra encore au moment de sortir du square et entama une manœuvre délicate pour faire tourner la BMW à grande vitesse sans que plus de deux roues décollent du sol.

— Moi je ne sais pas, mais je vois, répliqua le Russe.

Pour la première fois, il se mit à sourire, de ce grand sourire dément qui le caractérisait et qui dévoilait ses dents aussi blanches que des perles.

Le pont au Double était gardé, certes, mais seulement par deux voitures de police placées perpendiculairement à la route, ce qui permettait de les passer en les heurtant sans trop de casse.

Nikolaï s'élança pour ce qu'ils espéraient tous être la fin de cette partie d'autos tamponneuses.

Ils étaient sortis de l'île et les flics ne pourraient pas quadriller toute la capitale.

— Faut quitter Paris maintenant, dit Ilsa. Et toi, il faut que tu quittes la France avant qu'ils bouclent les aéroports et les aérodromes. On pourrait se séparer, se fondre dans le métro et se donner rendez-vous plus tard pour aviser.

— On a réussi l'impossible ensemble, souffla Nikolaï. On réussira donc l'improbable unis.

Des sirènes continuaient à hurler, des gyrophares tournaient toujours derrière eux. Le Russe s'engagea à contresens dans la rue Lagrange, puis dans la rue Dante.

Celle-ci les mènerait-elle en enfer ?

(7)
PARIS, 5 SEPTEMBRE

Marie-Ange Mouret écoutait attentivement les paroles du directeur de l'INPS, l'Institut national de police scientifique, qui s'était rendu en personne dans l'appartement de la rue Planchat d'où Nikolaï Vsévolodovitch Stavroguine, le tireur présumé, avait commis son forfait. En apprenant que la plus haute autorité de l'État s'y trouverait en ce début de soirée, accompagnée par quelques dizaines de caméras de télévision, il n'avait pas hésité une seule seconde, lui qui ne quittait que très rarement son bureau du quai de l'Horloge. La présidente écoutait donc les explications fumeuses du directeur en hochant la tête de temps à autre, désignant parfois des éléments situés derrière le ruban de plastique jaune et blanc qui délimitait le périmètre où le tireur s'était posté pour commettre son forfait de l'autre côté de la rue.

Marie-Ange Mouret opinait du chef, en montrant la poignée d'une fenêtre et en se disant que cela ferait de très belles images pour les journaux de la nuit et du matin. Son interlocuteur lui confia être certain à deux cents pour cent (et Dieu sait qu'elle exécrait cette expression idiote parmi tant d'autres) de la culpabilité de Stavroguine. Ce qui fit penser à la présidente que la science n'était pas même capable de faire surgir la vérité ! Un comble ! Dans cette pièce, seules trois personnes étaient au courant de la machination. Elle, bien évidemment, Hervé Moine, le patron de la DCRI, qui lui avait soufflé cette idée, ainsi que cet officier de la police scientifique aux sourcils broussailleux qui se tenait encore à cette heure près de la fenêtre et qui s'était occupé de l'aspect technique de l'opération, débarquant quelques minutes seulement après la fuite du tueur, en provenance direct de l'Élysée, pour venir apposer avec brio les traces de ce sale petit Russe fomenteur de révolution !

— Je vois que notre police n'a rien perdu de sa superbe ! s'enthousiasma la présidente en serrant chaleureusement la main du directeur de l'INPS, qui chavira devant ce franc hommage.

Elle sortit de l'appartement, le ministre de l'Intérieur, quelques conseillers et le préfet sur les talons, préfet qui fulminait littéralement de s'être fait voler la vedette par l'autre bigleux du microscope.

Aussitôt, une masse de micros et de caméras se braquèrent sur elle. Les communicants canalisèrent le groupe pour le conduire vers un coin du hall, loin de l'appartement où on avait retrouvé la jeune femme poignardée. La présidente ne devait pas être à contre-jour. Cela lui brunissait le teint et atténuait la blondeur flamboyante de ses cheveux.

— Madame la présidente, lança une sorte de sosie de Mouret, un mot sur ces événements qui bouleversent à nouveau la France ?

Hervé Moine, qui débarquait à cet instant dans le hall, le visage cadenassé comme à son habitude, courut vers sa patronne et se hissa sur la pointe des pieds pour lui susurrer quelques mots à l'oreille. Elle hocha la tête, visiblement satisfaite.

— Nous aspirons à la paix, commença-t-elle. J'ai repris l'État en main. Je compte faire en sorte qu'aucune personne dans cette République, et je dis bien aucune, ne continue à penser que la France n'est plus un État de droit.

Elle s'arrêta, compta trois flashs, puis reprit :

— Nous avons traversé des guerres, des révolutions, notre histoire en est ponctuée. Et chaque fois, grâce au courage de ses dirigeants et à l'audace de son peuple, la France en est sortie grandie. Il en sera demain comme il en a été hier.

Une caméra trembla, rendant l'image trouble, sans que l'on sache vraiment si c'était à cause de l'émotion du caméraman ou d'un coup de coude d'un confrère jaloux. La présidente, après une courte pause, continua :

— Je viens d'apprendre que Nikolaï Stavroguine, le meurtrier de François Salavin, est parvenu à fuir son domicile de la place Dauphine, et ce, malgré le déploiement des hommes du RAID et de la Police nationale sur l'île de la Cité. Dès lors, il devient notre ennemi public numéro un, l'ennemi de la nation tout entière ! Nous le traquerons jusqu'à ce qu'il rende compte de son assassinat devant un jury de cour d'assises.

Elle replaça une mèche récalcitrante, certainement la faute au fond de l'air humide, sur le haut de son crâne et mit un terme à ce point de presse informel.

— Si vous voulez bien m'excuser…

Un jeune journaliste, qui avait préalablement éloigné son micro de l'auguste parole, le tendit tout de go, s'enhardissant à propos d'une question qui lui brûlait les lèvres.

— Madame la présidente, que devons-nous penser de ces incidents dans plus de quatre cents cinémas en France ? Avez-vous une explication au sujet de ce film français qui a été projeté en lieu et place du dernier *X-Men* ?

Marie-Ange Mouret n'eut pas la présence d'esprit d'éviter de mordiller le bord de sa lèvre inférieure, signe chez elle d'une forte contrariété.

— Pas d'informations pour le moment, mais nous y travaillons.

Elle se reprit :

— La police y travaille également… Maintenant, si vous voulez bien m'excuser…

Elle prit place au milieu d'une ronde composée par ses plus fidèles conseillers et ses gardes du corps, et se fit rapidement ramener à sa voiture.

Hervé Moine s'assit à ses côtés dans la DS5 blindée et ferma aussitôt la vitre qui les séparait du chauffeur. La voiture s'engageait à vive allure dans la rue de Charonne lorsque Moine perçut qu'il pouvait prendre la parole. La présidente s'était calmée.

— Ce journaliste n'avait pas à poser cette question à propos du film… dit-il de son ton docte habituel.

Mouret eut un geste de contrariété et considéra le petit homme qui se tenait auprès d'elle. La caricature parfaite du haut fonctionnaire, toujours élégamment habillé, le visage lisse, parfaitement glabre, portant boutons de manchette et bracelet de baptême. Il n'était absolument pas son genre d'homme, mais elle ne s'était jamais autant sentie en sécurité qu'à ses côtés. Il était parvenu à l'ensorceler. Était-ce le même sort que Dominique Destin avait jeté à Étienne Hennebeau ?

— Je n'ai pas l'intention de museler la presse comme le fit mon prédécesseur, lâcha-t-elle.

— Grave erreur.

Elle eut ce même geste de dédain, quoique plus fané cette fois.

— Où en êtes-vous, concernant ce film ?

— Nous avançons.

— Je vois cela comme un ultime cadeau de Nicolas Mandragore, ou de Destin – allez savoir où se nichait le machiavélisme chez cet être putride…

— Cela me paraît un tantinet plus complexe que cela, répondit Moine, qui suivait des yeux la publicité pour *X-Men Ending* sur le flanc d'un bus.

Elle n'osa pas en demander plus. Ils s'engageaient place de la Bastille.

— Vous avez très bien répondu à propos de Stavroguine, continua le patron de la DCRI. Les guerres, la révolution… Vous avez un réel talent d'improvisation, madame la présidente.

— Les compliments ne vous seront pas facturés en heures supplémentaires, Moine.

— Pour moi, les heures supplémentaires seraient celles qui commencent à la vingt-cinquième heure…

Il avait réponse à tout, lui aussi. Il poursuivit :

— Busc fulminait au téléphone tout à l'heure. Il tenait tellement à capturer ces gosses. Il n'a pas compris l'allégement du barrage du pont au Double. Nous mettrons cela sur le compte d'un défaut de coordination.

— Vous avez parfaitement géré cela.

— L'arrestation sera reportée de trois jours, tout au plus. D'ici là, les esprits se seront calmés à propos du film, les haines étant canalisées vers la personne extravagante de ce Russe fortuné. Les journalistes ont été briefés. Ils feront le job. Il ne fait pas bon être riche de nos jours. Vous avez eu en ligne le président Lebiadkin ?

Marie-Ange Mouret approuva.

— Il m'a déclaré, dans son style tout en nuances, que seule une bonne rafale pouvait venir à bout de cette mauvaise herbe de Nikolaï Stavroguine. Il déteste le fils à la hauteur de son adoration pour feu le père.

— C'est bien ce que je pensais. Les autorités du pays d'origine de Nikolaï Stavroguine ne lèveront pas le petit doigt si nous venons à le supprimer. L'épisode du drapeau souillé a été la goutte d'eau qui…

Marie-Ange Mouret tourna soudain la tête vers Hervé Moine.

— Un drapeau souillé ? Quel drapeau souillé ?

— Une histoire qui date de juin. J'ai lu une note de la DGSE[1] à ce sujet. Stavroguine a uriné sur un drapeau russe sur le tarmac d'un aéroport érythréen. La scène a été filmée par un soldat à l'aide de son téléphone portable et, depuis, les jeunes Russes la mettent en musique sur les réseaux sociaux pour se moquer de Lebiadkin.

La présidente ne dit rien. Elle avait hâte de rentrer à l'Élysée et de retrouver son chef de cabinet, Christophe, qui était aussi son compagnon.

— J'espère que tout se déroulera comme vous le souhaitez dans les prochains jours, Moine. Ne me faites pas commencer mon quinquennat dans la boue, ainsi que le commença Étienne en son temps…

— Faites-moi confiance, madame la présidente.

Combien de fois, se demanda Marie-Ange, combien de fois Destin avait-il dû dire cela à Hennebeau ? En adoptant le tutoiement, bien sûr…

— Vous n'êtes pas Hennebeau et je ne suis pas Destin, c'est entendu ? termina Moine.

Le chef de l'État se versa de l'eau dans un grand verre de cristal. À travers la vitre fumée, elle vit à son tour une immense affiche représentant les X-Men à la hauteur de l'Hôtel de Ville, dont la reconstruction s'achevait.

Et son esprit ne put s'empêcher de mettre, à la place des têtes des super-héros, les visages plus humains, plus ordinaires, mais surtout plus dangereux, des Effacés.

1. Direction générale des Services extérieurs.

ALEXANDRE-DUMAS

12 JUILLET 1974

Écrire qu'Étienne Hennebeau s'impatientait, assis dans la station Alexandre-Dumas, tenait de la plus parfaite des litotes, de celles en mesure d'illustrer, à l'usage des étudiants, jadis les volumes de Lagarde et Michard, aujourd'hui les pages sur écran de Wikipedia.

21 h 02. Et Marie-Ange n'était toujours pas là. Passait encore le mensonge abracadabrantesque qu'elle lui avait débité pour éviter de rencontrer ses parents cet après-midi, mais là, il s'agissait de se rendre à une agréable soirée donnée par un brillant camarade de promotion de l'ENA, un futur auditeur de la Cour des comptes, avec lequel Étienne aimait à se mesurer. Et sur le plan des compagnes, depuis qu'il sortait avec Marie-Ange, Étienne n'avait plus aucun souci à se faire ! Il allait remporter le match haut la main, une fois encore.

Encore fallait-il que Marie-Ange, sa douce blondeur et son joli minois arrivent. Les vibrations sur les rails, ainsi que le petit courant d'air frais qui provenait du tunnel, informèrent Étienne qu'un métro en provenance de Nation n'allait pas tarder à s'engager dans la station. Ou bien Marie-Ange s'y trouvait, ou bien il prenait place à bord et se rendait seul à la soirée aux Ternes.

Sa patience avait des limites que ne rachetaient pas tout à fait le corps divin et l'esprit en adéquation de l'étudiante la plus séduisante de la promotion Lumière.

Le clochard qui lui avait tendu une photo de bébé quelques secondes plus tôt sans rien obtenir de sa part, pas même un geste, pas même un regard, avait réussi son coup avec l'autre homme qui se tenait sur le quai, un grand chauve d'une maigreur repoussante, sûrement un faible, celui-là, pour se laisser embobiner par un type pareil…

Étienne Hennebeau haussa les épaules. Il compta à rebours dans sa tête ; il aimait compter à rebours en toutes circonstances, pour chaque élément de sa vie, si infime soit-il. Là, il compta à rebours l'arrivée du métro dans la station Alexandre-Dumas, mais il y avait un comptage tout au-dessus des autres, son comptage ultime, celui de son arrivée à l'Élysée, un jour prochain, dans quelques dizaines d'années tout au plus.

Cinq, quatre, trois…

Le courant d'air prit de l'ampleur et se refroidit, collant sa chemise contre son torse. Le métro se rapprochait. Étienne resta assis.

… deux, un…

Il vit alors le clochard avancer jusqu'à l'extrême limite du quai. Il portait des sandales défraîchies, Étienne parvenait à en scruter le moindre détail même à cette distance, et tous les orteils de cet homme dépassaient du quai. Le type allait tomber. Étienne ouvrit les yeux en grand.

… zéro.

Le métro entra dans la station. Et le clochard se jeta sur les voies. Un cri retentit sur sa droite. Il tourna la tête. Une jeune femme s'arrêta en bas de l'escalier, une Arabe. Elle tenait par la main une petite fille qui, elle, tenait par la main une poupée aux yeux clos coiffée d'un bonnet rose.

Étienne tourna vivement la tête, le conducteur avait déclenché ses freins d'urgence et le métro glissa encore sur quelques mètres. Il entendit le chauve crier « Non ! » ou, plutôt, il le lut sur ses lèvres quasi inexistantes, car le crissement des freins couvrait tout. Tout sauf le cri strident de cette femme.

Le chauve se précipita vers les rails. Étienne, lui, resta assis, se prenant la tête à deux mains. Sa soirée était fichue.

Les gens étaient décidément d'un égoïsme fou.

(8)
AUTOROUTE A6, À HAUTEUR DE MÂCON, 6 SEPTEMBRE

Nikolaï Stavroguine et les Effacés se séparèrent à la gare d'Austerlitz. Ils abandonnèrent la BMW en face de l'entrée principale et se fondirent dans l'édifice sans difficulté, empruntant chacun des accès puis des escaliers différents. Leur longueur d'avance sur la dizaine de voitures de police qui les avaient poursuivis depuis l'île de la Cité leur avait permis de réussir cette dispersion à première vue anarchique, et pourtant terriblement pensée et repensée sur le trajet.

Ils s'étaient donné un horaire, 23 h 30, et un lieu, le parking de la gare de Sainte-Geneviève-des-Bois, dans l'Essonne, à une trentaine de kilomètres au sud de Paris.

Nikolaï avait choisi ce lieu de rendez-vous car il connaissait le coin depuis peu pour y avoir, une nuit, ramené une de ses conquêtes. S'il devait attendre ses compagnons, il y avait un bois touffu, près de la gare, dans lequel il pourrait se fondre et où personne n'aurait l'idée de venir le trouver.

Ilsa emprunta la ligne 10 du métro, de la gare d'Austerlitz jusqu'à Cluny-la-Sorbonne, où elle prit le RER B jusqu'à la station de Massy-Palaiseau. Là, elle sauta dans un RER C qui la conduisit en dix-huit minutes à Savigny-sur-Orge. Un changement de quai lui permit d'attraper un autre RER qui la conduisit à Sainte-Geneviève-des-Bois six minutes plus tard. Elle fut la première arrivée. Anouar débarqua du RER suivant. Après être sorti de la gare d'Austerlitz, il avait traversé à pied le pont Charles-de-Gaulle, qui enjambait la Seine, pour se rendre à la gare de Lyon. Après avoir patienté quelques instants dans plusieurs Relay, s'assurant ainsi qu'il n'était pas suivi, Anouar prit un RER D jusqu'à Juvisy-sur-Orge puis un RER C en correspondance pour Sainte-Geneviève-des-Bois. Rassuré sur la justesse de son choix, et certain qu'aucun policier ne l'avait pris en chasse, il s'octroya un paquet de chips aromatisé au paprika sur le quai de la gare de Juvisy.

Zacharie fut le troisième à arriver. La ligne 5 du métro le conduisit jusqu'à la place d'Italie. Il marcha une trentaine de minutes jusqu'à la porte d'Orléans, où un bus l'emmena en une heure à peine, et après de nombreux arrêts, à la gare RER de Sainte-Geneviève-des-Bois.

Neil ferma le ban quelques minutes seulement avant l'heure du rendez-vous. Son périple ne fut pas des plus simples, car il prit la ligne 5 dans l'autre sens et se retrouva porte de Pantin. Là, il prit le tramway jusqu'à la porte de Vincennes, puis un autre jusqu'à la porte d'Ivry. Il traversa ensuite à pied Ivry pour emprunter à son tour la ligne C du RER, qui l'amena, après deux changements, à Choisy-le-Roi puis à Juvisy et enfin à la gare de Sainte-Geneviève-des-Bois, où il retrouva ses acolytes. Plusieurs fois sur le trajet, il se fit la réflexion que même le plus borné ou le plus zélé des policiers lancé à sa poursuite se serait découragé devant une telle galère.

Nikolaï, lui, prit tout simplement le RER C de Paris-Austerlitz à Sainte-Geneviève-des-Bois, qui le conduisit à son but en vingt-cinq minutes à peine. Il patienta le reste du temps assis contre un arbre, dans le bois.

Une quinzaine de minutes après son départ de Paris, tandis que la rame du RER à deux niveaux marquait l'arrêt en gare de Savigny-sur-Orge, des centaines de policiers avaient été déployés dans les gares et les aéroports, publics et privés, de toute la région parisienne. On avait communiqué le portrait de Nikolaï Stavroguine à toutes les autorités compétentes, mais pas celui de ses acolytes, les Effacés, puisqu'ils n'existaient déjà plus.

La chasse à l'homme de l'ennemi numéro un des Français avait commencé.

À cette heure tardive, près de 2 heures du matin, le groupe était déjà loin de l'Essonne, filant vers son repaire. La nuit était noire et les Effacés se trouvaient pratiquement seuls sur l'autoroute A6, à bord d'une vieille Renault Espace que Nikolaï avait volée sans effort sur le parking de la gare. Une voiture à l'ancienne où il suffisait de joindre deux fils électriques situés sous le volant pour la faire démarrer. Le Russe excellait depuis l'âge de quatorze ans dans cette manipulation, qu'il répétait inlassablement les soirs où son père recevait des gens importants dans sa datcha, près de Sotchi, afin de précipiter les luxueuses voitures des dignitaires dans leur lac partiellement gelé.

L'ambiance était lourde dans l'habitacle. Ilsa avait relayé Zacharie au volant depuis Beaune. Nikolaï ne desserrait pas les dents. Il s'était contenté de leur annoncer leur destination, sans rien leur préciser de plus. Puis, tandis qu'ils devaient bifurquer vers l'autoroute des Titans, Stavroguine dit, très sobrement :

— J'ai soif.

Anouar lui tendit une bouteille d'eau, que le Russe ne regarda même pas.

— J'ai soif, répéta-t-il. Arrêtez-moi dans une épicerie. J'ai soif.

Neil commençait à sentir gentiment l'énervement poindre en lui.

— On n'est pas à Paris, ici. À 2 heures du matin sur l'autoroute, à part les stations-service, il n'y a rien d'ouvert. Et tu auras bien du mal à trouver ton tord-boyaux dans leurs rayons.

Nikolaï, qui se trouvait à l'arrière, fit un bond en avant et agrippa le volant avec sa main droite. À cent quarante kilomètres à l'heure, la voiture fit une violente embardée sur la bande d'arrêt d'urgence. Ilsa réussit à rétablir l'équilibre, tandis que Zacharie hurlait sur Stavroguine en lui maintenant les mains pour qu'il ne recommence pas. Neil se joignit à l'effort tandis que le Russe commençait à pousser des hurlements déments qui leur vrillaient les tympans, des hurlements inhumains, insupportables. Ilsa sortit de l'autoroute, s'arrêtant à une caisse automatique, pénétra dans un Mâcon désert à cette heure et immobilisa la voiture devant une épicerie qui avait tiré son rideau de fer sur l'avenue René-Cassin.

Une fois la voiture à l'arrêt, Stavroguine cessa aussitôt de crier et se rua à l'extérieur. Il trouva un cric dans le coffre et parvint à soulever assez le rideau de fer pour briser le bas de la porte en verre et pénétrer, accroupi, dans la petite boutique. Aussitôt, une alarme stridente retentit et des lumières apparurent à la ronde. Mais, tandis que le premier volet s'ouvrait en face de l'épicerie, Nikolaï était déjà revenu dans la voiture, tenant à la main son précieux trésor : une bouteille de vodka bas de gamme. Tandis qu'Ilsa remettait les gaz, le Russe but à même le goulot et vida la bouteille tout entière en quelques secondes.

Il se rejeta ensuite contre le dossier du siège et ferma les yeux. Il souriait béatement, comme le fait un nourrisson après une bonne tétée.

— Je suis calmé, à présent, dit-il. Laissez-moi le volant.

Une allumette brandie près des lèvres du Russe aurait fait fondre les plus hautes neiges des Alpes, des cimes françaises jusqu'aux monts slovènes, du mont Blanc jusqu'au Triglav.

— Tu es vraiment un connard de première, laissa tomber Neil, qui malgré cette réaction somme toute contrôlée avait une folle envie de rouer de coups le visage de Stavroguine.

L'Espace entra à nouveau sur l'autoroute déserte. Les panneaux sur fond bleu indiquaient « Milan, Annecy, Genève ».

— La Mouret n'a rien à envier à Hennebeau, commença Nikolaï. Il aurait fallu qu'ils crèvent tous les deux. C'est vous qui l'avez fait revenir, vous êtes ses complices...

Lorsqu'il ingurgitait une sévère dose d'alcool, des traces d'accent russe revenaient dans sa prononciation.

— Ils sont de la même race, la race des seigneurs. Ils s'entourent de séides plus immondes qu'eux encore, puisque eux, ces séides, ils n'ont même pas de réputation à perdre.

Il continua brièvement en russe, lâchant probablement quelques jurons. Puis il éclata de son rire le plus impressionnant.

— Vous connaissez mon alibi à l'heure où Salavin se faisait très justement plomber la cervelle ? Non ? L'endroit où je me trouvais ? Mais à l'Élysée, bien évidemment, en compagnie de Mme la présidente et de monsieur le fils de pute en chef, Hervé Moine, patron des renseignements français. Leur parole contre la mienne, qu'en dites-vous ?

Il dévisagea chacun des Effacés, à tour de rôle.

— Oui, parce que vous, hein, je ne vous inclus pas dans l'affaire... Les morts ne parlent plus, c'est entendu... L'alibi en béton ! Je sirotais un verre de vodka à l'herbe de bison dans le Salon doré de l'Élysée. Mais, putain, ça ferait rire même un condamné à mort innocent à Huntsville[1]. Tu imagines si je dois assurer ma défense : « J'étais avec la présidente de la République. » Les flics pensent direct que je me paie leur sale gueule... Et, je ne sais pas si vous avez remarqué,

1. La Huntsville Unit est la seule prison habilitée à appliquer la peine de mort au Texas.

en repensant à ce matin, mais on n'a croisé personne entre le jardin et le bureau de Mouret…

— Il y a le chauffeur de la voiture officielle qui t'a forcément vu, argua Anouar.

— Ouais, tu peux compter sur ce gorille pour me fournir un alibi. Si ça se trouve, ils l'ont déjà coulé vivant dans le béton d'un centre commercial en construction à Aubervilliers…

— Tu déconnes vraiment, Nikolaï, dit Neil. Redescends un peu.

— Y a vraiment pas de quoi être inquiet, t'as raison. On décide au plus haut niveau de votre République nécrosée de me coller le meurtre de Salavin sur le dos, on trafique mon ADN, on manipule des caméras de la RATP où j'apparais, fringué comme à l'Élysée mais non plus sous les dorures, dans la station la plus proche de l'endroit où a eu lieu le meurtre… Y a de quoi être serein et confiant pour l'avenir, t'as cent fois raison, mon pote.

Zacharie restait renfrogné dans son siège, à l'avant. Ilsa, elle, était concentrée sur la route. Et elle ne parvenait pas à extraire de ses pensées les visages de Mathilde et d'Elissa. Où se trouvaient-elles ? Leur groupe avait à nouveau volé en éclats.

— Ils veulent faire de toi l'ennemi public numéro un, commença Anouar, sur le même ton qu'il aurait pris pour dire qu'il se dégourdirait bien les jambes. Ils savent qu'il n'y a rien de mieux pour fédérer un peuple en ébullition qu'une puissante cause commune. Tu es riche, beau, jeune, étranger, grande gueule, tu as tous les critères pour te faire détester. Pendant que les médias raconteront ta traque, ils relégueront ce curieux film en fin de journal. Mouret a peur que les révoltes reprennent sous l'impulsion du moindre déclencheur. Ce film en est un. Si le vent souffle fort à nouveau, s'il ranime les braises, tu seras une sacrée lance à incendie pour eux.

— Il faut toujours que ce soit celui qui paraît le moins capable qui se montre le plus clairvoyant ! brailla Nikolaï. Un pompier pyromane ! Voilà ce que je suis à présent ! Un putain de pompier pyromane !

Anouar ne releva pas la première phrase. Il était plutôt fier de sa démonstration, à laquelle s'ajoutaient en temps réel, dans son cerveau, de multiples connexions autour des éléments du jour. Tout se mettait en place, un peu comme le ferait de la limaille de fer cernant un aimant. Il aimait cette sensation grisante qui lui secouait les méninges.

— On va avoir le temps de reparler de tout ça bientôt, continua Stavroguine. Je vous emmène au fort de Tamié. C'est une propriété que mon père a acquise dans le plus grand secret près d'Albertville, à distance raisonnable d'Annecy, où se trouvait son club de foot. Seul Yveblat, son notaire à Annecy, est au courant de cette transaction. Vous verrez, c'est un endroit de dingue, un vrai fort militaire situé dans la montagne où mon père projetait de se réfugier le jour où une guerre bactériologique viendrait à éclater ou si, un jour, la gauche, la vraie, arrivait au pouvoir.

— Je ne comprends pas pourquoi tu veux qu'on s'arrête là-bas, dit Ilsa. Pourquoi ne pars-tu pas avec un de tes jets en Russie, ou dans un autre pays qui ne possède pas d'accord d'extradition avec la France ? Ils ont fait surveiller les aérodromes autour de Paris, mais je doute qu'ils aient étendu cette surveillance jusqu'au pied des Alpes.

Nikolaï se pencha en avant afin de bien se faire comprendre.

— Il est hors de question que je fuie ce pays qui m'accuse. C'est peut-être ce qu'ils veulent pour faire durer le suspense, j'en sais rien, mais j'ai trop de panache pour ça. Je vais rester ici et prouver mon innocence… Et puisque vous êtes censés combattre les injustices, si j'en crois ce putain de film qui est sorti sur les écrans et les putains de romans inspirés de vos vies qui ne tarderont pas à envahir les librairies, il serait de bon ton que vous me filiez un coup de main !

Il trempa son majeur dans le goulot de la bouteille vide, puis lécha son doigt recouvert de condensation alcoolisée. La vieille voiture filait le long de l'autoroute, le moteur râlant. Ses faibles phares n'osaient pas même s'imposer devant la nuit. Les lumières, les vraies, se trouvaient ailleurs.

— Va falloir sacrément se remuer les méninges, et ça, ça vous connaît, non ?

(9)
PRÈS DE LA PLAGE DE MARKA, SOMALIE, 6 SEPTEMBRE

Le dernier des hommes essuya cette poisse qui coulait sur son front et qui n'était autre que sa propre sueur. Il venait de placer une ultime charge explosive au pied de la tourelle de commandement du supertanker qui stationnait depuis plus de dix ans maintenant dans la crique. Il s'agissait là du vingt-septième des pains de plastic que ses compagnons et lui avaient disposés aux endroits stratégiques de l'imposant navire. Aucun emplacement n'avait été choisi au hasard et ils avaient strictement observé les consignes reçues afin que l'opération soit une réussite totale. L'homme n'en avait pas fini pour autant. Il devait à présent faire pénétrer deux barres de métal dans cette substance molle, pareille à de la pâte d'amandes, et y brancher un petit boîtier électronique qui, le moment venu, commanderait l'explosion simultanée de toutes les charges de Semtex.

Une fois l'installation effectuée, grâce à des gestes devenus experts, le Somalien courut vers l'héliport où l'attendait l'engin qui devait l'emmener loin de cet enfer programmé. Sur les sièges réservés aux passagers, il rejoignit ses trois acolytes, ainsi qu'une autre personne, dont il était impossible d'apercevoir le visage dans l'obscurité, et qui fit signe au pilote de décoller aussitôt. C'était ce mystérieux personnage qui tenait à la main le boîtier de mise à feu. Il détenait entre les mains de quoi plonger ce pays dans un chaos plus grand encore qu'auparavant. Mais il ne semblait absolument pas troublé par l'enjeu.

Tandis que l'hélicoptère s'élevait au-dessus du supertanker condamné, le dernier des hommes crut apercevoir une parcelle du visage de leur employeur sous la pâle lueur du croissant de lune, et il eut la brève impression, avant de se reprendre aussitôt, qu'il s'agissait d'une femme. Il se mit à trembler de tous ses membres, mais parvint vite à se contrôler de nouveau.

L'hélicoptère quitta bientôt la crique et passa au-dessus de la plage de Marka, presque à la verticale, ses rotors poussés à fond. En bas, on distinguait de gros points jaune orangé, des feux autour desquels s'ébrouaient en tous sens de petites silhouettes filiformes, des hommes. Sur cette plage, la nuit, les pirates oubliaient la dureté des jours en compagnie de prostituées et d'alcool, interdits par leur religion, seuls expédients pourtant pour supporter leur quotidien.

Les Somaliens s'assuraient pour la énième fois que leurs ceintures de sécurité étaient en place. D'après le pilote, en restant dans les limites du détonateur, le souffle de l'explosion du supertanker, même si la cuve était à présent vide de tout hydrocarbure, devrait forcément les chahuter.

Ils attendaient, les yeux fixés sur le détonateur, sur ce boîtier que ce curieux personnage tenait entre les mains. Ils le virent soupirer, mais il n'appuya toujours pas. Ils le virent se passer la main sur le visage, sans appuyer pourtant sur le bouton.

Il le fit, à l'instant même où tous commençaient à désespérer.

Alors l'hélicoptère fut, en effet, comme jeté vers l'avant et il fallut toute l'habileté du pilote pour qu'il ne décroche pas définitivement. Ils regardèrent en arrière, contrairement à leur commanditaire, qui restait les yeux fixés vers l'avant.

Ils n'entendaient plus rien, juste un faible sifflement, leurs tympans n'ayant pas encore surmonté l'agression.

Plusieurs champignons de feu se formèrent au-dessus de la crique, des centaines et des centaines de morceaux de tôle s'envolèrent dans les airs, dans une chorégraphie due au seul hasard et qui ne laissait rien transparaître d'artistique.

— Ce n'est pas beau à voir, dit en somali, et d'une voix tremblotante, le dernier des hommes.

Il sentait la poisse revenir sur son front, petits globules, gouttes naissantes, futures traînées.

— L'art doit lutter contre le chaos, ils ne peuvent pas se comprendre, psalmodia leur commanditaire en français.

Le Somalien fit aussitôt volte-face, aux prises avec cette phrase dont il n'avait pas saisi un traître mot. Peu lui importait le sens, puisqu'il avait eu raison en première intention.

Cet homme était une femme.

(10)
FORT DE TAMIÉ, DANS LES ENVIRONS D'ALBERTVILLE, 6 SEPTEMBRE

Ils sortirent de l'autoroute peu après Bellegarde-sur-Valserine, puis traversèrent Annecy. On se trouvait au beau milieu de la nuit lorsque la Renault passa devant le centre d'entraînement de l'Annecy FC, qu'ils avaient infiltré plusieurs mois auparavant, pratiquement à la même heure, pour assurer la réussite de leur troisième opération. Le fort de Tamié se situait une vingtaine de kilomètres plus loin, sur la départementale 12, à la frontière de la Savoie et de la Haute-Savoie. L'édifice, à près de mille mètres d'altitude, dominait le col de Tamié et Albertville. Une route sinueuse, dessinée entre deux rangées d'arbres touffus sur tout son long, assurait l'accès jusqu'à la place fortifiée, qu'il était impossible, par cette nuit noire, de distinguer depuis la vallée.

Un oiseau aux larges ailes passa au-dessus de la voiture, très haut dans le ciel, effleurant le croissant de lune de ses plumes, et Neil crut bien reconnaître le vol caractéristique d'un aigle.

— Il va aller se poser sur le fort, dit Stavroguine, qui suivait aussi l'oiseau. La force vient à la force, la majesté à la majesté.

— Tu fais dans le lyrisme, aussi ? ironisa Neil.

Le Russe répondit par un grand sourire.

— C'est l'endroit. J'ai toujours été plus au grand air qu'à la ville.

— C'est vrai que tu semblais bien déprimé lorsqu'on s'est rencontrés à Saint-Tropez, il y a quelques mois…

— J'ai changé, répondit laconiquement Nikolaï. Ou je me fous de ta gueule, au choix.

Ilsa avait conservé le volant depuis Beaune, et c'est le corps fourbu, les articulations douloureuses, qu'elle sortit de la Renault Espace devant l'entrée principale du fort. Ils ne s'étaient pas arrêtés depuis Mâcon, et le capot de la voiture était brûlant. Une fumée blanche très fine se dégageait des tréfonds mécaniques du véhicule garé sur un terre-plein.

Ils passèrent dans un petit tunnel surplombé d'herbe, qui devait les mener devant l'entrée proprement dite des casemates.

— C'est la première fois que tu mets les pieds ici ? demanda Zacharie.

Leur hôte approuva, tout en composant un code sur un boîtier apposé près d'une des lourdes portes en acier.

— Ouais. C'est Yveblat qui m'a filé les codes. Mon géniteur a acquis le lieu peu de temps après que Neil lui eut foutu une balle dans le bâti. Avant, les gens du cru pouvaient louer le bordel pour leurs mariages ou leurs baptêmes. C'était entrée libre le week-end. Il y avait même un parcours d'aventures, tu sais le genre de truc débile pour les mômes où il faut passer d'une branche à l'autre sans se casser la gueule, où les chiards se prennent pour des espions… Et puis il y avait des tables de pique-nique… C'était le paradis des familles. Mon père a racheté le tout en usant d'un prête-nom au syndicat intercommunal. Il en a proposé vingt fois le prix du marché et le syndicat a cédé en moins de deux heures – ça lui permettait de mettre en place des lignes de bus supplémentaires et de construire une de ces putains de piscines publiques où il y a plus de chlore que d'eau dans les bassins. Il y a eu un début de polémique, je crois, mais en fait je m'en fous. J'ai suivi ça de loin, le notaire m'a rencardé lorsqu'on a fait le point sur l'héritage de mon vieux... Mon salaud de père a rasé toutes les installations de loisirs, fortifié les murs et installé en toute discrétion des lance-missiles, des mitrailleuses lourdes. Les seize hectares de terrain sont truffés de mines déclenchées à distance... Tout un putain d'attirail dont l'installation a été supervisée par un ancien général des forces terrestres de Russie, un ami de mon père... Le tout relié à un centre de commande situé dans les tréfonds de la montagne. Il voulait pouvoir attendre sereinement la fin du monde orchestrée par les microbes ou les rouges, c'est selon. Un vrai repaire à la James Bond... Marie-Ange n'a qu'à envoyer ses troupes à l'assaut, elles seront reçues avec les honneurs dus à leur rang. S'ils veulent un final digne de ce nom pour un autre film de la série, ils ont trouvé leur lieu.

Anouar secoua la tête.

— J'achète pas, ce serait trop cliché.

Le Russe fit la grimace. Il tapa encore le code, et, cette fois, la porte s'ouvrit.

— Ouais, vous avez habitué vos fans à mieux, c'est ça ? Putain, ta tête, elle va finir par éclater de prétention ! Et à douze ans, le mec...

— On n'est pas dans un film d'horreur, intervint Ilsa. Je vous rappelle, pendant que vous vous faites plaisir avec vos bons mots, que, premièrement, on a perdu Mathilde et Elissa, deuxièmement, toutes les polices de France sont à nos trousses, et, troisièmement, des cinémas brûlent en France à cause d'un film qui raconte notre histoire.

Ils entrèrent dans la première salle. Les murs suintaient d'humidité et une odeur de moisi les prit à la gorge. L'ameublement n'avait rien du grand luxe stavroguinien. On trouvait de simples lits de camp, et des armoires en métal remplies de treillis militaires et de vieilles couvertures mangées par les mites.

— C'est rudimentaire, ici, grogna Neil.

— Je vous l'ai dit... C'est un taré de militaire qui a réaménagé les lieux. Le genre de mec qui jouit à l'idée de se couper lui-même un doigt de pied nécrosé à force d'attendre l'ennemi dans le froid et de pouvoir le brandir ensuite comme un trophée.

Ils firent le tour du propriétaire. Le fort de Tamié semblait en effet inexpugnable une fois les portes blindées des casemates refermées. La forteresse avait été construite à même le flanc de la montagne. La face qui s'offrait à la vallée n'était accessible que par des alpinistes, et, de l'autre côté, de hauts murs et un fossé protégeaient le cœur du fort.

— Il est encore en bon état après cent quarante ans de vie, constata Stavroguine en tapant de temps à autre sur les vieilles pierres.

Le centre névralgique du lieu se situait plus loin. Pour y accéder, ils durent traverser plusieurs salles souterraines, à nouveau protégées par des codes. Et là ils trouvèrent, sous les voûtes d'une pièce aux dimensions impressionnantes et parfaitement saine, quelques objets appartenant à la civilisation moderne.

Des ordinateurs récents et des serveurs informatiques en train de ronronner.

— Bon, je vais m'installer ici, dit Stavroguine. Je vais prendre un lit de camp et je dormirai ici, c'est l'endroit le plus sécurisé du fort.

— Parce que tu comptes dormir ? interrogea Ilsa.

— Et pourquoi pas ? Tu as peur d'avoir trop froid cette nuit ? railla Stavroguine. Demande à ton grand blond de te serrer contre lui, ça ira tout de suite mieux.

Ilsa vint se planter devant lui. Son visage laissait paraître une colère qu'elle s'efforçait pourtant de contenir.

— Moi, je ne dors pas avant d'avoir avancé dans les recherches…

— Libre à toi, fit le Russe, qui reprenait le chemin des casemates à la recherche d'un lit et d'une couverture. Moi, j'ai besoin de quelques heures de sommeil pour être à fond demain… Je n'ai pas été programmé comme vous, je suis un être humain, pas une machine.

Les Effacés se regardèrent un court instant. Puis, sans dire le moindre mot, ils se mirent tous les quatre au travail, sur quatre ordinateurs différents. Ils allaient donner raison à Nikolaï, mais il y aurait un temps où ils débrancheraient tout cela, lorsqu'ils connaîtraient tout et que la lumière serait faite sur Descimes, Destin, Mouret, sur Aurore même, la fille de leur mentor disparu. Ils devaient écrire leur bible jusqu'à la fin, apportant toutes les solutions aux mystères de leur seconde vie. Ils n'étaient plus que quatre à présent. Mathilde et Elissa se trouvaient entre les mains de leurs nouveaux ennemis, José Aladin avait pris la décision de partir à son retour d'Érythrée. L'ancien footballeur, le premier Effacé de Mandragore, n'avait pas souhaité connaître le fin mot de l'histoire, puisqu'il n'avait en fait jamais connu le début…

— Concentrons-nous sur le film, dit Zacharie. On va forcément trouver des extraits, des traces sur un site de partage de vidéos, YouTube ou autre.

— Ouais, compléta Anouar, y a sûrement plusieurs petits futés qui ont filmé ça sur leur téléphone portable…

Nikolaï était revenu et s'installa le plus loin possible d'eux. On aurait pu croire que, sur ce lit rudimentaire, lui qui était habitué à une literie haut de gamme, et au milieu du souffle des serveurs et du pianotage compulsif des claviers d'ordinateur, il allait mettre du temps à s'endormir. Il ferma les yeux et se retrouva plongé dans le sommeil. Ce fut aussi simple que cela. Neil, en se connectant sur lemonde.fr, constata que les Effacés faisaient toujours l'actualité. Une photo récente de

Stavroguine s'étalait à la une, tandis que le chapeau d'un article lui apprit qu'une seconde victime était à déplorer du côté des directeurs de salle. Durant la nuit, cinq autres cinémas avaient été réduits en cendres.

— Là ! hurla Zacharie.

Ils se ruèrent tous vers l'écran large devant lequel était assis le géant blond. Il s'était connecté à un site canadien qui proposait le début du film *Toxicité maximale*. La vidéo durait treize minutes douze, selon le compteur. Les Effacés allaient se trouver au contact de ce film pour la première fois et leurs cœurs battaient fort, très fort. Ils virent le début de la vidéo. L'image, très sombre, prise à l'aide d'un téléphone portable, tremblotait. Les lettres qui apparaissaient à l'écran restaient floues, mais Anouar parvint à décoder le nom de la production, Monte-Cristo, et le titre du film. Puis ils virent les premières images du laboratoire où Elissa vivait en compagnie d'Amadieu, reconstitué avec un rare sens du détail. La tête d'Ilsa se mit à tourner tandis que la caméra effectuait un zoom arrière puis un court travelling vers le visage de la toute jeune actrice qui jouait le rôle d'Elissa. Elle lui ressemblait énormément. L'imprécision de la vidéo pirate la faisait presque paraître comme son sosie.

Mais le film n'alla pas plus loin. Une mention s'afficha aussitôt sur l'écran :

This video has been deleted

— Les hackers sont toujours actifs… marmonna Zacharie.

Il tenta de recharger la page plusieurs fois, sans succès.

— Oui, dit Anouar, ce sont les mêmes qui ont dû agir sur les serveurs ADSL des cinémas pour supprimer le film. Je ne sais pas ce que vous en pensez, mais moi, je vois les événements selon cette chronologie : mardi soir ou mercredi matin, les cinémas reçoivent le fichier du film *X-Men Ending* sur leurs serveurs comme prévu ; la Fox a l'habitude, pas de souci, les cinémas vérifient le fichier, étalonnent le projecteur numérique et sont prêts pour l'avant-première qui doit avoir lieu quelques heures plus tard sur tout le territoire ; sauf que, et c'est là que le premier hacking a lieu, quelques minutes avant le début de la projection, les serveurs se font siphonner le *X-Men* et le fichier est remplacé par celui de *Toxicité maximale*. À quelques minutes du début de la projection, j'insiste bien... Au moment où les spectateurs entrent dans la salle, ce qui fait que le projectionniste n'a pas revérifié le contenu du fichier...

— Il doit pouvoir le faire sur un écran, sans avoir à allumer le projecteur, objecta Neil.

— Oui, mais il l'a fait une demi-heure avant, et il ne peut pas se douter d'une telle manipulation, ça n'arrive jamais, c'est une première. Le fichier pirate porte le même nom, le projectionniste balance donc le film.

— Et, ensuite, le mec sait que ce n'est pas *X-Men* et il continue pourtant la projection pendant une vingtaine de minutes ?

— Oui, soit il s'est barré de la cabine pour aller peloter une ouvreuse, soit il se dit que le film démarre bizarrement, mais que bon, il a bien fait son job, c'est mécanique, il clique, il envoie la sauce, et c'est terminé... Jusqu'à ce que d'autres hackers entrent en piste pour effacer carrément le film pirate du serveur. Ce ne sont pas les mêmes, on a là deux forces contradictoires, deux forces ennemies, qui ont pris pour champ de bataille les serveurs des quatre cent cinquante et un cinémas concernés en France. Et les spectateurs commencent alors à s'échauffer... Et les directeurs des salles ne peuvent rien faire car ils n'ont plus aucun film sur leurs serveurs informatiques... Pas plus *X-Men Ending* que *Toxicité maximale*...

— Ça se tient bien, ton raisonnement, dit Neil.

Zacharie interrompit Anouar, qui allait se lancer de nouvelles louanges :

— Le film a, de nouveau, été mis en ligne...

Ils regardèrent le début et la vidéo s'arrêta strictement au même point que tout à l'heure. Elle réapparut une minute plus tard, puis disparut. Et, ce manège, les quatre Effacés l'observèrent sans discontinuer.

— C'est une routine, constata Zacharie. Le serveur qui envoie la vidéo le fait toutes les quatre-vingt-dix secondes et le serveur chargé de l'effacer agit une minute après tout au plus.

— C'est quoi le pseudo de l'utilisateur qui poste la vidéo ?

— Station Arsenal, lut Zacharie.

Anouar lança une recherche sur plusieurs moteurs.

— Ils ne se cantonnent pas à ce site canadien. Les mecs la postent sur tous les moteurs de recherche vidéo, regardez...

Anouar pianotait sur plusieurs claviers en même temps. Et, chaque fois, sur chaque écran, le film apparaissait et disparaissait dans le même minutage que précédemment.

— La lutte continue, souffla Anouar.

— Je vais tenter de localiser ce Station Arsenal.

Ilsa et Neil, qui ne possédaient pas le centième des connaissances en informatique de leurs acolytes, observaient ce curieux ballet de doigts, le regard fixé tantôt sur les claviers, tantôt sur les écrans.

— C'est déjà fait ! dit Anouar. On a affaire à un proxy mouvant. Les adresses IP changent sans cesse, les mecs connaissent leur boulot, pas de doute là-dessus.

Zacharie avait les lèvres pincées. Il n'abdiquait pas.

— Il faudrait parvenir à isoler une adresse du proxy et la retraiter ensuite, aller plus loin, les empêcher de l'effacer, la faire vivre...

Anouar secoua la tête.

— On n'y parviendra pas avec le matos du fort...

— Y a deux places fortes, déclara Zacharie.

Ilsa tourna la tête vers le géant blond.

— Quoi ?

— Deux places fortes. Les adresses IP d'où Station Arsenal poste ses vidéos changent à chaque fois mais, si je me réfère à l'historique, si on recoupe toutes les adresses qu'on a glanées, on s'aperçoit que…

— … les lieux qui reviennent le plus sont Londres et Kiev, en Ukraine, compléta Anouar, parvenu à la même conclusion, avec quelques secondes de retard cependant, ce qui le contraria énormément.

Neil y alla aussitôt de sa petite information, après avoir lancé plusieurs recherches successives :

— Les deux villes où on peut trouver des stations de métro portant le nom d'« Arsenal ». Je crois même que la station en Ukraine est la plus profonde au monde.

— Et, précisément… ajouta Zacharie en désignant les plans de deux villes qui apparaissaient côte à côte à l'écran, de la capitale britannique et de la capitale ukrainienne, le lieu désigné à Londres se trouve au nord, près du stade de foot du club d'Arsenal, et celui de Kiev est près de la rive ouest du Dniepr, à quelques encablures de la station de métro de la ligne 1.

— Ça ne veut pas dire que les vidéos partent vraiment de là-bas, dit Neil.

— Non, mais ça veut dire qu'il y a forcément des connexions à trouver à partir de ces deux lieux.

— C'est chaud, souffla Anouar. Qu'est-ce qu'on va pouvoir faire une fois sur place ? C'est vaste, on ne va pas savoir où chercher…

— On pourrait par exemple poser des balises physiques sur ces deux nœuds de raccordement, et ainsi remonter peut-être le parcours des vidéos jusqu'à leur origine.

Anouar se renfrogna, sans que l'on sache si cela indiquait sa désapprobation vis-à-vis de l'idée émise par Zacharie ou bien le déshonneur de ne pas l'avoir trouvée avant lui.

— Je vais partir sans tarder, annonça Zacharie. Ça ne nous coûte rien d'essayer. Je connais à Paris une boutique rue Montgallet capable de me fournir les éléments nécessaires à nos petits bricolages. Ce n'est pas loin de la gare de Lyon. Il y a un train direct qui part d'Annecy à 5 h 31, dans une heure et demie. Neil me déposera. Ensuite, après mes courses, je chope un Eurostar pour Londres puis le vol KLM de 17 h 05 à London City Airport, avec escale à Amsterdam, qui me fait arriver à Kiev vers minuit. Ça devrait le faire...

Le surdoué exprima son désaccord :

— Je persiste à dire que c'est idiot de se rendre à Londres et à Kiev. Contente-toi de Londres, si tu es certain que la pose *physique* d'un traceur sera efficace. Moi, je vous le dis, tout ça sent la panique à plein nez... Ce n'est pas parce que nous ne sommes pas activement recherchés par les flics comme complices de Nikolaï qu'on peut se permettre de partir dans tous les sens...

Neil, Ilsa et Zacharie s'interrogèrent du regard. Et Zacharie décida de se contenter de Londres.

— Bon. Et moi dans tout ça ? demanda Anouar, pour qui l'usage des pronoms personnels excluait la première personne du pluriel.

— Et nous ? corrigea Neil.

— Toi, Anouar, tu restes ici pour prendre en main notre mouchard dès que je l'aurai installé. Et Ilsa et Neil, eh bien, vous n'aurez pas le temps de vous ennuyer lorsque Nikolaï sera à nouveau éveillé... Il y a aussi une belle enquête de ce côté-là.

Ilsa fit encore la moue. Zacharie la prit aussitôt dans ses bras.

— Je sais que tu te fais du souci pour Mathilde et Elissa. Ne crois pas que nous y sommes insensibles. Mais on ne peut rien pour elles pour le moment. Il faut avancer sur nos problèmes prioritaires... C'est en les résolvant que nous parviendrons à reprendre la main face à Mouret.

Anouar intervint alors :

— Moi, je vous l'ai déjà dit, je veux aller sur le terrain maintenant, je crois avoir fait mes preuves sur l'île du Prince, non ?

— On n'est pas dans un jeu vidéo, répliqua Zacharie, cinglant, tandis que Neil approuvait. Tu ne passeras pas au niveau 2 aussi facilement. C'est mieux que tu restes ici.

Anouar ne répliqua pas. Il ferait comme bon lui semble. Il était assez grand à présent pour décider de sa vie.

Pour ce qui était de l'intendance, ils avaient gardé quelques cartes de crédit fabriquées par Nicolas Mandragore et qui leur permettaient de tout payer sans aucun risque d'être repérés, puisqu'elles trompaient les systèmes de paiement et ne se trouvaient reliées à aucun compte en banque. Par contre, ils avaient laissé leurs téléphones portables dans des poubelles de la gare d'Austerlitz, que les autorités auraient pu pister.

— Le Relay de la gare d'Annecy doit vendre des cartes SIM, déclara Zacharie. Neil vous communiquera mon numéro. J'achèterai un téléphone à Paris.

Ilsa approuva. Il lui semblait que Zacharie prenait plus d'épaisseur depuis le départ de José Aladin. La forte personnalité de l'ancien footballeur avait-elle été un révélateur pour son compagnon ?

— Qui peut bien se cacher derrière tout ça ? demanda Neil.

— Trop tôt pour le dire, répondit Zacharie. On part dans une demi-heure. Ilsa, file les clefs de la Renault à Neil.

— Je ne serais pas étonné d'apprendre que les hackers qui ont effacé le film étaient pilotés par l'Élysée, dit Anouar.

— Et Destin ? lâcha Ilsa.

Neil secoua négativement la tête.

— Destin est mort sur l'île.

— Mouret nous a dit qu'elle n'en était pas certaine, répliqua la jeune femme.

La conversation s'arrêta sur ce qui semblait être une possibilité pleine et entière.

La simple mention du nom de Destin fit se composer instantanément dans leurs esprits la tête chauve, inquiétante, presque monstrueuse, de l'éminence grise d'Hennebeau, de l'ennemi intime de Jean-Baptiste Descimes. Il vint les obséder à nouveau. Certainement parce qu'ils n'avaient pas encore percé tous ses secrets.

Ilsa embrassa Zacharie et lui souhaita bonne chance. Anouar et elle s'allongèrent ensuite sur deux lits de camp, dans la caserne. Ils ressentaient un épuisement intense.

Mais le corps de fil de fer de Destin continuait à danser dans leur esprit cette gigue moqueuse, infernale.

Ils se reposèrent.

Mais ne dormirent pas.

ALEXANDRE-DUMAS

12 JUILLET 1974

Dominique Destin se tenait en retrait de cet homme, de ce clochard aux trousses duquel il courait depuis deux semaines et qu'il était enfin parvenu à trouver. Il ne l'avait jamais vu jusque-là, il s'était chargé de tout, à distance, avec son acolyte. Et cet homme qu'il espérait supérieur, car capable de lui tenir tête sur une si longue période, en était réduit à faire la manche pour acheter une baguette de pain pour sa compagne, sa fille et lui.

Il ne savait pas quelle attitude adopter. Bien sûr, il pourrait le bousculer pour l'envoyer sous le métro, mais enfin il y avait cet individu, ce gosse de riche, qui était assis à quelques mètres d'eux et qui regardait sa montre toutes les cinq secondes depuis son arrivée. D'ailleurs, il venait de refuser de donner une pièce à Jean-Baptiste Descimes, et le clochard, à présent, se dirigeait vers lui. Moment romanesque par excellence où la victime, par quelques cruels méandres de l'imagination d'un auteur, demande l'aumône à son bourreau à quelques instants de son exécution !

Dominique Destin resta interdit, cherchant à ne surtout pas croiser le regard de Descimes. Il le fit pourtant, malgré lui. Et il y lut ce qu'il n'aurait jamais cru pouvoir lire chez un autre être que lui.

Des esprits vulgaires auraient pu dire que cet homme venait de tomber amoureux de cet autre homme. Ce serait qu'ils ne connaîtraient rien à la vie. L'amour n'avait rien à voir ici, le sentiment qui emplissait Dominique Destin était bien plus fort que l'amour. Il laissait l'amour aux autres, sur terre, aux bas de plafond, à ceux qui se satisfont toujours et en tout d'un quart, d'un tiers ou d'une moitié, ne rêvant jamais d'un entier, d'un absolu.

— Une pièce, ah oui ! fit-il machinalement en détournant les yeux de ce regard vers la main tendue de Descimes.

Il fouilla dans sa poche de pantalon, et en sortit une pièce de cinq francs qu'il déposa dans la main de l'homme. Il la posa d'ailleurs bien à plat, juste pour le plaisir de sentir l'extrémité de ses doigts contre la paume chaude de Descimes. Puis il lui sourit.

Mais Descimes était déjà reparti vers le bord du quai, comme s'il avait peur de ne pas trouver une place dans le métro certainement vide qui allait arriver.

Dominique Destin se plaça derrière Descimes, il allait entrer dans la même voiture que lui, il le suivrait jusqu'à trouver l'occasion propice, le moment magique où il pourrait lui annoncer ce qu'il prévoyait pour son avenir. Pour leur avenir.

Le métro s'approchait, on voyait à présent les lumières des phares surgir du tunnel. C'est alors que Jean-Baptiste Descimes s'approcha du gouffre et s'y laissa tomber.

Dominique Destin murmura un « Non » très simple, sans fioritures, et se précipita vers la bordure du quai tandis que les freins de la motrice crachaient des étincelles en tous sens. Un cri retentit dans son dos. Il ne se retourna pas.

Il vit Descimes couché à plat ventre sur le ballast, les jambes, les bras et les doigts écartés.

Alors, tandis que le métro glissait toujours sur les rails, au mépris de tout danger et de toute règle, Destin se jeta à son tour sur la voie.

(11)
RUE MURILLO, PARIS, 6 SEPTEMBRE

Oswald Nissieux n'était plus le même homme depuis qu'il avait cessé de croire en Dieu. Après s'être extrait du repaire de Stavroguine, situé dans les carrières s'étendant sous le parc Montsouris, il avait erré dans la ville de longues semaines, chapardant du pain, des légumes et des fruits, lapant l'eau de pluie, pour survivre, et se demandant même si, maintenant qu'il avait définitivement décroché cette croix au revers de sa veste, il n'allait pas se donner la mort, se jeter d'un pont ou sous un train, cela ne faisait guère de différence. Dieu ne le possédait plus, il était parvenu à reconquérir de haute lutte son libre arbitre.

Il n'en fit rien. Le jour où il apprit l'investiture de Marie-Ange Mouret à l'Élysée, sans pour autant lier sa décision à cet événement, Oswald prit la direction de la rue Murillo et frappa à la porte de l'hôtel particulier de Mme de La Clébord, la veuve d'un chef d'entreprise de tout premier plan qui avait perdu la vie dans la tragédie de Beauport. Cette nuit, avant le second tour de l'élection, après la prise d'otages, où la France et le monde auraient dû apprendre la vérité. Oswald, lui, avait été le seul survivant et s'était donc retrouvé très vite auprès de la veuve éplorée. C'était elle qui lui avait fourni, en pleine révolution, les fonds nécessaires afin qu'ils lèvent une armée de mercenaires et retrouvent les cinq jeunes, ces fameux Effacés.

Mme de La Clébord accueillit le pauvre hère et lui ouvrit son humble hôtel particulier de quarante pièces, avec vue sur le parc Monceau, faisant fi du regard désapprobateur de ses gens de maison. Puis, au bout d'un mois, de façon plus naturelle encore que cet accueil originel, elle lui ouvrit également sa chambre à coucher. Une fois qu'ils furent intimes, Mme de La Clébord lui apprit, de ce ton sentencieux qui était le sien, qu'une femme rêve autant de mettre un prêtre dans son lit qu'un homme rêve d'y mettre une infirmière. Oswald n'avait jamais conçu son précédent sacerdoce sous cet angle. Mais il avait appris à en changer, d'angle, justement, au fil des derniers mois…

À présent, Oswald Nissieux vivait sans plus se soucier de rien. Il essayait de tout oublier dans les bras de sa douce amie. Lorsque arrivait le matin, il n'avait qu'une seule envie : rester couché jusqu'au soir. Le personnel de maison le ravitaillait sous la couette : œufs mollets, œufs à la coque, omelette, œufs brouillés. Il se faisait chaque jour une orgie d'œufs et il se fichait bien que son teint tourne au jaune, alternant avec le blanc cependant, car il trouvait dans cette ingurgitation forcenée quelques réponses à la création du monde. Maintenant qu'Adam et Ève étaient ravalés au rang de personnages romanesques et non plus historiques, il devait trouver la réponse à la grande question existentielle : était-ce l'œuf, ou bien la poule ?

Alors il gobait.

Mais cela, c'était avant la veille au soir et ce flash spécial consacré en partie à l'arrestation imminente de Stavroguine, meurtrier d'un ancien Premier ministre et, surtout, à cette incroyable nouvelle série d'émeutes, dans des cinémas cette fois, dues à ce film dont il aurait bien pu écrire lui-même le scénario, tellement cette intrigue, pleine de trous pourtant, l'obsédait.

Oswald Nissieux avait passé la nuit dans son petit bureau, une pièce d'une soixantaine de mètres carrés, à éplucher tout ce qui pouvait s'écrire à ce sujet sur la Toile, avec, en fond sonore, un poste de radio réglé sur la fréquence de France Info ainsi qu'une télévision branchée, sans le son, sur une chaîne d'information en continu.

À 5 h 30 du matin, il imprimait sa 1 789e page concernant ces deux affaires, un compte rendu succinct trouvé sur un site financier suisse. Il avait déjà usé un toner de l'imprimante laser que Gustave, son majordome attitré, était venu lui changer en maugréant en plein milieu de la nuit. Son bureau était encombré de feuilles volantes, il y en avait partout, et pourtant, sous le désordre apparent, Oswald se targuait en lui-même d'être capable d'aller à la recherche des plus petits détails insolites contenus dans chacun des articles imprimés.

Deux questions le taraudaient en ce petit matin, à l'heure où le café est dans les tasses et où les cafés nettoient leurs glaces. Il avait oublié la poule. D'ailleurs, il s'était fait monter des toasts et de la confiture. Non, les seules questions dignes d'importance étaient les suivantes : qui avait tourné ce film improbable autour des Effacés ? Et pourquoi Nikolaï Stavroguine avait-il bêtement assassiné ce Salavin qui ne représentait plus rien ?

En mordant à belles dents dans une tranche de pain de mie délicatement recouverte de confiture de figues, Oswald parcourut un article mis au jour sur le site du *Parisien* à propos des dernières avancées de la police autour des circonstances du meurtre de François Salavin. La journaliste du quotidien l'avait amendé à plus de six reprises durant la nuit, ajoutant çà et là quelques petits détails sans importance pour la plupart, glanés lors de son enquête sur les lieux. Parfois, elle reprenait la tournure d'une phrase pour la rendre plus littéraire ou pour la rendre plus journalistique. Oswald, qui relisait le tout à chaque nouvelle mise en ligne, ne savait pas encore pourquoi, mais il était subjugué par cet article. Il le sentait bien. Quelque chose clochait dans le texte, il ne savait pas encore quoi, mais un élément agressait son intelligence.

Et la vérité fusa lors de la dernière bouchée.

Le groupe sanguin retrouvé sur le poignard qui avait grièvement blessé la voisine de palier... Dans le premier article, celui daté de la veille à 19 h 03, il était question d'un groupe A rhésus négatif. La journaliste semblait bien informée puisqu'elle avait été la seule à publier cette information à ce moment. Or, ce matin, dans l'article on indiquait le goupe B rhésus positif, information reprise désormais par la totalité de ses confrères, comme étant celui de la patiente qui avait été admise à l'hôpital d'instruction des Armées Bégin, à Saint-Mandé, en sa qualité de victime.

Jusqu'ici, il pouvait s'agir d'une simple petite erreur de la journaliste.

Oswald se leva et retrouva l'article primitif faisant état du groupe A rhésus négatif. Il y avait une photo qui accompagnait l'article. On ne voyait qu'à peine la victime, cachée par plusieurs ambulanciers et policiers, et son visage était recouvert d'un masque à oxygène, mais on pouvait distinguer grâce à une simple loupe, et avec beaucoup de netteté, la poche de sang qui assurait la première transfusion de la jeune femme.

A rhésus négatif. C'était inscrit noir sur jaune.

La victime, dont le nom n'avait pas encore été publié pour des raisons fort compréhensibles de confidentialité, était assurément A rhésus négatif. La journaliste du *Parisien* avait bien fait son travail.

Mais pourquoi se corrigeait-elle quelques heures plus tard ? Pourquoi ses confrères publiaient-ils également un groupe B rhésus positif ? Comment la jeune femme hospitalisée en urgence à l'hôpital Bégin et dont le sang avait été retrouvé sur le couteau pouvait-elle être d'un groupe différent peu après avoir été extraite mourante de son appartement ?

Cela pouvait être dû à une grossière erreur.

Des journalistes.

Certes.

Ou bien de la police.

Dans ce cas, il s'agirait d'une manipulation. Dont il ignorait tout. Pour l'instant.

Et Oswald ne cachait pas son penchant actuel pour la théorie de la manipulation.

Il téléphona au standard du *Parisien* et demanda à parler à la journaliste, une certaine Anne Saroyan. Une femme, entre deux bâillements, lui répondit qu'Anne Saroyan était encore en reportage à cette heure. Oswald demanda à tout hasard le numéro de portable professionnel de la journaliste, mais n'obtint bien évidemment qu'un énième bâillement en retour.

Après cette vaine communication, il hésita longuement devant le téléphone. Il le décrocha une fois, pour le raccrocher. Il ne savait pas encore s'il voulait replonger.

En fait si, il savait.

Il voulait.

Oswald décrocha le combiné et composa à toute vitesse le numéro de portable de Neil, qu'il avait gardé en mémoire.

Il tomba directement sur la voix de synthèse du répondeur et raccrocha aussitôt. Il avait le mail de l'adolescent, un de ses mails plus certainement. C'était peut-être plus sûr.

L'ancien prêtre scanna la photo où figurait la poche de sang et fit un zoom numérique à l'aide d'un logiciel de retouche d'images sur le A rhésus négatif. Il dessina grossièrement, à l'aide de sa souris, un point d'interrogation rouge à côté de cette anomalie.

Puis il scanna également les deux articles du *Parisien*, celui du soir et celui du matin, ainsi que trois autres papiers reprenant le groupe B rhésus positif.

En deux minutes à peine, Oswald se créa une adresse mail des plus étranges : jesusisdead@laposte.net. Il se trouva en possession de six pièces numérisées qu'il joignit à son mail. Il n'indiqua aucun objet pour son envoi et n'inscrivit pas le moindre texte dans le corps de son mail, puisqu'il s'agissait là des deux zones que scannaient en priorité les services secrets français et américains.

On n'était jamais trop prudent.

Il sortit délicatement de son bureau et, toujours dans son affreux pyjama à rayures blanches et bleues, alla se préparer seul une omelette de six œufs. Il avait l'esprit assez large, après tout, pour mener de front deux enquêtes.

Oswald Nissieux reçut une réponse laconique une heure plus tard sur sa nouvelle boîte mail :

TGV 6962 ce matin

Il se sentit léger, léger, il s'envolait presque. Il consulta le site de la SNCF et approuva le choix des Effacés de s'être réfugiés dans les neiges, là où leur blancheur assurerait le plus parfait des camouflages.

Alors il s'habilla en toute hâte, embrassa sur le front Mme de La Clébord, qui regardait une émission de télé-achat, et partit à pied vers la gare de Lyon. Le trajet serait long mais il était heureux, et il se prit à siffloter le *Te Deum* de Lully dans le ciel clair de Paris, sans se morigéner pour autant.

(12) GARE TGV D'ANNECY, 6 SEPTEMBRE

Au moment où le scénariste commence une nouvelle séquence, où l'auteur commence un nouveau chapitre, il est un écueil qu'il leur faut à tout prix éviter : celui de débuter par un cliché ou une phrase toute faite, de prendre, pour un temps, le patronyme de Norpois. Une des astuces consiste à glisser le lieu commun en troisième ou quatrième position. Cela passe alors comme une cuillerée d'huile de foie de morue entre deux gorgées de champagne.

La nuit porte conseil.

Voilà, c'est inscrit noir sur blanc, et c'est précisément ce que s'était dit Anouar en sautant du lit ce matin, au fort de Tamié, et en se précipitant aussitôt sur un ordinateur ronronnant.

Ilsa bondit à son tour. Stavroguine émergeait de son lourd sommeil, déjà, Neil revenait d'Annecy et Zacharie filait dans le TGV vers la capitale.

Anouar était persuadé que les adresses à Londres et à Kiev étaient des leurres tout juste bons à être jetés en pâture aux flics. Mais certainement pas dignes de son intelligence, à lui.

Il s'était connecté à une page sur Internet, et Ilsa, Neil et Nikolaï la découvrirent avec stupeur.

— Ils nous manipulent… Et moi, je suis persuadé de tenir la solution. Une station Arsenal existe aussi à Paris, simplement elle est fermée au public depuis 1939.

Ses compagnons virent la localisation de ladite station, sur la ligne 5, située originellement entre les stations Bastille et Quai-de-la-Rapée, à l'ouest du bassin de l'Arsenal, sur le boulevard Bourdon. L'accès en était condamné, mais pourquoi n'aurait-elle pas été squattée par un groupe de dingues de cinéma, de pirates sans domicile fixe, comme le furent jadis les catacombes du Trocadéro où se déroulèrent plusieurs séances de cinéma clandestin ?

— Pas de preuve, une intuition, dit Anouar. Car comment expliquer qu'on émette depuis l'étranger, l'Ukraine ou le Royaume-Uni, pour une affaire franco-française comme celle-là ? Et puis je ne vois pas des as de l'informatique, capables de mettre au point des routines, se faire choper pour quelques adresses IP identiques... C'est mon intuition et je vais aller vérifier moi-même par le TGV de 7 h 31.

Ilsa n'avait aucun moyen de prévenir Zacharie pour le moment. Si elle était en possession du nouveau numéro de téléphone de son compagnon, lui-même n'avait pas encore de portable et elle devait attendre qu'il s'en procure un à la gare de Lyon pour lui faire connaître l'hypothèse, plutôt convaincante, d'Anouar. Elle envoya un SMS depuis Internet, qu'il recevrait une fois sa carte SIM en état de fonctionner.

Chgt de prog. Attends-nous au Train Bleu.

Il fut décidé qu'Ilsa et Anouar partiraient à Paris et que Neil resterait au fort avec Nikolaï pour réfléchir à une possible riposte à propos du meurtre de Salavin.

Mais quelques secondes plus tard, lorsque Neil consulta ses mails et ouvrit celui, plutôt énigmatique, car sans objet, sans texte, d'un certain JESUS IS DEAD, lorsque l'Effacé ouvrit les six pièces jointes et les partagea avec ses acolytes, on changea les plans : il partirait lui aussi vers la capitale pour rencontrer Oswald Nissieux.

Le Russe, qui n'avait pourtant pas pu tremper ses tartines du matin dans son bol de vodka, n'ayant en ces lieux ni pain ni alcool, se mit à danser un kazatchok endiablé.

Il répétait « Les cons, les cons ! » en hurlant de rire, persuadé d'avoir trouvé dans cette poche de sang la preuve de son innocence.

Pourtant, rien n'était fait.

Nikolaï avait l'âge d'être adulte et restait au fond un enfant. C'est pour cela qu'il paraissait profondément attachant à certains, et particulièrement repoussant aux autres.

Comme les Effacés devaient laisser la voiture sur le parking de la gare à Annecy, Nikolaï se retrouverait sans véhicule.

— M'en fous, j'ai mes canons ! dit-il, non sans fierté. Pensez juste à laisser la bagnole dans un parking souterrain, en ville, et non aux yeux des flics. S'ils font le rapprochement entre la voiture volée dans l'Essonne et notre dispersion à la gare d'Austerlitz…

Au Relay de la gare d'Annecy, ils achetèrent séparément des cartes SIM, ainsi que plusieurs magazines. Anouar, lui, opta pour l'édition de poche en deux volumes du *Comte de Monte-Cristo* d'Alexandre Dumas.

— Tu ne l'as jamais lu ? s'étrangla Neil.

— Si, mais depuis mon arrivée dans la villa de Chevreuse, je voulais le relire. Alors, puisqu'on a plus de trois heures à tuer…

Ils occupèrent un banc sur le quai à peu près désert de la gare, à la hauteur de la voiture 1, où ils avaient réservé un carré pour eux trois.

Anouar s'était plongé aussitôt dans le roman de Dumas et tournait les pages à une vitesse hallucinante, presque compulsive. Au bout de cinq minutes, il en était déjà à la page soixante du premier volume.

— Tu aurais dû prendre *Les Trois Mousquetaires*, *Vingt Ans après* et *Le Vicomte de Bragelonne*, rigola Neil. À ce rythme-là, tu vas être en panne de lecture à hauteur de Lyon !

Anouar daigna relever la tête.

— Le type, là-bas, me gêne dans ma lecture.

Il désigna du regard un homme qui lisait *Le Figaro*, debout, l'épaule appuyée contre un pilier. La une du journal était constituée de la seule photo du visage de Nikolaï, toutes dents dehors, souriant, figé dans une de ses expressions où il paraît se moquer de la terre entière, avec cette seule mention en lettres rouges : « ENNEMI PUBLIC N° 1 ». La finesse même.

— Il n'arrête pas de lancer des coups d'œil vers nous, continua Anouar, qui reprit sa lecture. C'est bizarre.

Neil se concentra sur ce petit homme obèse et chauve en costume noir, qui se tenait le ventre en avant. Sa cravate couleur de charbon était toute chiffonnée sur sa chemise blanche.

— Tu te fais des idées.

Anouar haussa les épaules.

Le train arrivait à quai et Ilsa s'installa la première, en salle basse, dans le carré réservé. Ils étaient plus fatigués que jamais et pourtant le sommeil ne viendrait pas, ils en étaient persuadés. Leur organisme s'habituait avec une facilité déconcertante aux situations de crise. Et les Effacés étaient en crise depuis plus de six mois maintenant.

Cinq autres passagers montèrent dans leur voiture, trois femmes vêtues de tailleurs noirs très stricts et pianotant sur leurs téléphones portables, qu'on aurait pu croire greffés à leurs pouces, ainsi que deux hommes d'affaires, aux visages plutôt avenants mais victimes d'un réveil trop matinal. Le lecteur du *Figaro* ne faisait pas partie des passagers de la voiture 1. Ou alors en salle haute. Mais Neil, qui s'était assis côté couloir à côté de sa demi-sœur, se pencha vers la vitre et l'aperçut contre le pilier ; il n'avait pas bougé d'un millimètre.

— Tu te fais des idées, répéta-t-il à l'intention du surdoué, qui avait pris place en face de lui.

Anouar ne répondit même pas. Il en était déjà au tiers du premier volume. Neil soupira.

— Dantès s'est échappé ?

— Depuis longtemps, marmonna Anouar. J'arrive sur l'île, fous-moi la paix.

Neil se plongea sans conviction dans ce qui avait un jour été son journal préféré de jeux vidéo. Cela faisait six mois qu'il n'avait pas pris une manette en main – et on ne pouvait pas dire, au fond, que cela lui manquait –, depuis la mort de sa mère, très précisément. Depuis l'instant où Ilsa était entrée dans l'appartement de son oncle et de sa tante, boulevard de Sébastopol, et l'avait faussement assassiné. La séquence figurait-elle dans le film de Monte-Cristo Productions ?

Sa maman. Il avait l'impression de l'avoir connue dans une autre vie. Il ne s'était à aucun moment senti orphelin durant ces six derniers mois. C'était curieux. Pourtant, son père était mort, lui aussi. Mais il n'ignorait pas qu'un jour prochain, lorsque tout ce cirque serait terminé, il se retrouverait face à lui-même, et à sa vraie vie. Ce serait alors une confrontation à mener au clair, sans faux-semblant. Et hors de ces pages.

Neil devenait adulte, et cela lui faisait peur.

Dans un tunnel, peu après avoir passé le lac du Bourget, le TGV ralentit puis s'arrêta. Anouar interrompit sa lecture car la luminosité avait considérablement diminué. Le tunnel n'était pas éclairé. Il tenta d'allumer la liseuse qui se situait au-dessus de son siège, mais le bouton ne répondait pas. Il jura. Ilsa, qui se reposait, ouvrit un œil à son tour.

— Oswald Nissieux va m'attendre au bout du quai, dit Neil à voix basse. Enfin, je suppose qu'il s'agit de lui. En fait, j'en suis sûr. J'ai vérifié l'adresse IP d'où a été envoyé le mail. Un immeuble particulier du VIIIe arrondissement de Paris qui appartient à la famille de La Clébord. C'est Madame qui avait fourni les fonds à Oswald lorsqu'il nous a retrouvés dans les carrières de Montsouris. J'y crois donc. À moins d'une énorme manip.

Ilsa approuva.

— On va discuter, continua Neil. Et, si Zacharie a bien eu ton message, il sera là aussi. Vous pourrez partir tous les trois vers la station Arsenal. Parce que je suppose, ma chère sœur, que tu ne souhaites pas te séparer de ton Roméo blond…

Anouar tentait toujours d'allumer sa liseuse alors que l'interrupteur devait être cassé ou bien la lampe grillée, mais il ne lâchait jamais rien. Et, de façon particulièrement surprenante, le gamin parvint en effet à mettre en fonction sa liseuse. Il reprit aussitôt sa lecture.

— Qu'en pensez-vous ? demanda Neil.

Les deux Effacés n'en pensèrent rien. À cet instant précis, les lumières du train s'éteignirent toutes en même temps, plongeant la voiture dans une obscurité totale.

L'incident ne dura guère plus de cinq secondes. Les lumières se rallumèrent en même temps que le moteur du TGV se remettait en marche.

— *Mesdames, mesdemoiselles, messieurs, un incident électrique empêche notre train de poursuivre son trajet. Notre train stationne en pleine voie. Nous vous demandons de ne pas tenter d'ouvrir les portes du train. Merci.*

Mais Ilsa et Neil ne prêtèrent pas la moindre attention à cette annonce.

Une des deux places qui se trouvaient en face d'eux était vide alors que, cinq secondes auparavant, Anouar y lisait tranquillement le roman de Dumas.

Anouar avait disparu.

Et *Le Comte de Monte-Cristo* avec lui.

(13)
PALAIS DE L'ÉLYSÉE, PARIS, 6 SEPTEMBRE

Christophe se retourna à bout de souffle et son premier geste fut de saisir sa cigarette électronique, avant même de rabattre le drap sur son corps et celui de la présidente. Il appuya sur le petit bouton placé sur le socle de la cigarette et tira une grande bouffée d'une fumée à la saveur très artificielle de banane. Dieu, qu'elle détestait ce cliché de la cigarette après l'amour !

Ils se trouvaient tous deux dans l'aile est du palais, dans leurs appartements privés, ou, pour être plus exact, et plus « politiquement correct » aussi, dans ceux de la présidente Mouret puisque sa liaison avec son directeur de cabinet, ex-directeur de campagne, n'était pas officialisée. Dans les couloirs du pouvoir, cette liaison était pourtant un secret de Polichinelle. L'appartement de Marie-Ange comptait huit pièces qui s'étalaient sur deux cent soixante mètres carrés. Amatrice du style « pompier » en peinture, elle avait dévalisé les réserves du musée d'Orsay pour couvrir les murs d'hommes et de femmes aux corps rosâtres et boursouflés comme de grosses guimauves, de scènes mythologiques tout juste bonnes à décorer des boîtes à biscuits… Et, d'ailleurs, elle avait mis au-dessus de son lit une peinture d'Henri-Camille Danger, *Fléau !*, qui représentait un colosse nu, armé d'une masse couverte de sang, avançant d'un pas lourd dans une ville à feu et à sang. Christophe s'était ému lors de l'accrochage de la toile, mais sa compagne l'avait mouché à l'aide d'une de ses fameuses répliques cinglantes et lapidaires : « Ce colosse, c'est moi. »

Christophe lisait à présent ses mails sur son téléphone portable. Depuis la fin du combat, il n'avait pas eu un geste tendre pour sa partenaire, pas même une parole.

— La place Beauvau m'informe que la nuit a calmé les ardeurs autour des cinémas. Le déploiement des compagnies de CRS aussi, soit dit en passant.

Marie-Ange tourna le dos à son partenaire, sans mot dire.

— Nous allons programmer les obsèques de Salavin mardi prochain. Tu ne vas pas déclarer une journée de deuil national, comme pour Hennebeau. On réserve cela au président. Mais sa famille tient à ce que tu y assistes. Il faudra te rendre au Mans.

Elle ne répondit toujours pas. Alors, Christophe changea de sujet :

— C'est quand même dingue ce film qui sort de nulle part. Heureusement que nos informaticiens ont pu l'effacer rapidement. Tu imagines s'il est fait mention de tes liens avec Mandragore, de la raison de la perte de ton auriculaire, de l'origine des fonds qui ont servi à financer ta campagne…

— Ça ne t'a pourtant pas coupé l'appétit, dit la présidente.

Christophe répondit à six mails, deux « oui », trois « non », un « peut-être », avant de lâcher :

— Non, en effet.

Il reprit sa cigarette, bien heureux de ne pas avoir à gratter une allumette pour tirer une nouvelle bouffée. Il détestait l'odeur du soufre.

— Les gens oublieront, et puis on arrivera bien à raconter une fable aux journalistes. D'autant que la traque de ce Russe, là, nous arrange bien sur ce coup… La chance est un catalyseur important de la chose politique, tu le sais encore mieux que moi… Ce n'est pas Machiavel qui a théorisé cela, dans *Le Prince* ? Toi qui as planché sur son œuvre à l'ENA, tu dois savoir…

La présidente ne répondit pas. Il n'y avait aucun hasard dans le choix du Russe, juste sa volonté, à elle, alliée à celle d'Hervé Moine, pour recoller les morceaux d'un pays qui avait besoin d'unité. Christophe n'était pas dans la confidence, il était trop bavard, connaissait trop de monde dans le cénacle. Il n'aurait pas su tenir sa langue.

Son directeur de cabinet tirait encore sur son jouet et la chambre se remplissait d'une écœurante odeur de bonbon sucré à la banane. Une odeur de chambre d'enfant.

— Je me suis même demandé, un temps, continua-t-il, si ce n'était pas une manipulation politique, le meurtre de Salavin par ce Russe, tu sais, ce genre de montage que l'on voit souvent dans le cinéma paranoïaque des années 1970. Si je ne te savais pas pure, alors…

Il se mit à rire.

— J'espère que je ne te fais pas de peine en disant cela ?

— Tu me fais plutôt pitié, lâcha-t-elle entre ses dents.

— Tant mieux, il vaut mieux inspirer de la pitié que de la peine à une femme telle que toi… Tu as toujours su mieux réconforter les faibles que tu blesses que pardonner aux puissants qui te meurtrissent…

Elle se retourna subitement vers lui.

— Je t'interdis de me parler comme ça.

Des plaques rouges de contrariété venaient d'apparaître sur le haut de sa poitrine.

— Hennebeau a cru pouvoir gérer le meurtre de sa femme avec l'aide de Destin et le transformer en accident. Cette manipulation a échoué, la manipulation parfaite n'existe pas, Marie-Ange. Il y a toujours un grain de sable qui viendra frotter quelque part, toujours, toujours…

Elle se demanda s'il n'avait pas des doutes pour continuer sur ce sujet et sur ce ton.

— Je me moque de tes considérations de comploteur à la petite semaine, cracha-t-elle.

Mais, au fond d'elle, l'image du grain de sable avait pris corps, et elle sentait à présent physiquement ce grain de sable, cette boule compacte de quartz, de mica et de feldspath qui grossissait en elle, au creux de son estomac, comme l'aurait fait une tumeur très maligne. Un détail que Moine n'aurait pas maîtrisé ? Un détail ? Quel détail ? Non, Moine était un professionnel, un très grand professionnel. Elle était persuadée que, en termes de manipulation, il était de la race des Destin et des Mandragore. Cependant le granulé dans son esprit se transformait à présent en orange, puis en ballon, il allait bientôt exploser en mappemonde !

Le jour commençait à poindre sur Paris et les interstices des volets dessinaient sur le lit comme les barreaux d'une prison.

Marie-Ange Mouret se leva d'un bond, arrachant le drap pour s'en faire une toge. Elle ne souhaitait pas laisser son corps à la merci de son compagnon.

Toujours allongé sur le matelas, son amant tressautait de rire.

— Tu sais ce que cela signifiait, à Rome, une femme qui portait la toge ?

La présidente courut dans la salle de bains, où elle se laissa glisser dans la baignoire le temps que son malaise se dissipe, que la douleur se calme au creux de son estomac, que le grain de sable se désagrège, et vite, puisqu'il n'existait pas.

Elle le savait, oui, ce que signifiait cette toge – elle connaissait ses auteurs classiques.

Dans la Rome antique, la toge était réservée aux femmes coupables d'infamie.

(14)
DANS LE TGV ENTRE CHAMBÉRY ET LYON, 6 SEPTEMBRE

Durant ces cinq secondes d'obscurité, Neil et Ilsa n'avaient pas entendu le moindre bruit ni perçu le moindre mouvement dans leur environnement immédiat.

Cinq secondes, c'était un laps de temps bien trop court pour se faufiler en dehors de la voiture, dans une obscurité totale et sans rencontrer d'obstacle.

Neil et Ilsa se levèrent et remontèrent d'abord la voiture. Anouar aurait pu leur faire une plaisanterie après tout. Plaisanterie de mauvais goût, mais ne s'était-il pas replongé avec délices dans un des romans du maître ès rebondissements ?

Anouar ne se trouvait pas dans la salle basse de la voiture 1. Et pourtant ils n'avaient pas entendu le chuintement caractéristique de la porte coulissante… Anouar ne pouvait pas avoir quitté la salle !

Avant même l'annonce habituelle, le train s'ébroua alors, reprenant lentement sa progression. Lorsqu'il émergea enfin du tunnel, le convoi avait repris sa vitesse de croisière, louvoyant entre les roches et les lacs de ce paysage de basse montagne. Et Anouar restait introuvable.

Cinq secondes et tout avait basculé.

Ils n'étaient plus que trois.

— Non ! lança Neil. On va le retrouver !

Aucun des cinq passagers de la salle ne put les renseigner. Eux-mêmes confessaient avoir été surpris de constater l'absence de ce gamin lorsque les lumières s'étaient rallumées, de ce gamin qui lisait son roman comme on tourne les pages d'un magazine dans la salle d'attente d'un médecin.

Ils remontèrent les huit voitures, inspectant à chaque fois la salle haute et la salle basse. Ils s'attardèrent cinq bonnes minutes dans la voiture-bar, questionnant plusieurs passagers, des hommes et des femmes d'affaires pour la plupart, qui tentaient de dissoudre les rides de fatigue sur leur visage en ingurgitant de la caféine. La description d'Anouar ne disait rien à personne.

— Non, non, non ! s'énerva Neil en donnant un coup de poing sur une rampe d'accès à l'étage. S'il nous joue un sale tour, il va m'entendre…

Ils se postèrent même devant plusieurs portes de toilettes jusqu'à ce que l'usager en ait terminé. Anouar ne s'y cachait pas.

En dernier recours, ils se rendirent auprès du chef de bord qui commençait le contrôle des billets dans la voiture 4. Ils lui demandèrent s'ils pouvaient lui parler en toute discrétion, et l'homme, qui devait avoir vingt-cinq ans et qui portait son costume gris et sa cravate violette avec une rare élégance, s'isola un instant avec eux près d'un espace bagages.

— Nous cherchons un ami avec qui nous voyageons, commença Ilsa.

— Il ne doit pas être bien loin, lança le contrôleur.

Il fronçait les sourcils. Peut-être se demandait-il si ces deux adolescents ne tentaient pas tout simplement de le faire tourner en bourrique. C'était un sport national, une discipline olympique, même, pour certains usagers.

— Il a disparu pendant la coupure de courant. Pensez-vous qu'il ait pu quitter le train durant ce court laps de temps ?

— Vous l'avez entendu sortir de la salle ?

Ilsa et Neil secouèrent la tête.

— Alors je ne vois pas trop comment il serait carrément sorti du train…

Le chef de bord retrouva son sourire. Il était aux prises avec deux curieux énergumènes, très anxieux, qui ne semblaient pas toutefois chercher à se moquer de lui.

— Mais, techniquement, continua Neil, un passager lambda aurait-il pu ouvrir la porte et descendre de la voiture dans le tunnel ?

Le contrôleur sortit une clef de Berne de la sacoche qu'il portait en bandoulière.

— S'il s'est équipé d'une clef semblable et s'il connaît la marche à suivre, alors oui, il pouvait quitter la rame. Mais sortir de la salle, actionner la clef dans la boîte de départ au-dessus de la porte, attendre que la porte s'ouvre puis la refermer, faire tout ça en cinq secondes, je n'y crois pas.

— Personne ne s'en serait aperçu, si la porte s'était ouverte ? continua Ilsa. Le conducteur aurait pu s'en rendre compte, par exemple ?

— Pas forcément. La coupure de courant nous a pris au dépourvu et a été si courte que les groupes électrogènes de secours ne se sont même pas déclenchés. Donc tous les systèmes de surveillance étaient HS…

Le mystère restait entier. Les deux Effacés remercièrent le chef de bord et regagnèrent leurs sièges, le visage plus fermé que jamais.

Le TGV s'arrêta à la station Lyon-Saint-Exupéry, desservant l'aéroport de la capitale des Gaules. Puis il entama son trajet direct à très grande vitesse vers Paris.

Ces deux heures parurent une éternité à Neil et à Ilsa.

Arrivés en gare de Lyon, ils quittèrent en vitesse la voiture pour rejoindre Zacharie, qui avait bien eu le message et avait préféré se tenir au bout du quai plutôt que de les attendre au *Train Bleu*. Neil resta quelques instants à observer les passagers descendant du train mais ne vit ni Anouar, bien évidemment, ni même l'homme au *Figaro* dont le surdoué leur avait fait remarquer la présence à la gare d'Annecy.

Ils racontèrent à Zacharie l'épisode de la disparition d'Anouar, avant d'enchaîner sur les soupçons du cadet des Effacés à propos de la station désaffectée de Paris qui portait aussi le nom d'Arsenal. Le géant blond mit quelques minutes à encaisser tout cela. Il n'oublia cependant pas de leur tendre des téléphones portables dans lesquels ils purent introduire les cartes SIM acquises à Annecy. Zacharie se retrouva avec un portable en plus. Il l'enfouit dans son sac, pour se convaincre qu'Anouar serait bientôt de nouveau parmi eux. Que pouvaient-ils faire pour l'instant ? Aller trouver la police et déclarer sa disparition ? Mais, Mandragore s'étant occupé en son temps de faire disparaître la vie civile d'Anouar Allila, on leur rétorquerait qu'Anouar était effectivement porté disparu puisqu'il était... mort !

Ilsa et Zacharie partirent aussitôt à pied vers le bassin de l'Arsenal, promettant à Neil de le tenir informé aussi vite que possible. Si Anouar avait vu juste à propos de la station, alors sa disparition n'en serait que plus accablante encore.

Ils devaient avancer coûte que coûte. S'ils voulaient bientôt retrouver leur jeune ami mais aussi Mathilde et Elissa, dont il n'avait jamais été question dans la presse, ils devaient ne pas lâcher prise et continuer à collaborer, toujours, toujours. Leur salut ne passerait jamais par l'inaction.

Neil se dirigea vers Oswald Nissieux, qui ne s'était pas mêlé aux retrouvailles et attendait patiemment son tour, vêtu d'une très belle veste en daim et portant à présent des rouflaquettes sur les joues. Il ressemblait à une sorte de dandy des temps modernes. Son sacerdoce de prêtre semblait bien loin à présent.

— Quelque chose te tracasse ? demanda Oswald, fin psychologue.

— Oui, ma vie me tracasse, répondit Neil du tac au tac.

Ils sortirent de la gare et s'assirent autour d'une table isolée au café *L'Européen*, boulevard Diderot. Après avoir commandé deux noisettes, Oswald commença immédiatement son exposé, sans prologue ni fioritures. Il avait avec lui les documents originaux et Neil constata à son tour l'anomalie à propos des groupes sanguins.

— Pourquoi souhaites-tu aider Stavroguine ? demanda Neil en terminant son café froid. Pourquoi as-tu repris contact avec nous ?

— Je ne souhaite pas aider ton Russe, corrigea Nissieux. Mais je veux dorénavant me situer du côté de la vérité, toujours. J'ai passé mes plus belles années à mentir aux autres, et, plus grave encore, à me mentir à moi-même. Si c'est lui qui est du côté de la vérité, alors je veux l'aider lui, c'est aussi simple que cela.

Neil hocha la tête. En somme, il n'avait pas changé d'un iota depuis leur dernière rencontre dans les catacombes du parc Montsouris.

— Tu souhaites donc nous filer un coup de main…

L'ancien prêtre leva les bras au ciel. Certainement un réflexe qui lui restait encore.

— Je veux mener l'enquête avec vous, je veux me sentir utile, oui. Et j'ai ma petite idée sur la question.

— Il y a ces bandes vidéo aussi… La manipulation des caméras de la station Dumas… Car c'est bien Nikolaï que l'on voit quelques minutes après le crime sur les images vidéo, alors qu'il se trouvait en notre compagnie à l'Élysée…

— À l'Élysée, en plus ! siffla Oswald. Mazette ! Un sacré beau coup de la Mouret ! Chapeau !

Un serveur arriva et annonça d'un ton peu amène qu'il devait encaisser car son service se terminait. Oswald jeta négligemment un billet de dix euros sur la table, ce qui devait signifier que l'autre pouvait garder la monnaie comme pourboire.

Neil soupira.

— La prochaine fois, demande-lui en plus de t'en coller une et laisse-lui carrément un billet de cinquante, tu verras, ça fait plus dandy encore...

Nissieux ne sembla pas vraiment saisir l'allusion.

— Je ne sais rien à propos des bandes vidéo, reprit l'ancien homme d'Église. J'ai vu le film, comme tout le monde à peu près en France, mais je ne suis pas allé plus avant. Cela dit, nous ne sommes pas très loin, en ce moment, du centre névralgique de la RATP. Son PC de sécurité se situe au deuxième sous-sol de la Maison de la RATP, quai de la Rapée, juste un peu après, à gauche.

— Merci, je connais, lâcha Neil. J'habitais déjà Paris que tu ne portais pas encore ta première soutane.

L'un et l'autre savaient qu'Oswald Nissieux n'avait que sept années de plus que Neil.

— On peut se partager le boulot, dit Oswald. Moi je file à l'hôpital Bégin pour tirer au clair cette histoire de groupe sanguin. Je trouverai bien un médecin conciliant ou une infirmière pour me rencarder, et toi tu te débrouilles pour en apprendre un peu plus sur le dispositif de surveillance de la RATP...

— Non, trancha l'Effacé. On remet la RATP à plus tard. Mieux vaut se concentrer sur la poche de sang. C'est du solide, du concret. On doit pouvoir en sortir quelque chose, et vite.

Oswald termina à son tour son café.

— Comme tu veux, après tout tu as raison. Mieux vaut ne pas se disperser. On ne sera pas trop de deux. Au fait, ils sont partis où, Ilsa et Zacharie ?

Neil ne lui répondit pas, comme il n'évoqua pas la disparition d'Anouar devant l'ancien prêtre. Cela viendrait peut-être en son temps, lorsqu'il serait assuré qu'Oswald se situait bien de leur côté. Cela étant, il était inconcevable, après tout ce qui lui était arrivé depuis la prise d'otages du château Al-Rayyan, après la débauche d'énergie dont il avait fait preuve dans sa quête pour les retrouver en juin dernier, que le prêtre ait à nouveau retourné sa veste…

À aucun moment Neil ou Oswald ne remarquèrent cette voiture noire aux vitres teintées, garée en double file au tout début de la rue de Lyon et qui comptait deux occupants, dont l'un tenait le volant et l'autre enregistrait scrupuleusement, à l'aide d'un canon-micro, la conversation qui se déroulait entre cet homme et cet adolescent.

Lorsqu'ils sortirent pour s'engouffrer dans le métro et emprunter la ligne 1 jusqu'à la station Bérault, la voiture filait déjà vers la Bastille.

Le preneur de son, un homme plutôt gras vêtu d'une chemise grise atrocement fripée et auréolée, composa un numéro sur son téléphone.

On décrocha tout de suite.

— Alors ? fit une voix de femme.

— Je pense que tout se met en place gentiment, constata l'homme d'un air satisfait. Ces gamins sont quand même de sacrés phénomènes.

— Ne me dites pas que la poche de sang, déjà…

— Si ! Ils ont vu… Enfin pas eux vraiment, un autre, un ancien prêtre à ce que j'ai appris…

— Nissieux, chuchota son interlocutrice.

Elle observa un temps d'arrêt. Elle se trouvait certainement sous le choc.

— Et en ce qui concerne les films ? reprit-elle.

— Rien appris de plus que ce que vous savez déjà. La brune et le blond sont en route vers la station Arsenal.

La communication cessa. Et la voiture ralentit doucement sur le boulevard Bourdon, à la hauteur du pont sur le canal Saint-Martin. Là où la brune et le blond, précisément, s'interrogeaient devant cette bouche de métro désaffectée, s'apprêtant à plonger dans un abîme dont ils n'avaient aucune idée de la profondeur et des ténèbres.

(15)
BOULEVARD BOURDON, PARIS, 6 SEPTEMBRE

Autrefois, la station Arsenal servait de centre de formation pour les agents de maintenance de l'équipement. Au-dessus de la grille métallique qui barrait l'accès, on pouvait encore lire sur un vieux panneau « Département ESE / Formation technique ».

Ilsa et Zacharie restèrent un long moment assis sur l'antépénultième marche de l'escalier, s'interrogeant sur la marche à suivre pour pénétrer dans la station déserte. Zacharie avait tenté, cinq minutes plus tôt, d'ouvrir la grille en la soulevant, mais l'attache était bien trop solide pour qu'il y parvienne. Et puis, si les hackers avaient élu domicile ici, il y avait forcément un moyen plus correct de s'introduire chez eux qu'en fracturant leur grille.

— Vous perdez votre temps !

La remarque provenait d'un passant, un vieil homme aux cheveux blancs bouclés, très chic, portant un chapeau melon noir et qui s'aidait d'une canne à la poignée courbée pour marcher.

— J'habite en face.

Il désigna un immeuble en levant sa canne et en tentant de garder l'équilibre dans la rafale de vent qui se mit à souffler d'un coup. Il dut retenir son chapeau et sauter à cloche-pied en arrière pour ne pas basculer. Le vieil homme semblait bien agile pour son âge.

— Depuis que la RATP a fermé son atelier, je n'ai jamais vu personne entrer dans la station ni en sortir.

Il se mit à tapoter sa bouche de son index.

— Pourtant…

Ilsa et Zacharie s'approchèrent de lui.

— Pourtant, je ne suis pas étonné que vous cherchiez à y pénétrer… Non, pas étonné du tout… Vous n'êtes pas les premiers que je vois traîner là.

Il se pencha vers eux et ses yeux s'écarquillèrent à l'extrême.

— Je ne rentre pas souvent très tard, le soir, mais cela m'arrive parfois… Et il doit s'en passer de belles, en dessous… Ah oui, de belles… Parce que l'autre soir, tandis que je revenais de chez un ami, après un bridge, j'ai entendu de drôles de cris là-dessous. Oh ! ce n'était pas fort, mais j'ai l'oreille fine… Des hurlements de femmes, de femmes en détresse… Vous devriez passer votre chemin, jeunes gens.

Puis, après cette sentence, le vieil homme reprit sa lente progression, laissant là Ilsa et Zacharie quelque peu interloqués.

— On ne rentrera pas par là, dit-elle. Il faut trouver un autre accès.

— Oui, ça semble évident. Par Bastille ou par le quai de la Rapée. Il faut s'engouffrer dans les tunnels, mais la surveillance doit être stricte. On risque de se faire repérer.

Ilsa haussa les épaules.

— On ne serait pas les premiers à le faire. Qu'est-ce qu'on risque ?

— D'être pris par la sécurité de la RATP au mieux, par la police au pire.

— Mais on n'est pas recherchés. On sera relâchés !

— Ça reste à voir. S'ils nous embarquent au commissariat et lancent une recherche sur nous, ils ne trouveront rien et risquent de s'exciter… S'ils préviennent la DCRI et si ça remonte jusqu'à Moine, ça peut faire mal.

— Tu as envie de vérifier ce qui se trouve dans cette station ou pas ?

— Oui, répondit le géant blond. J'ai toute confiance dans les capacités déductives d'Anouar. Mais mon idée du mouchard pouvait donner des résultats équivalents, j'en reste persuadé.

— On sera bientôt fixés, trancha Ilsa.

Zacharie soupira. Il suivit sa petite amie, qui remonta le boulevard Bourdon puis s'engagea sur le pont Morland. Ilsa stoppa net et revint même quelques pas en arrière. Elle s'arrêta devant une petite maison de plain-pied, portant le numéro 1 sur sa façade et dont tous les volets étaient fermés. Ils se trouvaient non loin de l'Institut médico-légal, qu'avait dirigé Nicolas Mandragore. C'était comme un retour aux sources. Zacharie, sans nostalgie pourtant, pensa que leurs missions n'étaient plus les mêmes depuis la disparition de leur mentor. À présent, il y avait un côté improvisé, bricolé, lors de leurs prises de décisions. Et puis il n'y avait plus cette oreillette implantée qui les avait sortis de bien des situations délicates.

— Ici, dit Ilsa.

— « Ici », quoi ?

L'Effacée fit un geste pour désigner l'arrière de la maison.

— Elle donne directement sur les voies de la ligne 5. Quai-de-la-Rapée est une station en extérieur. Si on accède aux voies depuis la station, il va falloir courir un bon moment avant de s'engouffrer dans le tunnel qui mène à Bastille et, donc, à Arsenal. Si on escalade la grille ici, on tombera directement à l'entrée du tunnel.

Zacharie approuva.

— La grille est haute et ses pointes sont dangereuses.

— C'est pour ça que tu vas me faire la courte échelle, mon cher... Vite !

Lorsque Ilsa avait décidé quelque chose, il ne fallait pas tergiverser ni traîner. Le géant blond et son amie s'approchèrent de la petite maison et, prenant appui avec son pied sur les deux mains jointes de Zacharie, Ilsa sauta par-dessus la grille sans encombre. Ce fut plus acrobatique pour Zacharie, et il dut à un réflexe particulièrement vif de ne pas se planter une des pointes dans la cheville.

— Vite ! souffla à nouveau la jeune femme.

Ils sautèrent sur les voies en contrebas et se reçurent avec difficulté. Heureusement, aucun métro ne circulait à cet instant. Mais le tunnel qui leur faisait face, cet accès obscur qui devait leur révéler bientôt de nouveaux horizons, s'emplit d'un cliquetis qui grossit peu à peu et se transforma en crissements, comme si un géant s'évertuait à taper deux bouts de ferraille l'un contre l'autre. On se serait presque cru dans la forge d'Héphaïstos. Un métro arrivait, et Ilsa et Zacharie restèrent interdits, agressés par ce vacarme.

— Vous êtes fous !

Un bras immense les plaqua contre la paroi du tunnel, une ombre les recouvrit entièrement. Et un métro passa à toute vitesse en les frôlant.

— Qu'est-ce que vous foutez là ?

Ils découvrirent l'homme qui leur avait peut-être sauvé la vie. Il devait mesurer près de deux mètres, et portait un jean et une chemise d'une blancheur immaculée. Tous ses membres semblaient nager dans ses vêtements. Sa tête et ses mains étaient d'une pâleur livide, presque cadavérique. Pourtant, cet homme ne leur fit pas peur.

— Qu'est-ce que vous foutez là ? répéta-t-il, les yeux quasiment clos, comme incapables de s'habituer à la luminosité du jour, pourtant toute relative à cette entrée du tunnel.

Ils se trouvaient face à un membre du groupe Station Arsenal, face à un de ces hackers qui devaient vivre sous terre. Ce jeune homme en arborait tous les symptômes.

— Nous venons vous voir, répondit Zacharie, tout simplement.

— Voir qui ?

Ilsa s'immisça dans la conversation :

— Le groupe Station Arsenal. Qui tente d'imposer le début du film *Toxicité maximale* sur les sites de partage de vidéos.

Leur interlocuteur les fit avancer un peu plus dans le tunnel. Lorsqu'il eut atteint une zone où l'ombre triomphait de la clarté, il ouvrit enfin ses yeux.

Qu'Ilsa trouva fort jolis, d'ailleurs.

— Vous êtes qui ?

— Ceux de l'histoire réelle. Moi je suis Ilsa, lui c'est Zacharie.

L'autre tendit enfin sa main, que les Effacés serrèrent.

— Moi je suis Benoît. Un grand blond, une petite brune, avec les mêmes prénoms, comme dans le film. Ça pourrait coller. Stanley a raison, alors ? Il dit que cette histoire est réelle, l'histoire du labo, des adolescents… Que c'est pour cela que le film ne reste pas plus d'une minute en ligne…

— Oui, tout est vrai, dit Ilsa. Enfin, tout ce qu'on a pu voir pour le moment… Et nous cherchons à savoir qui a bien pu tourner ça avec tant d'exactitude… Qui connaît tous nos secrets et pourquoi il souhaite les propager dans le monde…

— Venez.

Il sortit une télécommande de sa poche et la braqua aussitôt vers une caméra de surveillance fixée sur la paroi gauche du tunnel.

— Un petit bricolage de Stanley pour qu'on puisse rejoindre sans problème notre domaine. Ça balance une vidéo des voies où on ne figure pas au PC de sécurité de la RATP.

— Qui est Stanley ? demanda Zacharie.

— Il est le maître. Suivez-moi.

Ils remontèrent le tunnel sur une centaine de mètres, puis leur guide ouvrit une petite porte intégrée dans la paroi. Ils se baissèrent pour la franchir et pénétrèrent dans un conduit qui ne devait pas faire plus d'un mètre de haut et cinquante centimètres de large. Les yeux d'Ilsa et de Zacharie mirent quelques minutes à s'accoutumer à cette obscurité complète. Benoît, lui, évoluait comme un chat en ce lieu.

— Nous sommes bientôt arrivés. Encore un peu de patience…

Ils remontèrent le boyau, dont les parois latérales étaient brûlantes. Zacharie faillit s'y brûler la paume. Après une succession de plusieurs portes coulissantes, ils découvrirent enfin la station Arsenal.

Et les Effacés surent qu'Anouar avait vu juste. Et furent d'autant plus déçus que le surdoué ne se trouve pas entre eux deux à cet instant.

La station Arsenal ressemblait à une station ordinaire, avec sa voie au milieu et ses deux quais aux murs blancs carrelés. À ce détail près que les voies avaient été aménagées en dortoir et que, sur les deux quais, des centaines d'écrans et de projecteurs avait été disposés, dispersant un maelström d'images et de sons. Tous les murs semblaient en mouvement, chaque paroi, chaque carreau de faïence, sur les murs, les plafonds, servait à la projection d'une image. Des films se superposaient, et Ilsa vit, à sa droite, Ingrid Bergman embrassant Humphrey Bogart en noir et blanc, avec, en arrière-plan, la tête tranchée et couverte de sang d'une femme qui ricanait. Et des dizaines et des dizaines de spectateurs se tenaient assis dans la position du lotus pour profiter du spectacle, changeant souvent d'orientation, s'abreuvant d'images, de toutes les images sans distinction possible. Ils avaient tous ce même teint livide qui les faisait ressembler à des zombies. Mais des zombies heureux.

Cette station n'était pas morte, abandonnée. Au contraire, cette station vivait vraiment.

Zacharie sentit un vertige le gagner. Ilsa se concentra pour lutter contre un malaise identique.

Benoît s'était approché d'un homme encore plus grand que lui pour murmurer quelques mots à son oreille. Aussitôt, celui qu'Ilsa et Zacharie reconnurent comme le maître, Stanley, se leva et vint à leur rencontre, tendant sa main avec une joie non dissimulée. Il était le plus blanc de tous, même les poils de son bouc avaient blanchi alors qu'il ne devait pas avoir plus de trente ans.

— Ilsa, Zacharie, dit-il. Je suis très heureux de vous recevoir ici. Vous êtes la preuve vivante de ma théorie. Que le cinéma surpasse toujours la réalité… C'est ce que nous croyons tous ici, c'est pourquoi nous existons et nous nous sommes réunis en ce lieu. Nous nous revendiquons pirates, sans foi ni loi, sans attache à la société. Nous rêvons d'un monde où le cinéma serait la réalité et où l'on projetterait à l'écran cette chienne de vie dans laquelle nous sommes tous nés…

Malgré le déluge de sons ambiants, la voix suave de Stanley restait audible. Il mena ses deux invités dans un recoin du dortoir où, après s'être assis dans la position du lotus, il leur servit des verres de lait, des sardines en boîte et des jaunes d'œufs crus en verrine.

— Ce sont des aliments riches en vitamine D. Puisque nous ne voyons jamais le soleil, il faut bien compenser…

— Comment vous êtes-vous procuré le début de *Toxicité maximale* ? attaqua Ilsa sans préambule.

Zacharie et elle avaient également adopté la position du lotus. Ils devaient garder toute leur concentration pour ne pas être troublés par le déluge d'images et de sons qui inondait la station.

— Nous cherchons la vérité ici, la vérité dans le cinéma. Un de nos grands penseurs disait : « Le cinéma, c'est la vérité vingt-quatre fois par seconde. » Nous visionnons tous les films qui sortent, et nous visionnerons un jour tous les films qui sont déjà sortis. Un de nos membres s'est rendu à une avant-première de *X-Men Ending* dans Paris, aux Halles, et a rapporté le début de *Toxicité maximale*, filmé grâce à une caméra DV, en lieu et place du blockbuster américain. Nous avions l'intention de pirater le film de la Fox dès sa sortie et de le faire tourner sur les réseaux peer-to-peer...

— Vous ne possédez donc que les vingt premières minutes ? le coupa Zacharie.

— Malheureusement oui. Je crois bien que personne n'a jamais vu le reste, ce qui ne signifie pas que personne ne le verra jamais. Nous les avons immédiatement mises en ligne et on s'est aperçus qu'elles disparaissaient aussitôt. Alors on a lancé plusieurs routines... Toutes contrecarrées par des hackers très puissants, très professionnels, et encore à l'heure qu'il est... Je suis d'ailleurs étonné qu'ils ne soient pas déjà remontés jusqu'à nous... Bravo ! Vous êtes plus forts que les hackers et que les flics ! Le réalisateur n'aura pas exagéré en faisant de vous des héros dans *Toxicité maximale* !

Ilsa saisit l'occasion. Elle était trop belle.

— Vous connaissez le nom du réalisateur ?

— Je ne te répondrai que si tu me tutoies.

— Tu connais le nom du... reprit Ilsa.

— Non. Si vous avez vu les premières minutes du film, on ne voit que le nom de la production. Monte-Cristo Productions.

— Et ça te dit quelque chose ?

Stanley ne répondit pas et pressa la touche espace sur le clavier sans fil miniature qui était attaché comme un porte-clefs à une des boucles de son jean. Devant eux, une parcelle de faïence redevint vierge et le film dont il était question démarra.

Pour la première fois, Ilsa et Zacharie découvrirent les vingt premières minutes. Ils le firent quasiment en apnée, tant le choc fut terrible. Tout était reconstitué avec un luxe absolument inouï de détails. La villa de Chevreuse, par exemple, était confondante de vérité. Zacharie observa même que le fond et les abords de la piscine présentaient les couleurs et les motifs réels. Quant aux acteurs qui incarnaient les Effacés, ils paraissaient être des sosies. Et particulièrement celui qui jouait le personnage de Nicolas Mandragore. Seul l'Angélias Amadieu de fiction ne ressemblait guère au vrai... Mais, à ce détail près, tout était hallucinant. Jusqu'au bureau de Scheuster à Genève, qu'ils n'avaient jamais vu en réalité, mais qui était représenté à l'écran comme ils se l'étaient imaginé lors de leur première opération, quand le banquier avait fomenté, sans succès heureusement, l'assassinat de Neil.

Lorsque le film se termina abruptement sur leur installation au château de la Motte, dans le VIIe arrondissement de Lyon, Ilsa ne put retenir une crise de larmes. Elle ne parvenait pas à en saisir la stricte cause. Cette expérience les avait profondément bouleversés.

— Maintenant, ce serait à vous de nous raconter la suite... reprit Stanley. Ce n'est pas cette histoire-là qu'on a lue dans les journaux à propos du virus de ProCure. Vous, vous connaissez la vérité, et c'est cette vérité que l'équipe du film veut nous livrer...

Les deux Effacés restèrent muets durant de longues minutes, le regard toujours fixé sur le rectangle de faïence blanc où Stanley avait eu la décence de ne pas projeter de nouvelles images.

— Mais la suite de votre histoire ne m'intéresse pas, continua Stanley. Seule la suite du film me contenterait. C'est à vous de la trouver, à présent, vous ne pouvez pas reculer. Tout ça est bien trop vertigineux pour que vous n'alliez pas au bout.

Ilsa revoyait les images du film, le jeu de l'acteur qui jouait Neil lorsque ce dernier se réveillait dans la chambre d'amis de la villa de Chevreuse et découvrait toutes ces éditions du chef-d'œuvre de Dumas, en tous formats et en toutes langues. Elle trouva la force de reposer à Stanley sa question à propos de Monte-Cristo Productions.

— Oui, ça ne m'est pas inconnu, bien sûr. C'est une maison de production mythique, même si elle n'a jamais réussi à distribuer aucun film. *Toxicité maximale* est son premier, et encore, elle n'a pu en diffuser qu'à peine le premier quart...

— C'est une maison maudite, compléta Benoît, qui s'était assis à la droite du maître.

— Tais-toi ! gronda Stanley. Tu n'y connais rien et moi je ne suis pas assez calé en la matière pour vous renseigner comme il se doit. Il faut aller voir Troimoin, le faire sortir de sa tanière, qu'il crache le morceau ! J'aimerais venir avec vous, mais je dois rester avec eux...

Il désigna ses fidèles.

— Qui est Troimoin ? demanda Zacharie en se raclant la gorge.

Il avait soif, et vida le verre de lait d'une traite.

— Si je suis un dictionnaire du cinéma sur pattes, Noël Troimoin, lui, est une encyclopédie en vingt volumes. C'était un projectionniste ambulant, il est maintenant à la retraite. Je l'ai contacté dans la nuit à propos du film, mais il n'a rien voulu me dire. Il connaît bien Monte-Cristo Productions.

Il a été leur attaché de presse au début des années 1970 avant de parcourir le pays à bord de sa camionnette et de projeter des films dans toutes les granges et sur tous les murs blancs de France.

— Où habite-t-il ? demanda Ilsa.

— Vous irez jusqu'au bout ?

Les deux Effacés approuvèrent en même temps.

— Quoi qu'il vous en coûte ?

Ils hochèrent la tête à nouveau.

— Troimoin habite dans les environs de Pibrac, en Haute-Garonne, tout près de Toulouse. Il vit dans une sorte de chalet rudimentaire, situé aux abords de la forêt de Bouconne. Vous n'aurez pas de mal à le trouver : la nuit, il continue à projeter ses films préférés sur les frondaisons des grands chênes. Je souhaite que vous me teniez au courant, bien évidemment. Je ne sais pas si nous serons encore là dans quelques jours, quelques heures même, si la police se montre aussi sagace que vous… Mais…

Il leur donna un morceau de celluloïd, un bout de pellicule de la taille d'une carte de visite, qu'Ilsa empocha.

— Mon adresse mail y figure. Si vous parvenez à mettre la main sur la suite de *Toxicité maximale*, je suis preneur.

Il leur tendit la main, signe que son hospitalité touchait à sa fin.

Les Effacés se levèrent pour lui serrer la main. Ils tenaient enfin une piste. Maigre certes, mais cette rencontre avait été fructueuse. Merci, Anouar. Ils avaient hâte de retrouver l'air de Paris en surface. Et sa quiétude toute relative en comparaison de ce lieu souterrain.

Benoît se proposa de les reconduire et ils acceptèrent. Mais Ilsa avait une dernière question à poser à Stanley, qui était retourné derrière un écran.

— Ce Troimoin, il nous accueillera à bras ouverts ?

— Bien sûr que non ! rigola l'autre. Il faudra mériter sa confiance.

Le maître avait trouvé là la meilleure des motivations pour lancer les Effacés sur la piste de Troimoin.

(16)
HÔPITAL D'INSTRUCTION DES ARMÉES BÉGIN, SAINT-MANDÉ, 6 SEPTEMBRE

Oswald Nissieux retint Neil en tirant sur sa manche alors qu'ils venaient de sortir du métro Bérault.

— Tu as une arme ?

Ils se trouvaient à quelques mètres seulement de l'entrée de l'hôpital, arrêtés devant une pâtisserie dont les gâteaux en vitrine semblaient avoir été confectionnés avant la Première Guerre mondiale.

— Une arme ? s'étonna Neil. Pourquoi une arme ?

— Vous en aviez, des armes, dans les catacombes de Montsouris. Et en Somalie, hein, en Somalie, ils se sont peut-être battus à coups de dés, les autres ?

L'ancien homme d'Église exprimait soudain une bien pénible angoisse. Neil tenta de le rassurer.

— Si tu ne te sens pas la force de rentrer dans cet hôpital, tu peux m'attendre dans un café...

— Sache que j'ai failli être tué à l'abbaye de Beauport. J'ai beau ne plus être croyant, je ne crains pas la mort pour autant. Je te demandais juste si tu avais une arme au cas où les événements tourneraient au vinaigre. N'oublie pas que je suis un rescapé.

— Je n'oublie rien, lâcha Neil. Simplement, il ne s'agit pas de jouer les Rambo dans l'hôpital, on va juste tenter de réunir des preuves. Donc, si on sent que l'affaire tourne mal, on se casse. Y a le métro ici, une station de taxis là-bas, avenue de Paris, et le bois de Vincennes juste derrière, en prenant à droite l'avenue du Petit-Parc.

— Tu as l'air de bien connaître le coin.

— Plutôt oui. J'habitais justement avec ma mère avenue du Petit-Parc. Et le grand bâtiment que tu vois, là, c'est le lycée Berlioz. Il y a sept mois, j'y étudiais encore.

Oswald Nissieux se malaxa le visage avec sa main droite.

— Attends, attends... Tu es en train de me dire que c'était ton quartier, là ? Mais alors tu vas peut-être croiser des gens que tu connais, des voisins qui ne t'ont pas oublié...

Neil reprit son chemin et lâcha, sans même se retourner :

— Tu as déjà croisé un fantôme, toi ?

Ils passèrent sans encombre l'accès réservé aux véhicules et continuèrent leur chemin le long de l'allée centrale. Marchant paisiblement, ils ressemblaient à deux personnes venues voir un proche. Mais Oswald se désolidarisa de Neil et, dès qu'il vit le panneau indiquant le parking des visiteurs, coupa dans cette direction. Neil le suivit.

— Qu'est-ce qui te prend ?

— La voiture du *Parisien*, là.

Il désignait une Clio qui portait sur son côté gauche le logo du journal.

— C'est peut-être celle d'Anne Saroyan, tu sais, celle qui a écrit le premier article avec le groupe sanguin véritable de la victime...

Oswald s'approcha et, l'air de rien, regarda à travers le pare-brise au cas où il trouverait un indice sur le ou la propriétaire. Le soleil frappait si fort la vitre qu'il ne put rien apercevoir de concret. Il fit le tour du véhicule, sans rien remarquer toutefois.

— Tu crois peut-être qu'elle allait laisser sa carte de visite sous un essuie-glace ? ironisa Neil.

L'Effacé se saisit de son portable et chercha sur le navigateur le numéro de téléphone du journal, qu'il composa aussitôt. Il obtint immédiatement une hôtesse au bout du fil.

— Bonjour, madame, commença-t-il en affectant une voix de rogomme, je suis M. Boudu, à Vincennes. J'ai une de vos voitures garée devant le bateau de mon domicile. Sûrement un journaliste à vous. Je n'ai rien contre la presse, bien sûr, mais j'aimerais pouvoir sortir de chez moi… Oui, c'est cela… AR-537-NW… Voilà… Une Clio, c'est cela… Mlle Saroyan…

Neil adressa un clin d'œil à Oswald.

— Et où je peux la trouver, cette demoiselle Saroyan, pour lui demander de pousser sa voiture ?… Vous l'appelez ? Parfait, madame. Je compte sur vous, madame. Au revoir, madame.

Neil raccrocha, tout sourire.

— La belle est bien là ! On y va.

Oswald et lui reprirent le chemin du bâtiment des urgences, situé sur la droite de l'édifice principal. Une foule de journalistes était rassemblée devant l'entrée, encadrée tant bien que mal par quelques policiers en uniforme qui n'arrivaient pas vraiment à la canaliser autour d'un médecin militaire en blouse blanche qui, penché vers les micros, effectuait le deuxième point presse de la journée.

Neil et Oswald s'approchèrent pour saisir les derniers mots du praticien.

— … Le pronostic vital de Mlle Mona Pérec n'est plus engagé. Le poignard est entré profondément dans l'abdomen et a sectionné l'aorte. La transfusion effectuée sur place par les médecins urgentistes a permis de lui sauver la vie. Ce matin, Mona Pérec a eu une période de pleine conscience et elle a pu ainsi, et sans le moindre doute possible, identifier

Nikolaï Stavroguine comme étant son agresseur auprès des officiers de la police judiciaire de Paris.

Neil et Oswald restèrent de marbre.

— L'enquête suit son cours, je vous remercie...

Oswald, qui avait trouvé une photo d'Anne Saroyan sur Internet, tenta de la localiser dans la foule mais ne la trouva pas.

Les questions fusaient de toutes parts :

— Où en est la traque de Stavroguine ? A-t-il quitté la France ?

— En sait-on plus sur des complices potentiels ?

— Quand pourrons-nous nous entretenir avec la victime ?

À cette dernière question, le militaire, qui avait tourné le dos à la presse, fit volte-face.

— Il est encore trop tôt pour savoir quand vous pourrez parler à la victime. Mais nous tenterons d'organiser cela dès que l'état de santé de Mlle Pérec le permettra...

Les journalistes jacassèrent encore une bonne minute avant de se faire une raison et de se disperser à nouveau. Oswald montra le portrait de Saroyan à Neil, mais l'Effacé ne la vit pas non plus.

— Il faudrait pénétrer dans l'hôpital pour résoudre cette histoire de groupe sanguin, avança Oswald.

— Pas la peine d'espérer entrer par la porte principale. Ils nous refouleraient immédiatement. Viens... Je connais Bégin comme ma poche. J'ai suffisamment visité les urgences jusqu'à mes quatorze ans. Ma mère m'y emmenait systématiquement au moindre bobo...

En contournant le bâtiment vers la droite, ils se trouvèrent à l'entrée de la blanchisserie. Devant eux, une ambulance stationnait, la porte arrière grande ouverte. Les deux ambulanciers, assis sur une souche d'arbre au milieu d'un petit coin de pelouse, mordaient à belles dents dans des sandwichs club. Neil se glissa à l'arrière du véhicule et subtilisa deux blouses qu'Oswald et lui enfilèrent aussitôt à l'abri d'un gros chêne. Lorsqu'ils passèrent devant les deux ambulanciers, chemin obligé pour pénétrer à l'intérieur du bâtiment, les deux hommes les saluèrent d'un signe de tête, comme on salue deux collègues.

Ils se faufilèrent par la porte de la blanchisserie.

— On a de la chance, lâcha Oswald.

— La chance n'a rien à voir là-dedans, répondit Neil.

— Tu ne vas pas me dire que tu avais prévu que les ambulanciers se trouveraient là à cet instant, et qu'il y aurait deux blouses à notre disposition dans leur véhicule ?

Neil hocha la tête affirmativement.

— Celui qui engouffrait le sandwich au bacon, celui de droite... chuchota Neil.

— Ben quoi ?

— Il se prénomme Luc. Il assure le service de nuit pour sa compagnie. Pour lui, l'heure du déjeuner, c'est l'heure de son dîner. Et Luc s'assied toujours sur cette souche pour dîner, il a ses habitudes. Et il est très précautionneux, alors il conserve toujours deux blouses propres à l'arrière de son ambulance.

— Comment sais-tu tout ça ?

— Parce que je lui ai filé un coup de main, un jour, à Luc. Luc est mon cousin. Et, comme je te l'ai dit tout à l'heure, il nous a salués sans penser un seul instant que l'un de nous puisse être son cousin Neil, décédé. Maintenant, tais-toi et suis-moi...

Ils arpentèrent plusieurs couloirs, montèrent trois étages, pour en redescendre deux. Oswald était stupéfié par la connaissance des lieux que possédait son acolyte. Il ne put s'empêcher de s'extasier à haute voix lorsqu'ils débouchèrent dans le couloir où était hospitalisée Mona Pérec. Deux policiers en uniforme montaient la garde devant sa chambre.

Neil intima à Oswald l'ordre de se taire d'un geste sec. Il le prit à part, s'isolant un court moment dans une réserve.

— Maintenant, il faut la fermer, Oswald, c'est clair ? Je t'ai déjà dit que je connaissais Bégin comme ma poche. Tu peux prendre ce que je te dis pour argent comptant. Ça fait six mois que je suis dans la vérité, six mois que je n'ai pas menti. Six mois sans mensonge, je peux te dire que c'est pesant… J'étais en première S à Berlioz. Je voulais devenir médecin, chirurgien même. J'ai fait un stage de trois jours ici en troisième. Voilà, tu es content ?

— Et tu veux toujours devenir médecin, à présent ?

— Non, je me contenterais bien de redevenir moi-même…

Il fut interrompu par la vibration de son portable. Il observa l'écran et y lut « Nikolaï ». Il ne décrocha pas. Ce n'était pas le moment. Il le rappellerait dans une trentaine de minutes, peut-être, pour lui apprendre d'excellentes nouvelles.

— Bon, tu vois la salle là-bas ?

Neil désignait une porte vert pomme, à une dizaine de mètres au-devant d'eux.

— C'est la salle de repos du personnel de l'étage. Te sens-tu capable d'aller à la pêche aux infos ? Je suis persuadé que ce ne sont pas les médecins urgentistes ordinaires qui traitent le cas de Mona, ni les infirmiers et infirmières habituels.

Oswald n'en menait pas large. Et dire qu'il avait rêvé ce matin de prendre la tête de l'enquête, de se proclamer nouveau mentor des quatre Effacés. C'était un métier. Ils ressortirent dans le couloir, mais Oswald, en voyant le visage d'un nouveau venu, devant la chambre de la victime, retourna dans l'ombre et y entraîna Neil.

— Qu'est-ce qui te prend ? éructa Neil en se libérant de la poigne de l'ancien prêtre. Maîtrise tes nerfs, bon sang !

— Le type, là-bas, qui vient d'arriver… Tu ne le reconnais pas ?

— Je ne l'ai pas vu, j'étais en train de te parler.

— C'est Moine ! Hervé Moine, le patron de la DCRI… Si le grand patron se déplace en personne, c'est qu'on est sur la bonne voie.

Neil serra les poings.

— On sait qu'il y a quelque chose de louche, Oswald, maintenant il reste à le prouver. Te sens-tu capable de te rendre dans la salle de repos et de glaner quelques infos auprès du personnel de l'étage ?

— Et si on me demande qui je suis ?

— Un ambulancier. De Paris. Tu inventes un nom pour ta compagnie. Oswald, tu avais jusque-là consacré ta vie à une des plus grandes œuvres de l'imaginaire qui ait jamais été écrite. Il était question d'une mer qui s'ouvre en deux, d'un déferlement de sauterelles, d'un enfant qui naît d'une mère vierge, d'aveugles qui retrouvent la vue, d'un homme qui ressuscite après s'être fait trouer les bras et les mains… Tu ne vas pas me faire croire que, après tout ça, tu n'es pas capable d'inventer un pieux mensonge pour innocenter un homme accusé à tort !

— C'est bon… lâcha Oswald en faisant la moue. On se retrouve ici.

Et il prit la direction de la salle de repos.

Neil, lui, remonta aussitôt à l'étage supérieur. Il avait repéré un bureau vide, en passant, d'où il pourrait se connecter au système de l'hôpital et, plus précisément, au fichier des admissions. Il s'enferma dans la pièce dépourvue d'ouverture vitrée sur le couloir et où il serait tranquille. Il se rappelait de l'identifiant et du mot de passe du médecin urgentiste qui l'avait reçu lors de son stage. Le médecin avait beau être le père de six beaux enfants, il avait choisi pour mot de passe le nom de son chat : nanou. Peut-être pour ne pas créer de jalousie. Mais, depuis la troisième de Neil, le chat avait pu mourir, et ce serait râpé pour le mot de passe. Ou bien il vivait encore, et c'était gagné.

Ô joie !

Le gros matou n'avait point succombé à un combat de rue. Et le système informatique de l'hôpital était si rudimentaire qu'il n'incitait pas les usagers à changer de mot de passe à intervalles réguliers. Tout en espérant qu'Oswald tenait bien son rôle, un gobelet de café à la main, Neil tapa le nom de Pérec dans la rubrique « admissions ». La fiche de la demoiselle apparut aussitôt. Il se rendit immédiatement sur l'onglet « groupe sanguin ».

B rhésus positif.

Bon. Comme les journaux l'annonçaient ce matin. Il prit une photo de l'écran à l'aide de son téléphone et chercha ensuite le numéro du casier où avaient été entreposés les vêtements et les objets que la victime avait sur elle au moment de son agression. Si elle sortait, peut-être portait-elle un sac ?

Neil mémorisa le numéro du casier : 12.

Il sortit de la pièce et prit la direction du rez-de-chaussée. Les casiers se trouvaient entre l'entrée des urgences et la pièce de garde des infirmières, mais on pouvait y accéder par un autre chemin, en descendant tout d'abord au sous-sol et en remontant par l'escalier de secours.

Ce que fit Neil. Il parvint sans difficulté à la pièce, y entra. Il s'agissait de casiers hauts, capables de contenir plusieurs vêtements longs sans les froisser.

Il vit alors qu'il n'était pas seul. Un homme tentait, avec un ustensile non identifié, d'ouvrir le cadenas du casier 12 !

L'Effacé fit un pas en arrière et se dissimula derrière une rangée de casiers. Mais, durant sa retraite, la semelle de Neil frotta contre le carrelage et provoqua un léger bruit.

Il attendit un instant, puis se pencha avec précaution pour voir si l'homme l'avait repéré.

Celui-ci avait disparu.

Il se retourna alors. L'intrus lui faisait face, prêt à lui expédier son poing en pleine figure.

(17)
HÔPITAL D'INSTRUCTION DES ARMÉES BÉGIN, SAINT-MANDÉ, 6 SEPTEMBRE

Neil dévia le coup sans peine et l'homme projeta son poing contre le mur en retenant un cri entre ses dents. Il secoua sa main blessée comme s'il cherchait à évacuer la douleur par ce geste. La souffrance lui avait fait oublier la présence de l'Effacé.

Manifestement, cet homme était loin d'être un expert dans la profession. Neil en eut la confirmation lorsqu'il réussit, dès la première tentative, un croc-en-jambe du plus bel effet, lui qui n'était pas un spécialiste.

Le type se retrouva par terre et ne chercha même pas à se relever. S'il avait trouvé un mouchoir blanc dans sa poche, il l'aurait agité devant Neil pour lui signifier sa reddition.

L'Effacé en profita pour le détailler. Il devait avoir la trentaine et mesurer autour d'un mètre quatre-vingts, tout comme lui. Une petite bedaine se devinait sous la chemise bleu marine qu'il portait sortie d'un jean ordinaire. Son visage imberbe, mitraillé de taches de rousseur, était surmonté d'une épaisse tignasse châtain clair.

— C'est bon, marmonna le vaincu. J'arrête les frais.

Il se releva, prenant appui sur la poignée du casier 12.

— Je sais, je n'ai rien à faire ici, qui plus est à tenter d'ouvrir le casier du témoin numéro un.

Il dévisagea Neil pour la première fois et parut gêné de s'être fait mater de la sorte par un adolescent. Il baissa même les yeux. Cet homme était un faible, pas de doute. Neil eut presque pitié de lui.

— Mais vous n'êtes pas flic... Médecin ? Ambulancier ? Vous ne direz rien, n'est-ce pas ?

— Et vous, qui êtes-vous ?

— Vous me croirez si je vous dis que je suis romancier ?

Neil fronça les sourcils.

— Et pourquoi pas ? répliqua-t-il.

Neil se demanda si ce curieux énergumène n'allait pas lui tendre la main pour parfaire les présentations.

— Et vous alors ? reprit le romancier.

— Moi, oh, ça dépend. Disons que je suis un personnage de roman...

L'autre n'insista pas.

— Comment saviez-vous que le casier de Mona Pérec était le casier numéro 12 ? enchaîna Neil.

Il faisait chaud dans cette pièce sans fenêtre et sans air. L'éternelle odeur éthérée des hôpitaux était ici particulièrement suffocante.

— J'étais déjà là tôt ce matin, lorsqu'une infirmière est venue ouvrir le casier. Elle est repartie folle de rage et je voulais en connaître la raison.

— C'était important pour vous ?

— Ça l'est encore, puisque je ne suis pas parvenu à l'ouvrir...

Il se massait le poing, qui était devenu rouge écarlate. Il devait avoir quelque chose de cassé.

— Votre uppercut dans le mur va vous valoir une interruption de travail temporaire... ironisa Neil. Vous voulez un certificat ?

— Ils les recrutent bien jeunes, les médecins, à présent. La crise de la vocation, très certainement...

La joute s'engageait, verbale cette fois. Celle de la noblesse par excellence. Neil ramassa la tige de fer qui avait roulé sous la seule chaise que comprenait la pièce et parvint à ouvrir le cadenas en dix secondes à peine.

— La différence entre un romancier et un personnage ! s'amusa l'homme.

Ils découvrirent ensemble le contenu du casier.

À savoir, du vide.

— C'est bien ce qui me semblait, déclara l'auteur.

— Curieux. Très curieux.

— Après cette réussite, je sais donc que tu n'es pas médecin ni infirmier – tu aurais eu la clef du casier.

— Vous avez le tutoiement facile.

— Mon éditrice me le dit souvent.

— Pourquoi es-tu là ?

— Pour la même raison que toi, il me semble. Ouvrir le casier de Mona Pérec, savoir pourquoi le groupe san…

L'homme s'arrêta net. Il devenait fou. Pourquoi tout dire à ce jeune type qui débarquait et l'avait mis à terre en deux temps trois mouvements ? Il ferait bien mieux de prendre ses jambes à son cou et de quitter cet hôpital de malheur.

— … pourquoi le groupe sanguin qui a été transfusé à la victime sur le lieu de l'agression n'est pas le même que celui qui figure sur son dossier d'admission à l'hôpital ? compléta Neil.

Le romancier balbutia un « oui ».

— Tu as remarqué ce détail, toi aussi ? continua l'auteur.

— Oui et, si j'ai un conseil à te donner, c'est justement d'oublier ce détail le plus rapidement possible. Tu as la chance, grâce à ton métier, de pouvoir fuir la réalité, de pouvoir inventer ton propre univers. Alors pourquoi t'attarder sur la vraie vie qui ne le mérite pas ?

— Qui es-tu ?

L'auteur retentait sa chance.

— Tu enquêtes pour ton propre compte, c'est ça ? Tu es un ami du Russe ? Oui, voilà, je brûle. Puisqu'il est innocent, j'en suis persuadé. C'est une manipulation, un montage. Tu es un ami à lui… Tu es… un de ces adolescents dont on parle dans ce film qui a provoqué des émeutes ?

— Garde tes délires pour tes prochains best-sellers… répliqua Neil.

Son interlocuteur était survolté.

— Alors je peux te dire ce qui s'est passé cette nuit… Vers 3 heures du matin… J'habite juste à côté, la fenêtre de ma cuisine donne sur le parking de l'hôpital. Je me battais avec mon percolateur pour me préparer mon shoot de caféine. Et j'ai vu cette journaliste du *Parisien* qui revenait à sa voiture… Elle a ouvert sa portière, et une berline s'est arrêtée à sa hauteur. Deux hommes en sont sortis. Ils lui ont serré la main tout d'abord, j'ai cru qu'ils étaient bons amis. Et puis la journaliste, Anne Saroyan – c'est elle qui avait parlé de la transfusion pour la première fois –, bref, la journaliste a refusé une proposition que devait lui faire un des deux hommes… Elle a commencé à dire « Non, non », puis elle a crié très brièvement. J'ai éteint la lumière de ma cuisine, et j'ai vu qu'un des deux hommes lui maintenait les deux bras derrière le dos tout en lui collant une main sur la bouche tandis que l'autre ouvrait la portière arrière de la berline. Saroyan s'est fait enlever sous mes yeux. J'étais en train de penser à toute cette affaire, je m'étais rendu compte de la différence de groupes sanguins. J'avais imprimé une photo de la journaliste pour aller la voir dès le lendemain matin. Et, en pleine nuit, devant chez moi, cette femme se fait enlever…

Neil hocha la tête. Il y avait décidément quelque chose de pourri au royaume de Mouret.

— Tu me crois ?

— Oui.

— Alors que devons-nous faire ? demanda le romancier en écartant les bras. On ne peut pas rester là sans réagir.

— Ce que tu dois faire, toi, c'est rentrer chez toi, t'enfermer à double tour, et ne parler à personne d'autre de tout ça. Ne creuse rien, n'écris rien là-dessus. Si tu commences à démêler la pelote... Continue plutôt dans le répertoire des êtres fantastiques. Le sempiternel combat des nains contre les elfes, des dragons contre les hommes...

— Je n'écris pas de fantasy.

— Eh bien, tu devrais. Crois-moi. Tu es perspicace, c'est bien. Tu as l'esprit qui tourne vite, c'est formidable. Mais n'en parle à personne pour le moment. À personne ! Et, surtout, ne prends plus de risques inconsidérés comme en venant fracturer le casier 12...

Le romancier baissa la tête.

— Et pourquoi alors, toi, un adolescent, tu t'octroies cette possibilité ?

Neil ne répondit rien.

Parce qu'il était sorti de la pièce comme il y était entré, tel un fantôme.

Il retrouva Oswald qui l'attendait patiemment dans la pièce de garde, comme convenu. Il lui fit signe de se taire alors que l'ancien prêtre avait manifestement envie d'être bavard, très bavard. La pêche devait avoir été bonne.

— Tu me raconteras tout ça lorsque nous serons avenue de Paris, chuchota l'Effacé.

Ils sortirent de l'hôpital par la blanchisserie. Il était 13 h 30 et le cousin de Neil était rentré se coucher.

Oswald voulut ôter sa blouse blanche pour l'enfouir dans une quelconque poubelle, mais Neil lui conseilla de la conserver. Ils pourraient en avoir à nouveau besoin très rapidement.

L'ancien homme d'Église tomba sur Neil à peine la guérite de l'hôpital dépassée.

— Les infirmiers, infirmières et médecins habituels de l'hôpital n'ont pas eu accès à Mona ! Et ce, depuis son arrivée aux urgences hier ! Ils fulminaient, disaient qu'ils n'avaient jamais connu ça…

— Continue… l'encouragea l'adolescent.

Mais il n'en était nullement besoin.

— Bon, ils ne se sont pas montrés d'une loquacité extrême, mais j'ai aussi appris que Mona était remontée de la salle de réanimation au beau milieu de la nuit… Là encore, ce sont les mecs de la DCRI et des médecins qui ne sont en rien liés à Bégin qui se sont chargés du transfert.

— Personne de l'hôpital n'a donc vu Mona depuis son arrivée à Bégin.

— Personne… Et ce qui est le plus curieux, c'est qu'une ambulance est arrivée en pleine nuit, gyrophare éteint. J'ai entendu un infirmier de garde en parler avec un collègue. L'interne des urgences a cru qu'il devait prendre en charge le patient qui arrivait, et il s'est fait incendier par deux types de la DCRI dont l'un pourrait être Hervé Moine en personne d'après le signalement qu'il m'en a donné.

Neil ferma les yeux un court instant. Il récapitulait. Depuis le matin 8 heures : la mystérieuse disparition d'Anouar, l'enlèvement de nuit d'une journaliste, un étrange ballet nocturne d'ambulances la nuit et une blessée que personne n'a vue…

— Et toi, de ton côté ?

Neil raconta dans les détails sa rencontre avec le romancier. À l'énoncé du rapt de la journaliste, Oswald explosa :

— Mais j'avais raison alors ! J'avais raison…

Neil lui conseilla de calmer sa joie.

— On va aller faire un tour du côté de la rue Planchat cet après-midi, là où tout a commencé. Je serais curieux d'entendre les gens de l'immeuble me parler de leur voisine, Mlle Mona Pérec.

Mais avant... Neil composa le numéro d'Ilsa sur son portable. Il devait pouvoir rajouter un ou deux mystères sur sa longue liste.

(18)
PIBRAC, 6 SEPTEMBRE

L'Airbus A321 d'Air France décolla de Paris-Orly à 15 h 45 pour atterrir à Blagnac soixante-dix minutes plus tard. À son bord, Ilsa et Zacharie avaient étudié une carte de la banlieue de Toulouse qu'ils avaient réussi à dénicher dans une librairie du hall 2.

La forêt de Bouconne s'étendait sur plus de deux mille trois cents hectares sur les départements du Gers et de la Haute-Garonne. Bien évidemment, ils ne trouvèrent aucune trace d'un Troimoin dans les Pages blanches. Mais le maître de la station Arsenal leur avait donné un indice en leur indiquant que Troimoin vivait en bordure de forêt, sur la commune de Pibrac.

Ils louèrent une Toyota Prius à l'aéroport et prirent aussitôt la direction de Pibrac. Après vingt minutes de route, ils atteignirent la bourgade et se garèrent sur le parking d'un petit centre commercial, non loin de la majestueuse basilique Sainte-Germaine. Ilsa avait la ferme intention de glaner quelques informations auprès des Pibraciens à propos de ce projectionniste un peu particulier qui se servait de frondaisons de chênes en guise d'écrans. Elle interrogea une pharmacienne, deux caissières de supermarché et une coiffeuse qui s'arrachait les cheveux à propos de la coupe que lui demandait un homme chauve. Personne ne fut en mesure ou n'eut l'envie de renseigner cette étrangère. Zacharie, lui, s'était rendu sur le terrain de skate, en face du parking, où trois jeunes de son âge réalisaient des figures plutôt impressionnantes. Il les regarda, les applaudissant par moments avec sincérité, et profita d'une pause pour venir les féliciter. Puis, insidieusement, il dévia la conversation et leur demanda s'ils ne connaissaient pas un type plutôt âgé qui projetait des films, la nuit, sur des arbres.

— Ah, ouais, le taré de Bouconne, répondit le seul des trois qui n'était pas torse nu.

Il portait un tee-shirt sur lequel un bébé hilare donnait une fessée explicite à ses parents.

— C'est son surnom ?

— Non, son surnom, dans le coin, c'est le taré. Point. Le taré tout court. Parce qu'on vous dira qu'il n'y a pas de taré à Bouconne.

— Je ne comprends pas, dit le géant blond.

— Ben voilà, c'est que tu es taré, toi aussi. Mais tu n'es pas de Bouconne.

Les trois skateurs éclatèrent de rire.

— Et il vit où, ce type ?

— Près de la route Sainte-Germaine, je crois, en bordure de la forêt, continua l'ado au tee-shirt. C'est au nord d'ici, à deux kilomètres à tout casser...

— Devant un grand chêne centenaire... Tu ne peux pas le rater. Sa baraque est entourée de fougères, il y en a partout dans le jardin. Mais fais attention...

Un autre prit la parole, et son accent chantait encore plus que celui de son pote :

— Paraît que le taré a la main lourde en ce moment, c'est la mère de Gérard qui l'a dit à ma mère ce matin. Il aurait tiré plusieurs coups de fusil dans la nuit. On sait pas pourquoi, on cherche pas à savoir, il nous laisse en paix et on le laisse en paix.

Zacharie s'épongea le front à l'aide d'un mouchoir en papier. Le soleil tapait fort. En contrebas du terrain, il vit une adorable maison construite sur un jardin en pente qui se terminait par un remblai et une piscine. Il se serait bien offert un plongeon. Puis il corrigea : ils étaient en plein plongeon, Ilsa et lui ici, et Neil à Paris, qui suivait une piste prometteuse. Mais les eaux qu'ils toucheraient bientôt s'avéreraient très certainement plus saumâtres, plus nauséabondes que celles, turquoise, qu'il regardait avec envie.

Il était un Effacé, il n'était plus un adolescent comme les autres. Il n'avait plus aucun droit aux plaisirs réservés aux jeunes hommes de son âge, plus aucun droit à la futilité. En somme, il n'avait plus que des devoirs.

Il remercia les skateurs et retourna attendre Ilsa dans la voiture, la climatisation poussée à fond. Lorsque sa petite amie revint, il voulut la prendre dans ses bras, juste comme ça, simplement parce que cela faisait longtemps. Mais l'adolescente eut un geste de recul.

— Tu n'es pas très câline, pesta l'Effacé en allumant le moteur.

— C'est que je n'ai pas la tête à ça.

— Ça fait des mois que ça dure…

Il sortit du parking et descendit le boulevard des Écoles, en direction de Bouconne.

— Justement… Depuis le mois de juin, j'ai l'impression de jouer dans un remake des *Dix Petits Nègres*. On était dix et on n'est plus que trois.

Zacharie se mit à fredonner :

— *Three little nigger boys walking in the zoo. A big bear hugged one, and then there were two*[1].

1. « Trois petits nègres se promenaient au zoo. Un gros ours en étouffa un et il n'en resta plus que deux. »

— Ne plaisante pas avec ça… Ce roman m'a fait faire les pires cauchemars, à dix ans.

— Tu as dû en faire de bien pires, depuis.

Ils n'échangèrent plus une seule parole jusqu'à la route Sainte-Germaine. Ils mirent un peu moins d'une heure avant de trouver la maison de Troimoin. Elle se situait en effet en retrait de la route, peu après l'intersection avec le chemin du Gayne, devant un grand chêne sessile qui devait mesurer plus de trente mètres de haut. En guise de clôture poussaient des fougères. Zacharie gara la voiture de façon qu'elle ne soit pas visible depuis la maison.

Il était 19 h 28 lorsque les deux Effacés mirent pied à terre.

Et 19 h 29 lorsque le premier coup de fusil retentit. La chevrotine les frôla et cinq ou six plombs vinrent heurter le pare-brise de la Prius.

Ilsa et Zacharie se jetèrent sur le sol. D'un regard, il fut décidé qu'Ilsa tenterait la négociation. Une femme se montrait souvent plus persuasive qu'un homme.

— Monsieur Troimoin, nous venons en amis. Nous venons de la part de Stanley, du groupe Station Arsenal !

— Ah oui ?

Il tira un nouveau coup de feu – en l'air cette fois, ou bien absolument pas ajusté.

— Foutez le camp ! Stanley ou pas Stanley ! Votre visite de cette nuit ne vous a pas suffi ? Je n'ai pas d'autre copie du film, c'est bien clair ? Foutez le camp !

La troisième salve partit au dernier point d'exclamation.

Ilsa et Zacharie se regardèrent. Évoquait-il *Toxicité maximale* ? Le projectionniste itinérant détenait-il une copie intégrale du film ? Par quel miracle ?

— Monsieur Troimoin, reprit Ilsa, laissez-nous simplement nous montrer. Nous sommes tout à fait étrangers à ce qui est arrivé chez vous cette nuit.

Silence.

— Monsieur Troimoin, *Toxicité maximale*, cela vous évoque quelque chose, bien sûr…

Ilsa se leva et Zacharie l'imita. Ils tentèrent un premier pas, puis un autre, et aperçurent enfin le vieil homme, qui se tenait accroupi derrière une fenêtre ouverte du second et dernier étage de sa petite maison de briques roses. Il pointait toujours un fusil dans leur direction. Le soleil qui se couchait devait l'aveugler, car les Effacés virent son reflet à plusieurs reprises sur les lunettes de Troimoin.

— *Toxicité maximale*, dit à nouveau Ilsa.

— Mais oui, hurla le vieil homme. J'écoute les informations, comme tout le monde. J'ai lu le nom de la maison de production, si c'est de cela que vous voulez parler.

— Précisément, enchaîna le géant blond.

— Mais les sagouins d'hier soir, quand ils sont venus, ils ne voulaient pas en parler, eux, de Monte-Cristo Productions, ils se sont contentés de voler le film.

Ilsa et Zacharie n'étaient plus qu'à une dizaine de pas de la porte d'entrée et Troimoin ne les visait plus, il avait lâché son arme. Ils attendirent alors sagement que le projectionniste vienne leur ouvrir, ce qu'il fit, et avec le sourire.

— Toi, c'est Mathilde, non ? Et toi, Zacharie ?

Ilsa se força à sourire.

— Non, je suis Ilsa.

Il fit le geste de celui qui s'en fichait, et les fit entrer.

— Alors je n'ai pas rêvé en découvrant ce film sur Internet. Ce n'était pas un canular. Mais bien évidemment que j'ai vu le film… Enfin les vingt premières minutes, comme tout le monde. Cela n'a pas grand-chose à voir avec son premier long-métrage… Mais on dira que le bonhomme a su se mettre en accord avec l'époque. Le propos reste subversif et c'est bien là le principal. C'est fort, très fort… Ça va faire mal quand l'intégralité sortira sur tous les écrans du monde… Là, il ne foirera pas son coup.

L'ancien attaché de presse de Monte-Cristo Productions éclatait de rire à présent. Il se servit un verre de citronnade et en proposa à ses hôtes, qui acceptèrent avec plaisir. L'endroit était d'un ascétisme rarement atteint. Il y avait un évier, un réchaud et un matelas. Voilà pour le fonctionnel. Pour le reste, il y avait dix mille, peut-être quinze mille bobines de film étiquetées et entassées dans tous les coins et recoins, du sol au plafond. Si toute cette quantité de nitrate de cellulose prenait feu, c'était l'intégralité du sud-ouest de la France qui sautait avec !

— L'enfant de putain ! lança-t-il en donnant une grande claque dans le dos de Zacharie, qui se mit aussitôt à tousser. Je ne parle pas de toi, beau gosse, mais de lui. Il a récidivé, alors. Il a remis en branle la grande machine de Monte-Cristo Productions. Il avait juré qu'il n'en ferait rien. Je le croyais même mort, suicidé peut-être...

Les Effacés ne comprenaient pas un traître mot. Troimoin devait absolument leur fournir les sous-titres.

— Monsieur Troimoin, questionna Ilsa, vous savez donc qui a réalisé ce film ?

— Assez de salamalecs, Ilsa...

Il se fit rêveur, levant les yeux au ciel.

— Dieu que ce prénom est beau... Il me fait traverser la Méditerranée. J'ai l'impression de me trouver chez le beau Rick. Dommage... Tu aurais été Mathilde, la pianiste, tu m'aurais chanté *A Case of Do or Die*...

Il fredonna quelques notes puis se reprit.

— Assez de salamalecs, donc. Je ne suis pas M. Troimoin, mais No, est-ce clair ? Pas comme le docteur, hein... Mais c'est comme cela que mes amis me surnomment... Noël, No. Et, pour répondre à ta question, je crois le savoir, oui, car je sais qui est l'esprit qui se cache derrière Monte-Cristo Productions... Simplement, je le croyais à jamais disparu, cet esprit, tué par ce qui fut son premier et dernier film, son premier et dernier échec.

— Comment s'appelle-t-il ? demanda Ilsa.

Ils ne savaient pas vraiment à quoi s'attendre.

— Oh, son nom ne vous dira rien. Nous sommes peut-être une dizaine, en France et dans le monde, à se souvenir de lui. Nous pensions qu'il allait devenir le plus grand réalisateur mondial avec son premier film, son *Prince.* Et puis le film n'est jamais sorti, pour des raisons diverses. Et il a tout plaqué…

— Son nom, insista Zacharie.

— Mais oui, tenez, j'ai même une photo de lui…

Il alla chercher son portefeuille, posé sur la bobine d'un film allemand des années 1920, en sortit la photo et la tendit à ses deux invités.

— Dominique Frame, voilà le nom du génie enfin revenu aux affaires. Dominique Frame, retenez bien ce nom… Quel âge doit-il avoir à présent ? Bah, un peu comme moi… La soixantaine, enfin… *It's been a long time, Dominique. A lot of water under the bridge…*

Le nom, bien sûr, ne dit rien à Ilsa et à Zacharie. Mais la photo leur révéla tout.

Ils reconnurent ses yeux sans le moindre doute possible.

Dominique Frame était Dominique Destin.

Comme Descimes était Mandragore.

Un Dominique Destin avec quarante années de moins, des cheveux et des kilos en plus.

Troimoin ne remarqua même pas le trouble qui saisit les deux Effacés au moment où il leur tendait le cliché.

— Eh oui ! Mon Dominique de retour aux affaires… Le nitrate de cellulose va chauffer à nouveau… Et cette fois, c'est sûr, il fera tout éclater !

Le projectionniste entonna le premier couplet de La *Marseillaise* avec un épouvantable accent américain.

Trois coups brefs retentirent. On frappait.

Noël trottina jusqu'à la porte.

— C'est le reste de la troupe, peut-être ? supposa-t-il d'un air gourmand.

Le vieil homme ouvrit sans rien demander. Et la physionomie de son visage changea encore une fois du tout au tout.

Une femme à la peau brune apparut dans l'encadrement de la porte.

Zacharie n'eut aucun mal à reconnaître la visiteuse du soir. Il dut se retenir au dossier de sa chaise pour ne pas flancher. La dernière fois qu'il s'était trouvé nez à nez avec cette femme, elle lui avait injecté cent milligrammes d'héroïne dans le sang avant de laisser ses hommes le rouer de coups.

C'était Ilian Morta, l'ancienne compagne de Jean-Baptiste Descimes, alias Nicolas Mandragore. Mais aussi la mère d'Aurore.

Elle était venue depuis la Somalie.

Et elle pointait sur le projectionniste et les Effacés un pistolet-mitrailleur Uzi qui était en mesure de tirer dix coups à la seconde.

Le doigt bien raide, sur la détente.

ALEXANDRE-DUMAS

12 JUILLET 1974

Ilian se tourna vers sa petite fille, qui venait de lui lâcher la main. Le bonnet rose de sa poupée était tombé sur le trottoir du boulevard de Charonne. Ilian le ramassa et le replaça sur la tignasse rousse du jouet. Et Aurore se mit aussitôt à pleurer.

— Y a des microbes dans ses cheveux, maman… Tout plein de microbes…

En d'autres moments, la jeune mère aurait tenté de parlementer, de lui expliquer que les microbes n'avaient en fait pas grand effet sur une poupée en plastique, que ce n'était pas la fin du monde, mais Ilian était pressée. Jean-Baptiste lui avait donné rendez-vous à 21 heures, et il était déjà 21 h 03. Son compagnon refusait qu'elle fasse la manche avec la petite, alors il s'y était résolu lui. Depuis leur fuite, depuis le début de leur vagabondage forcé, il s'était résolu à cela pour ne pas avoir à voler, pour leur éviter d'être appréhendés par la police. Car, alors, tout serait fini. La police de la République, qui était censée les protéger, les aurait plutôt livrés.

Ilian prit Aurore dans ses bras et la serra fort, afin qu'elle s'arrête de pleurer.

— Allez, mon amour, on le lavera, le bonnet, et plutôt deux fois qu'une.

Aurore renifla.

— On va retrouver papa ? demanda-t-elle de sa jolie petite voix flûtée.

— On va retrouver papa.

Elle descendit à toute vitesse les escaliers de la station Alexandre-Dumas, passant sous le portique de style Guimard. Jean-Baptiste devant les attendre sur le quai direction Place-Dauphine, elle prit à droite. Plus qu'une volée de marches et elle le retrouverait enfin. Cela la rassurerait de le savoir tout contre elle. Elle le trouvait profondément déprimé ces derniers temps. Chaque jour, chaque soir, chaque nuit, dès qu'ils s'installaient dans une nouvelle cachette, elle le rassurait sur la confiance inébranlable qu'elle avait en lui. Elle était certaine qu'il s'en sortirait bientôt, quitte à partir de France, à s'installer ailleurs, loin, dans l'idée de se faire oublier pendant un temps.

— Je te dépose, mon amour, dit-elle à sa fille au milieu des escaliers. Tu es une grande fille maintenant, tu peux marcher.

Et, pour montrer qu'effectivement elle était une grande fille, Aurore commença à descendre les dernières marches deux à deux.

— Fais attention, dit Ilian, donne-moi la main, j'entends le métro arriver.

La petite fille obtempéra et elles arrivèrent sur le quai au moment où la motrice jaillissait du tunnel dans le fond de la station.

Ilian vit l'homme assis sur un siège qui regardait sa montre.

Elle vit aussi cet homme chauve qui se trouvait juste derrière Jean-Baptiste et qui le regardait avec étrangeté.

Mais elle vit surtout son compagnon se laisser tomber sur les rails, dans un état d'abandon absolu.

Ilian cria.

Et son cri se confondit avec le grincement des freins qui tentaient de donner toute leur vigueur pour éviter l'impact.

(19)
PIBRAC, 6 SEPTEMBRE

Ce fut comme un arrêt sur image. Le cadre s'était irrémédiablement figé. Ilian regardait le groupe, qui regardait Ilian.

Puis, sans aucun élément annonciateur, la mère d'Aurore baissa son pistolet-mitrailleur et relâcha la tension que contenait tout son être. Ses épaules s'affaissèrent. De vedette, elle devint figurante.

— Ce n'est que vous, dit-elle, sans que l'on parvienne à saisir si ce ton las exprimait le soulagement ou le regret.

Elle ajouta, plus bas :

— Les créatures de Jean-Baptiste...

Noël Troimoin, en voyant la visiteuse abandonner sa pose guerrière, recula à pas comptés et vint se réfugier entre les deux Effacés.

— Il me semble que vous connaissez madame... que je n'ai, moi, pas le plaisir de connaître.

Zacharie ne se démonta pas.

— L'homme qui porte le nom de Mandragore dans le film...

— Oui, le petit, avec ses yeux bleus et ses cheveux gris bouclés ? Votre mentor... Un homme qui ne m'a pas semblé très clair...

— Ilian, notre visiteuse, était sa compagne.

La Tunisienne sortit de la maison, et ils s'aperçurent alors qu'elle n'était pas venue seule. La faible luminosité empêchait de dénombrer correctement ses hommes, mais il y en avait au moins une demi-douzaine. Elle tendit son Uzi à l'un d'entre eux et lui ordonna quelque chose d'un ton très sec, en arabe. Puis elle revint vers le seuil de la maison, cette fois le visage détendu.

— En effet, monsieur Troimoin, j'étais la compagne de Jean-Baptiste Descimes. Il est mort à présent. Et ma fille, celle que nous avons eue ensemble, a disparu elle aussi. Cela fera bientôt trente-deux ans.

— Que venez-vous faire ici ? demanda Ilsa.

— Comme vous. Je veux faire la lumière sur ce film.

Et, ensuite, je pourrai disparaître comme Aurore, comme Jean-Baptiste, ce que j'aurais déjà dû faire depuis bien longtemps...

— J'ai visionné les vingt premières minutes à bord de mon supertanker, continua-t-elle. J'ai lu ce court générique où est mentionné Monte-Cristo Productions. Et cela m'a immédiatement fait penser à Destin... Je savais qu'il avait été cinéaste avant de travailler à la sauvegarde des intérêts des puissants. Il n'en parlait jamais, et se mettait dans une colère noire lorsque Jean-Baptiste, Pierre Nonin ou moi abordions le sujet...

— Qui est Destin ? demanda le projectionniste en secouant la tête.

— Destin est Frame, expliqua Ilsa. Il a changé de nom certainement en abandonnant le métier. Frame était son nom de scène, Destin était son nom de guerre.

— *Est* son nom de guerre, corrigea Ilian. Je suis persuadée qu'il est encore vivant, qu'il se cache derrière tout cela. Je suis revenue pour réussir là où Jean-Baptiste, hélas, a échoué. Je veux cet homme. Je veux qu'il paie pour ce qu'il nous a fait. Il nous a sauvé la vie, à tous, à la station Dumas. Pour mieux nous faire souffrir ensuite.

Noël Troimoin lança une insulte à la cantonade et se laissa tomber sur son matelas. Son visage exprimait la plus vive des contrariétés.

— Je ne comprends rien à votre bazar !

— Il faudrait avoir vu tous les épisodes, dit Ilian.

Il y eut un long silence, pendant que chacun digérait les informations. Noël, lui, éructait plutôt. Il était en pleine indigestion. Il se servit un verre de citronnade, le dernier, en oubliant toute galanterie envers la visiteuse.

— Comment êtes-vous parvenue jusqu'ici ? demanda Zacharie.

Ilian fit un pas vers lui et se trouva en pleine lumière, sous l'ampoule nue qui grésillait. Cette femme était fascinante de beauté. Et elle paraissait toujours vingt ans de moins que son âge. Peut-être refusait-elle de vieillir pour pouvoir dès lors, chaque matin, se regarder comme elle aurait regardé sa fille disparue qui aurait grandi…

— Excuse-moi, dit-elle.

Zacharie ne bougea pas un cil.

— Pour ce que je t'ai fait sur le supertanker. Je te prie de m'excuser.

La tension revint, sournoise.

— Maintenant, pour répondre à ta question, j'avais su par Nonin le nom de la maison de production de Destin, puisque Nonin en était le financier lorsqu'il terminait ses études. Et il m'avait parlé de vous, Troimoin, son attaché de presse. J'ai eu un peu de mal à vous retrouver… J'ai gardé quelques réseaux en France, que j'ai réactivés pour l'occasion, en toute discrétion. Je vous passe les détails. Et, si je suis entrée armée chez vous, Troimoin, c'était dans le cas où Destin s'y serait terré, avec l'idée de reconstituer la glorieuse équipe et de hisser Monte-Cristo Productions sur le devant de la scène…

— Je vous ai dit que je n'avais pas vu Dominique depuis quarante ans ! s'énerva le vieil homme. Pour moi, Dominique était mort. L'échec de son premier film l'a profondément meurtri. Mais vous, apparemment, vous êtes plus renseignée que moi…

Troimoin ouvrit grande la bouche, comme frappé par une révélation.

— Mais j'y pense à présent… Destin, Dominique Destin, ce n'était pas le nom du conseiller obscur d'Étienne Hennebeau ?

Zacharie approuva. Noël poursuivit :

— On ne l'a jamais vu dans les médias, cet homme, mais on a souvent entendu parler de lui… Dominique dans le monde politique ! Lui qui était si pur et qui avait la société en horreur…

Ilsa se dirigea vers le vieil homme.

— Vous avez parlé d'un film que l'on vous a volé lorsque nous sommes arrivés, No.

— Bien entendu, les sagouins… Le film qu'a tourné Dominique, bien évidemment, notre film, *Le Prince*. Et ils ont embarqué les vingt et une galettes !

— Galettes ? répéta Ilsa.

— Les pellicules, précisa Zacharie.

— Oui, les pellicules. *Le Prince* dure sept heures. Sept heures de bonheur…

— De quand date-t-il ? demanda Ilian.

— Dominique a terminé le tournage en novembre 1972, si mes souvenirs sont bons.

— La date de création de Monte-Cristo Productions ?

Le vieil homme se leva.

— Non ! La société Monte-Cristo Productions a été créée dans les années 1930 par les jumeaux Brunante, voyons…

Comme si cela coulait de source, comme si cette date avait sa place dans les encyclopédies du cinéma !

Ilsa s'imposa :

— Les jumeaux Brunante ? De la famille Brunante qui détient quelques-unes des plus importantes entreprises européennes ? Je ne savais pas qu'ils s'étaient diversifiés dans le cinéma...

— Non, la famille détestait le cinéma, précisa Troimoin. Gaspard et Martin ont été rejetés lorsqu'ils ont annoncé leur envie de se lancer dans cette industrie. Ils sont devenus la branche bâtarde du grand arbre Brunante. La branche n'apparaît même plus lorsque l'on consacre un article aux ramifications de l'empire... D'ailleurs, les jumeaux ont disparu depuis longtemps... Ils sont partis à Hollywood dans les années 1970, après avoir produit le film de Dominique, qui s'est révélé un énorme fiasco financier puisqu'il n'a jamais été distribué. C'est aussi cela qui a précipité le départ des deux frères – qui, malgré cet échec, avaient encore un bon pactole... Dominique leur avait demandé de produire le film parce qu'il ne trouvait pas de producteur assez fou pour financer son projet. Les jumeaux se sont immédiatement entichés de lui. Il avait un charme incroyable et une grande capacité de conviction...

Qu'il a conservés, pensa Zacharie.

— Le discours de Dominique les a séduits... Ses idées de mise en scène, son scénario absolument fascinant... Bref, *Le Prince* est devenu le premier et unique film, jusqu'à *Toxicité maximale*, produit par Monte-Cristo Productions. Quel âge devait-il avoir à l'époque ? Dix-huit, dix-neuf ans. Dominique a toujours été précoce en tout... Il leur a proposé un scénario qui devait faire deux mille pages peut-être, avec des décors de dingue et des lieux de tournage improbables. Ils ont signé. Et le film n'est jamais sorti, car on n'a jamais pu trouver de distributeur. Les sept heures effrayaient et Dominique refusait de couper un seul de ses plans... Cela l'a mis dans une rage folle. Il s'est juré d'arrêter le cinéma.

Et il a passé plusieurs mois à courir après les copies du film pour les brûler.

— Il aurait donc pu venir chez vous hier soir pour vous la voler ? questionna Ilian.

— Je ne sais pas si c'était lui. Je n'ai pas vu grand-chose, je dormais. Ils sont venus, ils ont facilement trouvé les bobines car elles étaient étiquetées comme les autres.

— De quoi parle *Le Prince* ? demanda Zacharie.

Troimoin se mit à ricaner.

— Tu veux le pitch, c'est ça ? Bah… On ne peut pas résumer une œuvre comme *Le Prince*. Ce n'est pas une histoire, une simple narration, c'est avant tout une expérience visuelle et sonore. C'est comme cela que le scénario a été conçu. Je peux juste te parler des premières images… Celles d'un prince qui attend sur un rocher que son peuple vienne le tuer… Pour revivre ensuite… Revivre et apprendre de ses échecs. Ce film est une leçon de vie administrée par un génie de vingt ans, si fier, si sûr de son talent, qu'un seul et unique échec aura fait tomber dans la fange.

Les Effacés avaient fini par trouver une personne qui parlait de Destin avec sympathie, révérence et admiration. Mais Troimoin ne connaissait pas Destin, il avait fréquenté Frame.

— Ce que je ne saisis pas encore, finit par lâcher Ilsa, c'est ce que cherche Destin en réalisant un film où il aurait le plus sale rôle. Et quand aurait-il eu le temps, le lieu, la force même, de tourner ce film ?

— Qui vous a dit qu'il allait apparaître ? s'enthousiasma Troimoin. Et, après tout, il a le panache suffisant pour cela. Non, je crois plutôt que ce film, ou cette série de films – car peut-être en a-t-il tourné d'autres ou s'apprête-t-il à les tourner bientôt… Ces films, donc, se veulent dévastateurs. Ils parlent de la décadence de notre monde, sans concession. Tel un thriller moderne, ils délivrent un propos subversif…

Comme le fit *Le Prince*, à son époque… Dominique s'est fait tout seul, ses parents étaient de simples agriculteurs, des gens incultes, qu'il n'admirait guère d'ailleurs. Si Dominique a fait du cinéma, c'était pour changer le monde.

Et Destin faisait parfaitement l'inverse. Il faisait tout pour conserver les forces du monde telles qu'elles étaient fixées par les puissants. C'était Docteur Frame et Mister Destin, la schizophrénie poussée à son paroxysme… Dominique Destin, un cinéaste, un créateur ! Les Effacés ne l'auraient jamais imaginé ! Lui, l'homme de l'ombre… Mais, au fond, le metteur en scène d'Étienne Hennebeau arrangeait la vie politique française comme il aurait dirigé un plateau de cinéma : « Moteur ! » Le démiurge aimait jouer avec ses interlocuteurs, qu'il devait considérer comme de simples acteurs tout juste assez talentueux pour déclamer ses belles maximes… En fait, tout se tenait.

— Il voulait faire la révolution par le cinéma, continua le projectionniste. Quand il m'a connu, j'étais un petit con qui avait raté de peu Mai 68… J'étais de tous les défilés, de toutes les manifestations… Et je hurlais ma haine dans de grands discours que je voulais destructeurs, mais qui étaient d'une platitude telle que pas une idée intéressante ne parvenait à surnager dans ce fatras. Dominique m'a pris sous son aile, et il m'a appris à me contenir, à diriger ma colère, à canaliser cette haine qui est en chacun de nous, pour pouvoir la diffuser, la partager. C'était un maître en la matière. La subversion, c'est ça. C'est faire croire au public qu'on lui donne ce qu'il veut tout en glissant dans les méandres de son cerveau le plus violent des messages. La subversion, ce devrait être le but de toute œuvre d'art, film, livre, tableau, spectacle… Et pourtant, il n'y a souvent plus que platitude et premier degré de nos jours… On fait des œuvres pour endormir le peuple, et non plus pour le réveiller. Le peuple est fatigué, il veut dormir, l'estomac plein, de préférence…

Mais il faut être fort pour proposer cela. Et *Le Prince* le proposait… Le cinéma doit être une révolte.

Troimoin ferma les yeux, et un magnifique sourire se dessina alors sur son visage en noir et blanc.

— Je vis dans l'espérance qu'un jour un livre, une peinture ou un film, un film plus certainement car c'est le médium le plus neuf et le plus puissant à la fois, bouleverse l'ordre établi et meurtrisse la société. Qu'elle s'effondre puis qu'elle se relève, meilleure qu'elle n'a jamais été… Ce film aurait pu être *Le Prince*. Il sera peut-être *Toxicité maximale*. Ou il ne sera pas.

Cette profession de foi avait anéanti Troimoin, qui se tenait à présent courbé, comme évanoui, sur son matelas posé à même le sol.

Ilsa et Ilian vinrent auprès de lui et s'assirent à ses côtés.

— Nous avons chacun notre quête personnelle, commença l'adolescente à voix très basse. La nôtre est de comprendre qui a préparé ce film, et pour quelle raison notre vie est passée de la réalité à l'écran… Comment pourrions-nous remonter jusqu'à la source ? Ne vous souvenez-vous de rien de plus au sujet de Monte-Cristo Productions et des jumeaux Brunante ?

— Ils doivent avoir dans les cent ans, de nos jours, les jumeaux Brunante. C'était la génération précédente… Ils sont certainement morts à l'heure qu'il est…

— Comment retrouver Destin si c'est lui qui se cache vraiment derrière *Toxicité maximale* ?

À cet instant, les propos tenus par Marie-Ange Mouret la veille au matin, dans le Salon doré de l'Élysée, leur revinrent en mémoire. Neil avait posé une question concernant la mort supposée de Destin et la présidente avait très précisément dit que son corps n'avait pas été retrouvé.

— Pour comprendre Dominique Frame, articula Troimoin, décidément à bout de forces, ou tout au moins pour tenter de le comprendre, il faut commencer par voir *Le Prince*...

— Mais vous dites qu'on vous a volé la dernière copie existante dans la nuit ! lança Ilsa.

— Oui, mais je sais où vous pourrez en dégotter une à coup sûr... Je suis certain que les vingt et une bobines sont encore là-bas, et dans un parfait état de conservation qui plus est... Quelle que soit leur identité, les voleurs de cette nuit ne peuvent savoir que *Le Prince* se trouve encore là-bas, puisque je l'ai fait entrer sous un faux titre.

Ses trois interlocuteurs attendirent patiemment que le nom du lieu passe les lèvres balbutiantes de fatigue du vieil homme.

— *Le Prince* est au chaud dans les archives de la Cinémathèque de Bologne, en Italie. Je vous ferai un mot pour mon ami, Pier Paolo Giallo, le directeur. Il vous recevra, il projettera la copie pour vous.

Et Troimoin s'étendit sur le matelas et s'endormit aussitôt.

Que faire d'autre, à présent, que se reposer et attendre le jour ? Zacharie et Ilsa entrèrent dans la pièce attenante, où il devait rester trois mètres carrés au sol libres de bobines, et ils s'y allongèrent. Zacharie enlaça Ilsa et l'adolescente répondit cette fois à son étreinte. Mais, une demi-heure plus tard, les Effacés et Ilian se levèrent et s'approchèrent doucement du chêne sessile, derrière la maison, qui scintillait de toutes ses feuilles. Troimoin était assis dans la position du lotus au centre d'une clairière et il fixait avec de grands yeux hallucinés, comme en transe, son arbre immense où chaque feuille supportait un fragment du film en noir et blanc que projetait le vieil appareil au cliquetis caractéristique. Le visage d'Ingrid Bergman se composa en milliers de parcelles végétales, faisant ressortir comme jamais ses ombres et ses clartés, cette lutte perpétuelle entre ces deux forces qui composent l'essence même du cinéma.

(20)
RUE PLANCHAT, PARIS, 6 SEPTEMBRE

Neil et Oswald Nissieux consacrèrent une bonne partie de l'après-midi à traquer le moindre renseignement à propos de Mona Pérec. Ils se séparèrent pour se rendre dans deux cybercafés, situés l'un boulevard de Charonne et l'autre un peu plus loin, rue de Montreuil, où ils passèrent plus de trois heures, communiquant l'état de leurs avancées par SMS.

Ils n'en échangèrent pas plus de deux. Mona Pérec n'existait pas sur Internet. Ce qui ne voulait pas dire qu'elle n'avait aucune existence propre.

Ils n'apprirent donc absolument rien sur elle. Nikolaï Stavroguine, depuis le fort de Tamié, obtint le même résultat nul.

Ce dernier téléphona vers 18 heures à Neil.

— Putain, ce que je peux m'emmerder ici... Je pianote, je pianote, je n'ai rien à picoler, je bouffe mes ongles et la peau qui va avec. Je deviens cannibale !

Il venait de prendre des nouvelles d'Ilsa et de Zacharie, arrivés en Haute-Garonne, et il les communiqua à Neil, avant de lui poser cette question qui lui brûlait les lèvres :

— Alors, cette histoire de groupe sanguin, ça avance ?

— Toujours cette confusion entre le sang de la victime retrouvé sur le couteau, A négatif, le sang que les secours lui ont transfusé sur place, A négatif également, et le sang de la soi-disant Mona Pérec hospitalisée, B positif.

— Faudrait forcer le passage, lui faire une piquouse et vérifier ça.

— Bonne idée ! ironisa Neil. Tu peux m'envoyer un lance-roquettes par Chronopost pour défoncer la porte de sa chambre ?

— Peut-être même qu'il n'y a personne dans cette chambre… Ou que c'est un flic travelo qui joue le rôle de la Mona.

Neil lui raconta le rapt de la journaliste du *Parisien*, en espérant que la police n'avait pas encore mis sur écoute son tout nouveau numéro de téléphone portable. Nikolaï ne risquait rien de son côté : il utilisait une téléphonie par voie IP sécurisée.

— La vérité ! La vérité ! hurla le Russe. Il me la faut avant demain soir ! Faut me sortir de ce bourbier. Et moi qui ne peux que rester ici le cul vissé sur ma chaise… Enfin, y a quand même du bon dans tout ça. Cinq morts de plus dans la journée lors des émeutes autour des cinémas… Et ça continue fort. La page Facebook qui réunit ceux qui demandent à voir *Toxicité maximale* en entier a dépassé les cinq cent mille « J'aime » dans l'après-midi. Une fois innocenté par vos bons soins, je vais reprendre du service en tant que Lider Maximo, moi !

Neil lui promit de faire tout son possible, comme s'il était besoin de le préciser, et de le tenir au courant au plus vite.

L'ancien prêtre et l'Effacé se rendirent ensuite rue Planchat, dans l'immeuble où la jeune femme résidait et où le tueur lui avait donné ce coup de poignard. Restait à passer l'obstacle des deux policiers de faction devant la porte du hall. Ce fut Oswald qui eut une première et suffisante illumination. Un car-régie de TF1 se trouvait stationné quelques mètres plus loin, les deux portes arrière grandes ouvertes. Deux techniciens taillaient le bout de gras devant la cabine, sans se soucier de leur chargement. L'occasion était trop belle. Neil et Oswald s'emparèrent d'une rallonge électrique, d'un micro et d'un spot sur pied et, l'air plus las que jamais, prirent la direction du hall de l'immeuble. Les deux flics les ignorèrent parfaitement, croyant qu'ils étaient de simples techniciens de garde.

— Ce que j'aime ça ! murmura Oswald.

Neil lui intima l'ordre de se taire. Ils montèrent l'escalier jusqu'au second étage, évitant le premier, celui du drame.

— Et maintenant, on va jouer les journalistes... proposa l'Effacé.

Ils frappèrent à une porte, mais une voix de femme, une véritable voix de crécelle, leur répondit qu'elle avait déjà donné. Oswald soupira.

— Elle croit qu'on se pointe pour le denier du culte ?

Neil sonna à la porte d'en face. Il vit, par une alternance de luminosité dans le judas, que l'occupant les observait depuis l'intérieur de l'appartement.

— Oui ? demanda celui-ci.

— Nous sommes désolés de vous déranger à cette heure, cher monsieur. Mais nous préparons une enquête pour notre hebdomadaire en ligne et nous aurions quelques questions à vous poser sur Mona Pérec.

— J'ai déjà répondu vingt fois à vos confrères que je ne l'avais jamais rencontrée.

Le type n'ouvrait toujours pas la porte.

— Elle habite là depuis longtemps ? enchaîna Neil.

L'homme déverrouilla enfin, et l'Effacé et son compagnon découvrirent alors un petit homme chauve, court sur pattes, très excité, le visage secoué de tics, qui portait une robe de chambre frappée du célèbre crocodile vert.

— Écoutez... Il est un peu tard tout de même. Moi, je suis pour que la presse fasse son travail, bien sûr, pour que l'on retrouve ce salaud... Mais enfin, il ne faudrait pas abuser tout de même. On vous donne ça et vous voulez ça, vous, les journalistes.

Dans une pièce, plus loin, Neil remarqua le ronron d'une télé allumée sur une chaîne d'information en continu.

— Je n'arrive pas à décrocher, s'excusa l'homme. Elle habite en dessous, la petite dame... Depuis, quoi ? pas plus d'un mois et demi. Une perle... On ne l'entend jamais. Elle travaille peut-être de nuit. Enfin, voilà, ça aurait pu tomber sur moi, c'est tombé sur elle, c'est la vie.

Sur cette considération hautement philosophique, le voisin s'excusa et s'apprêta à refermer sa porte.

— Savez-vous si Mlle Pérec était locataire ou propriétaire ?

Le type regarda Neil avec de gros yeux ronds. Un tic fit se soulever le coin droit de ses lèvres presque jusqu'à sa narine.

— Mais enfin, personne n'est propriétaire ici. C'est un HLM de la Ville de Paris !

Cette fois, il verrouilla sa porte. Les journalistes, ça allait bien. Ils pouvaient aussi s'informer un minimum avant de venir vous enquiquiner.

— C'est intéressant, dit Neil à voix basse. Poulbot, le maire de Paris, est un grand ami de Mouret.

— Je le connaissais bien, continua l'ancien prêtre. Il m'avait aidé à avoir une place en crèche pour mon neveu. C'est un pourri de la pire espèce, qui pense plus à son bronzage et à son brushing qu'à sa ville.

— Ce qui signifie que l'appartement où se situait le tueur n'était peut-être pas vacant par hasard...

Ce fut Oswald qui frappa à la troisième porte, sans succès, puis à la quatrième et dernière du palier, celle de l'appartement qui donnait sur le jardinet.

Ce fut une femme aux longs cheveux cuivrés qui leur ouvrit. La quarantaine passée, jolie sans être belle. Elle portait la même robe de chambre que son voisin – Oswald se demanda si le maire de Paris les fournissait avec les clefs de l'appartement.

Là aussi, ils entendirent la voix d'un journaliste excité. Tout le monde dans l'immeuble était branché sur les infos délivrées par intraveineuse.

Neil répéta son discours rodé à propos de son hebdomadaire en ligne, mais la résidente l'arrêta tout de suite :

— Oh, pour ce qui est d'avoir tout le pedigree de Mona Pérec, faites confiance à vos confrères de la télé.

La femme se poussa et laissa Neil et Oswald découvrir le titre fixe, en lettres blanches sur fond rouge, qui apparaissait en bas de l'écran de son téléviseur :

ALERTE INFO : LA SECONDE
VICTIME DE NIKOLAÏ STAVROGUINE
SUCCOMBE À SES BLESSURES

(21)
RUE PLANCHAT, PARIS, 6 SEPTEMBRE

Voilà. Mona Pérec ne pourrait jamais identifier son véritable assassin.

Le journaliste continua ses périphrases, en modulant sa voix pour lui conférer des intonations dramatiques, le temps de passer à l'antenne des images « exclusives », en direct de l'hôpital Bégin, près de Paris, du fourgon qui allait transporter Mona Pérec à l'Institut médico-légal, quai de la Rapée, pour une autopsie complète. Selon les premières constatations des médecins de l'hôpital militaire, les sutures posées sur l'aorte n'auraient pas tenu, provoquant une nouvelle hémorragie interne, « fatale celle-là ».

Neil et Oswald n'arrivaient pas à détacher leur regard de l'écran.

— Pauvre petiote ! murmura la voisine.

— Vous la connaissiez bien ? demanda Neil, retrouvant son rôle.

— Un peu… Mais elle était rarement là… Elle devait se rendre souvent à l'étranger… Elle était très secrète… Je la voyais parfois lorsqu'elle descendait au jardin pour fumer une cigarette ou deux. Un beau brin de fille, avec ses cheveux roux qui lui descendaient jusqu'au bas du dos… Un peu comme moi, mais en plus longs. Elle devait avoir son petit succès.

Dépités d'avoir encore fait chou blanc, l'Effacé et l'ancien prêtre sortirent de l'immeuble et s'attablèrent à un café. Neil commanda un hot dog et Oswald une omelette au lard. Ils mangèrent sans envie, sans goût ni plaisir.

Il s'était remis à pleuvoir sur la capitale, de fines gouttelettes que le vent rendait cinglantes.

— Et on fait quoi, maintenant ? demanda Oswald. Tu voulais retourner à Bégin pour tenter d'y voir plus clair à la nuit tombée, mais là c'est carrément râpé.

Neil réfléchissait. Il n'avait en fait pas touché à une miette de son hot dog. Il laissait son estomac se plaindre, il ne répondrait pas.

— On va se rendre place Mazas.

— Où ça ?

— À l'Institut médico-légal. Là où Mona va être transportée pour l'autopsie. Si on parvient à s'introduire dans le bâtiment, on pourra peut-être prélever un peu de son sang et prendre une photo du cadavre.

— Et ça te servira à quoi, sinon à multiplier les chances de te faire choper par les flics ? Ce n'est pas dans les entrailles de cette pauvre fille qu'on va pouvoir lire la véritable identité de son assassin.

Neil balaya cette remarque d'un geste.

— Ça me servira à comparer le visage et le groupe sanguin de la morte avec ceux de la victime du tueur… Je te rappelle que nos doutes, ainsi que ceux du romancier, sont partis de là.

— Je te dis depuis le début que celle qui a été blessée n'est pas forcément celle qui a été admise à Bégin…

— Oui, toi, tu dis ça depuis le début, mais moi, je pense plutôt à une substitution pendant la nuit. Mona Pérec a bien été admise à Bégin, mais on l'a évacuée pendant la nuit grâce à cette ambulance hyper-surveillée qui avait étonné les infirmiers de l'hôpital. Et puis on l'a remplacée par une autre femme, déjà morte peut-être, de groupe B rhésus positif, celle-là. En somme, on aurait effacé Mona Pérec pour qu'elle ne puisse jamais décrire le visage de son véritable agresseur, qui n'était pas Stavroguine. Mais il nous faut des preuves. En route !

— Ouais, sauf que tu oublies un petit détail. Mona Pérec, forcément, elle a de la famille qui va demander à voir le corps... Et ils verront bien que ce n'est pas elle.

— Mais Mona Pérec n'a peut-être pas de famille. Peut-être n'y a-t-il même pas de Mona Pérec.

Neil jeta un billet de vingt euros sur la table, attrapa son sac à dos et sortit en quatrième vitesse du café.

Le bâtiment de briques rouges de l'Institut médico-légal se trouvait coincé entre les rails du métro de la ligne 5 et la Seine. Neil et Oswald devaient attendre l'heure opportune pour agir. Ils patientaient en regardant les quelques péniches qui glissaient encore à cette heure sur les eaux noires du fleuve. La bruine s'était arrêtée, laissant au vent les clefs de la ville. Neil avait enfoui l'écouteur de son téléphone dans son oreille droite et fait passer le fil sous sa chemise en lin afin de rester en contact permanent, et discret, avec Nikolaï Stavroguine. L'Effacé avait d'ailleurs pensé, un peu tard, à télécharger une application de téléphonie par IP sécurisée sur son portable, ce qui réduisait grandement les risques d'interception. Bien évidemment, il s'agissait de ne jamais utiliser pendant une de ses conversations le nom ou le prénom du Russe, mais six mois intensifs en compagnie de Nicolas Mandragore l'avaient rendu sensible à ce genre de précaution.

Après plusieurs tentatives, et le plus important tombereau d'insultes déversé en un temps record, Stavroguine était parvenu à se connecter au serveur de l'Institut médico-légal de Paris et avait confirmé à Neil l'arrivée de Mona Pérec dans le tiroir funéraire réfrigéré numéro 17. Selon les notes présentes dans le logiciel informatique, la jeune femme devait être autopsiée le lendemain à 11 heures par les médecins légistes Losseray et Berg.

Il ne s'agissait pas de rentrer tête baissée dans l'ILM. Plus la nuit avançait, et plus la surveillance se ferait lâche. On ne venait que très rarement voler des cadavres ici. Les vampires vivaient plutôt à Londres, le soleil y était plus pâle et l'ail moins goûteux. Mais il y avait la dépouille de Mona Pérec en ce lieu et, même morte, celle-ci devait être considérée comme une pièce importante par la police et la DCRI.

« Je t'ai envoyé les plans de l'institut sur ton téléphone. »

C'était Stavroguine qui intervenait dans l'oreillette externe.

« J'ai entouré le tiroir 17 car les légendes sont écrites en trop petits caractères sur le plan. Il se situe dans une salle en sous-sol, une dizaine de mètres après l'escalier. »

— Tu as réussi à te brancher sur le circuit vidéo interne de l'IML ? Ça pourrait nous être bien utile.

Oswald Nissieux tapait du pied sur le sol. Il n'était pas partisan de ces échanges et cela commençait à l'agacer prodigieusement.

« Négatif. Je ne suis pas un petit génie comme Anouar, moi, je fais ce que je peux avec mes notions de hacker. Du basique, mon pote, du basique seulement. »

— Bon. On se décide, oui ou non ? demanda l'ancien prêtre.

— J'y vais seul, annonça Neil.

Pour couper court à toute protestation de son acolyte intrépide, il leva la main.

— Il faut que tu m'aides pour détourner l'attention des gardiens de l'entrée. Il y a un type à l'accueil et deux vigiles. Il faut que tu fasses un esclandre au guichet pour attirer l'attention des trois. Dis que tu es persuadé que ta femme est ici parce qu'elle s'est jetée d'un pont…

— Ah non ! Je ne pourrai pas jouer le coup de l'épouse… Pas encore ! Pas déjà !

Neil soupira.

— Tu trouveras autre chose. Un neveu… un filleul, on s'en fout.

« Il commence à nous les briser sérieusement, le défroqué. Tu es sûr que ce n'est pas un castrat, en plus du reste, pour avoir les jetons comme ça ? J'ai lu dans un magazine moscovite qu'on écrasait souvent les *Яички* des moines entre deux briques, dans les monastères, pour qu'ils chantent plus joliment à complies. »

Charmante intervention de Stavroguine, fort à propos. Neil l'oublia sans effort. Un bruit de moto pétaradante grossit dans leur dos. Un homme manœuvrait pour garer son engin devant l'entrée principale, près d'une autre moto en stationnement. Puis il en descendit et entra dans le bâtiment en saluant les deux vigiles et le garde. Depuis leur point d'observation, cachés par quelques arbustes et un parapet, Neil et Oswald pouvaient tout voir sans se faire repérer.

— Honda CBR1000 Fireblade, pas mal, bon choix. Et l'autre, une CB125R, c'est correct…

— Tu t'y connais en motos, toi ? s'étonna l'adolescent. Parce que, avec cette pauvre lumière et à cette distance…

— J'adore ça, tu veux dire. Je pilotais une Kawasaki Z750R pour me rendre à Saint-Philippe-du-Roule.

Une ambulance blanche banalisée, qui ne portait absolument aucune indication ni sur son capot ni sur ses flancs, entra sur le parking et s'arrêta juste derrière les motos.

— Tiens, un macchabée de plus, constata Oswald en tournant la tête.

Il avait dû se montrer plus respectueux envers les morts, dans son précédent sacerdoce.

— Bon, tu es d'accord sur le principe ? reprit Neil. Tu joues au taré devant les mecs. Et, lorsqu'ils se montrent bien menaçants, tu balances un grand coup de poing sur le guichet par exemple. Ils te foutront dehors pendant que moi, je serai dedans...

Oswald approuva.

Et le subterfuge marcha à merveille. Neil pénétra à l'intérieur de l'Institut médico-légal, non sans émotion. Il ne s'agissait pas d'une crainte liée à sa mission présente, c'était plutôt qu'il pensait à Nicolas Mandragore, son mentor, son second père : il l'imaginait en ces lieux, alors qu'il fomentait déjà sa terrible vengeance et s'apprêtait à les sauver eux, ses cinq pions qui allaient permettre de renverser le roi et le fou.

Quand il se dirigea vers l'escalier qui devait le mener jusqu'à la dépouille de Mona Pérec, il croisa deux employés en blouses blanches qui sortaient d'un ascenseur en poussant un brancard sur lequel était posé un corps, recouvert d'un drap. L'homme à la moto les suivait. Neil continua sa route sans se désarçonner, sous les néons aveuglants des couloirs.

Derrière lui, Oswald continuait à hurler des propos insensés sur sa tante. L'un des deux vigiles tenta de le ceinturer par l'arrière, mais l'ancien prêtre usa de son agilité pour ne pas se laisser prendre.

Neil descendit l'escalier en direction du sous-sol.

« Tu es en bas ? » demanda Stavroguine.

— Affirmatif, chuchota Neil.

« Dix mètres, sur ta gauche. »

Neil avança.

« Putain ! »

Le Russe avait hurlé. Neil s'arrêta, la main posée sur son oreille.

— Tu es malade !

« Sors, vite… Le dossier de Mona vient d'être clôturé à l'instant… Ces fils de pute sont en train de l'évacuer de la morgue… »

Neil fit aussitôt demi-tour et monta les marches quatre à quatre. Il courut le long du couloir. Le brancard avec le drap ! Le type à la moto ! La DCRI était passée à l'action ! Il n'y avait plus personne derrière le guichet, plus d'employé et plus de vigiles. Il sortit sur le perron de l'IML et contempla un spectacle plutôt inédit.

Les deux vigiles et l'employé de l'accueil gisaient à terre, recroquevillés et se tenant la tête à deux mains. Du sang coulait entre les doigts de deux d'entre eux.

Oswald, quant à lui, était debout. Sa joue droite était commotionnée et sa veste était déchirée sur toute sa longueur, mais, à part cela, tout allait bien dans le meilleur des mondes possibles. L'ancien prêtre adressa un pouce levé à l'Effacé, or Neil n'avait d'yeux que pour les deux lueurs rouges des feux de l'ambulance qui quittait l'enceinte de l'institut, précédée d'une moto.

— Vite ! gronda Neil. Il faut les suivre… Mona est dedans !

Oswald resta en arrêt une seconde peut-être, avant de se ruer sur la moto restante. Un antivol était attaché à la roue arrière. L'ancien prêtre n'allait pas finasser. Si Neil disait vrai, et il ne voyait pas pourquoi l'adolescent mentirait, perdre l'ambulance signifiait perdre Mona à jamais… Et probablement du même coup la possibilité de prouver l'innocence de Stavroguine. Il s'empara de l'employé resté au sol par le haut de sa blouse.

— C'est à qui la moto ? lui hurla-t-il dans l'oreille.

— À moi, balbutia le blessé.

— C'est bien ce que je pensais, avec ton tatouage débile de dragon sur le poignet. File-moi tes clefs.

L'autre ne broncha pas. Alors Oswald leva le poing et commença à le descendre vers le nez de l'homme, qui implora d'abord et tendit les clefs ensuite.

Neil trouva son compère transformé, ce n'était rien de l'écrire !

L'adolescent s'installa à l'arrière de l'engin pendant qu'Oswald retirait l'antivol.

— Prends le casque, je n'en ai pas besoin, dit-il à l'Effacé.

Neil ne se fit pas prier et passa les bras autour de la taille du conducteur.

Oswald démarra et mit les gaz aussitôt. La grosse cylindrée bondit littéralement de dix mètres. Neil précisa à son acolyte qu'il s'agissait de prendre l'ambulance en filature, non de tenter une interception. Mais ce dernier ne l'entendit pas. Ils s'engagèrent sur la place Mazas dans un crissement de pneus.

(22)
PIBRAC, 7 SEPTEMBRE

Ilsa dormait encore lorsqu'elle se tourna et se retourna sur le sol. Son cou cherchait le creux de l'épaule de Zacharie, ses mains cherchaient son torse, mais, ne trouvant ni cette vallée ni cette montagne, elle se réveilla, ouvrit un œil puis l'autre. Elle dut alors se rendre à l'évidence. Zacharie n'était plus là.

Ilsa s'assit, encore ensommeillée. Très vite, tous ses sens retrouvèrent la plénitude de ceux d'une Effacée.

— Zacharie ? murmura-t-elle.

À ce volume, cela ne servait à rien. Elle regarda sa montre, qui affichait 1 heure passée de quelques minutes, et se leva, prenant appui sur une pile de galettes. Mais l'entassement anarchique céda sous son poids et elle se retrouva de nouveau allongée, recouverte de boîtes de métal poussiéreuses. Le silence revint sans tarder après ces bruits de ferraille qui ressemblaient à s'y méprendre à ceux d'un accident de voiture.

Ilsa se leva et passa dans la pièce principale, où Noël dormait paisiblement sur son matelas, sans émettre le moindre son. Ilian, elle, était allongée mais les yeux grands ouverts. Dans l'obscurité, elle voyait se refléter la prunelle de ses grands yeux clairs sous la lumière du croissant de lune.

— Vous ne dormez pas ? demanda Ilsa.

Question qu'elle jugea parfaitement idiote, au demeurant.

— Cela fait quarante ans que je ne dors pas.

— Avez-vous vu passer Zacharie ?

— Il n'est plus avec toi ?

L'adolescente secoua la tête.

— Non, je ne l'ai pas vu et je n'ai pas dormi une seule seconde. Il y a peut-être une porte à l'arrière ?

Ilsa fit le tour du propriétaire et ne découvrit aucune issue à l'arrière de la maison, vers cette clairière où trônait le grand chêne. Un seul accès donc, et les fenêtres. Elle retourna dans leur chambre improvisée. La fenêtre était-elle assez large pour permettre à Zacharie d'être sorti par là, avec une bonne raison de le faire, bien entendu ? Oui. Mais la fenêtre était fermée, et ça, ça ne collait pas.

Ilsa sortit de la maison et marcha jusqu'à leur voiture, qui était toujours garée au même endroit, en contrebas, partiellement dissimulée derrière un bosquet. Son compagnon ne s'y trouvait pas.

— Zacharie ? appela-t-elle.

Il n'allait pas lui faire le même coup qu'Anouar ! L'Effacée remonta vers l'habitation et en fit le tour, scrutant aussi les fougères. Elle croisa Ilian, dans la clairière, qui cherchait également.

— Je ne comprends pas… balbutia la jeune femme.

— C'est habituel chez lui ?

Ilsa fronça les sourcils.

— Je ne parle pas de somnambulisme, non, je veux dire par là : ça lui arrive souvent de t'abandonner en pleine nuit pour une bonne raison ?

— Jamais.

— Alors, cherchons.

Mais elles eurent beau appeler, s'enfoncer dans la forêt de Bouconne, elles ne trouvèrent pas la moindre trace de Zacharie. Le sol était affreusement sec, et il n'était pas question de pouvoir y lire des empreintes.

Ilsa s'assit contre le mur arrière de la maison et se prit la tête à deux mains.

— Non, non… geignit-elle.

Ilian s'accroupit auprès d'elle et tenta de la consoler, mais ses gestes étaient gauches. Elle avait consolé jadis une petite fille jusqu'à ses dix ans. Puis elle n'avait plus jamais consolé un être humain. Pas même elle.

Ilsa refusa ces gestes d'empathie. Elle se leva d'un bond et se plaça face à Ilian.

— Ce n'est pas vous ou vos hommes, au moins, qui…

— Non, répondit la femme en se redressant. Mes hommes, comme tu dis, je les ai renvoyés. Je suis seule à présent. Seule et nue. Nous irons à Bologne ensemble. Il joue avec nos nerfs… Destin joue avec nos nerfs. Il a pris Anouar, dis-tu. C'est un autre des Effacés ?

Ilsa lui raconta en quelques phrases la disparition dans le TGV.

— Et là, il te confisque Zacharie… Ne t'inquiète pas, ton compagnon n'est pas en danger. Il joue avec nous, il nous teste, cet homme est un grand manipulateur. Mais nous le trouverons… Nous partirons.

En cet instant, le film de Frame était loin, comme l'étaient Bologne, Stavroguine, Mouret et tous les autres. Il n'y avait plus qu'Elissa, Mathilde, Anouar, Zacharie et surtout Émile. Émile, disparu à jamais. Pour lui, il n'y aurait aucune résurrection, il était impossible de faire se dérouler la pellicule à l'envers.

Ilsa s'éloigna. Des larmes d'une salinité peu ordinaire lui déchiraient les yeux. Elle maîtrisa cette angoisse primaire, sa première véritable angoisse, peut-être, la plus intense en tout cas, de sa vie d'Effacée. Et Émile n'était pas seul parmi les disparus à jamais, il y avait ses parents, et les parents de Zacharie, et tous les autres… Ses larmes reprirent, elle les chassa avec son poignet qui était brûlant.

Elle composa le numéro de Neil sur son portable, mais il ne répondit pas. Elle le harcela, appela dix, quinze fois, et son demi-frère finit par décrocher.

L'adolescente se trouvait sous le grand chêne, d'une immobilité parfaite puisque le vent dormait.

— Neil…

Elle n'entendait rien d'autre qu'un bruit de moteur à plein régime et un souffle puissant. Sa voix s'étrangla.

— Neil, nous ne sommes plus que deux… Zacharie…

Elle ne continua pas. Neil lui parlait, mais elle l'entendait de très loin, comme s'il parlait la bouche couverte. Ces bruits… Se trouvait-il sur une moto ?

— Et Ilian est ici, Ilian… Je suis perdue…

— Je t'appelle dès que je peux, hurla enfin son demi-frère. Ne perds pas espoir, jamais, jamais… Rappelle-toi la devise des Effacés, rappelle-toi cette citation de Machiavel. Nicolas avait raison. Et il aura toujours raison. Je ne peux pas te parler, là. Je te rappelle.

Ilsa se laissa glisser au sol. La comptine que Zacharie avait fredonnée dans la voiture remonta d'un coup à la surface de son esprit.

« Three little nigger boys walking in the zoo. A big bear hugged one, and then there were two. »

Mais quelle était donc la véritable identité de cet ours qui les chassait ?

(23)
BOULEVARD PÉRIPHÉRIQUE, PARIS, 7 SEPTEMBRE

Neil mit un terme à sa conversation avec Ilsa en double appel et reprit la ligne avec Nikolaï Stavroguine. Il devait ignorer la disparition de Zacharie, une de plus, et non des moindres, pour se consacrer à sa poursuite.

— Ils prennent le périphérique, hurla Neil pour se faire entendre du Russe.

Oswald avait rattrapé l'ambulance à présent et tentait de se tenir à bonne distance pour ne pas se faire repérer. Le convoi avait suivi le quai de Bercy pour s'engager sur le périphérique intérieur, en direction de la porte d'Ivry. Dans un premier temps du moins. L'ancien homme d'Église maniait l'engin avec une grande agilité. Il n'y avait pas beaucoup de circulation sur le périphérique à cette heure, mais, justement, Oswald se servait des quelques voitures pour se dissimuler parfois. Du grand art. Neil espérait seulement que les employés de l'IML n'avaient pas prévenu les ambulanciers ou l'homme à la moto. Cela étant, ils n'avaient aucune raison de supposer que la Honda avait été volée dans le but de poursuivre l'ambulance. Du moins l'espérait-il.

— Nikolaï, tu peux regarder le trajet depuis l'IML jusqu'au siège de la DCRI ? Ils emportent certainement le corps là-bas pour éviter l'autopsie…

« Tu peux répéter ? Je n'entends rien avec ce putain de bruit de moteur… »

Neil lui demanda de se brancher sur Google Map et de tirer un plan du trajet.

« Vous êtes où là ? »

— On vient de passer la porte de Gentilly.

« Alors, ça le fait… Périph de Bercy à Champerret. Et huit cents mètres ensuite en ligne droite, dans Levallois… Quinze minutes à tout casser. »

L'ambulance venait d'accélérer d'un coup et Oswald tourna à fond la manette des gaz pour rester au contact.

Neil devait se décider, et vite. Si l'ambulance parvenait à bon port, si le corps de Mona Pérec disparaissait dans les tréfonds du siège de la DCRI, ils perdaient le plus sérieux de leurs indices. Le seul, même !

— Il faut provoquer un accident, hurla Neil, cette fois à l'intention de son chauffeur.

Pris dans le souffle de la course, les rares cheveux d'Oswald ressemblaient aux tentacules d'un poulpe pris de démence.

— Qu'est-ce que tu dis ?

— Il faut forcer l'ambulance à s'arrêter… Tu te sens en mesure de le faire ?

Oswald hocha plusieurs fois la tête affirmativement.

— Et comment ! De toute façon, notre témoin numéro un ne risque rien, Mona est morte !

Il accéléra encore, poussant le moteur de la Honda dans ses derniers retranchements. La moto vibrait dangeureusement et Neil resserra sa prise autour de la taille de son chauffeur. Les lampadaires orangés défilaient à une allure si vive que leur lumière laissait de larges traînées dans les yeux de l'adolescent. Cette fois, il allait pouvoir passer devant l'ambulance et la Fireblade… et leur faire la peur de leur vie. Un coup de frein à cette vitesse enverrait l'ambulance en dérapage. Oswald devinait les intentions de son passager.

Une fois la voiture arrêtée, Neil pourrait sauter à terre et tenter de prendre une photo du visage de Mona Pérec, ou de celle qu'on voulait faire passer pour Mona Pérec.

Le seul hic, c'est qu'ils n'avaient pas d'arme pour se défendre au cas où. Les ambulanciers n'en avaient certainement pas non plus. Mais l'homme à la moto…

Ils se trouvaient à hauteur du parc Georges-Brassens lorsque Oswald se rabattit sous le nez de l'ambulance, la forçant à faire un écart vers la gauche. Le conducteur de la moto qui la précédait ne s'aperçut de rien. Oswald ralentit brutalement devant l'ambulance et ne put éviter un choc. Neil fut déstabilisé un court instant vers la droite, mais son chauffeur récupéra l'équilibre nécessaire d'un vif redressement du guidon. Ils avaient réussi, l'ambulance avait freiné pour éviter une déportation trop brutale vers la glissière centrale en béton et la voiture s'était transformée en toupie.

— Arrête-toi ! ordonna Neil.

Oswald obtempéra et Neil sauta à terre. Gardant son casque, il se dirigea en courant vers l'ambulance, qui avait échoué sous un panneau annonçant la sortie de *X-Men Ending*. Le chauffeur et son passager n'étaient pas encore sortis. L'Effacé ne perdit pas une seconde. Il tenta d'ouvrir le hayon, mais celui-ci était fermé à clef. Alors il ouvrit la portière avant droite et sortit sans ménagement le passager groggy, dont la tête toucha le bitume, ce qui le plongea finalement dans les limbes.

L'adolescent ne se soucia guère du conducteur. Il se pencha vers le corps et souleva le drap. Une tête de femme, avec des cheveux roux. Il prit trois photos avec son portable, dont les deux dernières avec flash. Alors il ressortit de l'ambulance. Oswald l'attendait, le moteur de la moto toujours en marche.

Mais l'homme à la Fireblade avait fini par constater que l'ambulance ne le suivait plus… Il se présenta à la hauteur de Neil. D'un geste expert, il sortit un revolver de son blouson et visa très précisément le milieu du front du jeune homme, qui resta interdit, incapable de trouver la moindre parade à ce qui serait sa façon de mourir, à lui.

— Non ! cria Oswald.

L'impact fut terrible.

(24)
BOULEVARD PÉRIPHÉRIQUE, PARIS, 7 SEPTEMBRE

La Citröen C2 avait fauché l'homme et sa moto et les avait envoyés à plus de dix mètres de là. Neil, qui avait fermé les yeux, les ouvrit à cet instant, comprenant qu'aucun projectile n'était venu lui transpercer le front.

— Oh, non ! Non, non, non !

Neil reconnut cette voix. C'était le romancier de Bégin ! L'écrivain était sorti de sa petite voiture bleue et se prenait la tête à deux mains en observant l'homme à la moto, inerte sur le sol.

— Je l'ai tué ! se lamentait-il. Je l'ai tué !

— Tu nous as suivis ? éructa Neil. Je t'avais pourtant dit de ne plus te mêler de ça !

— J'ai appris comme tout le monde la mort de Mona Pérec à la radio... Je suis venu aussitôt à la morgue, et je vous ai vus partir en trombe... Alors, oui, je vous ai suivis. Le moins que l'on puisse dire, c'est que tu as le remerciement facile, toi !

Neil, sans répondre, reprit place derrière Oswald sur la moto.

Ils repartirent en direction de la prochaine sortie, porte de Sèvres.

Le romancier resta un instant immobile, contemplant avec désarroi l'étendue des dégâts, mais remonta vite dans sa voiture lorsque les premières sirènes de police se firent entendre dans sa direction.

Il était 2 heures du matin lorsque Neil et Oswald débarquèrent près de la station Alexandre-Dumas, toujours sur la Honda volée. Ils l'abandonnèrent contre un mur d'enceinte du cimetière du Père-Lachaise et s'engouffrèrent rue Planchat. Cette fois, ce fut Neil qui se sacrifia et créa l'esclandre devant les deux vigiles qui gardaient l'entrée de l'immeuble où, quelques dizaines d'heures auparavant, vivait encore Mona Pérec.

Oswald, muni du téléphone de Neil, se rendit au deuxième étage et tambourina violemment à la porte de la femme qui se vantait de connaître la locataire décédée. Elle vint lui ouvrir, toujours dans le même peignoir. Mais sa coiffure était moins étudiée que la fois précédente.

Il lui montra l'écran du portable avec la photo la plus nette prise dans l'ambulance, et son interlocutrice n'hésita pas.

— Non, je suis formelle, ce n'est pas Mona Pérec. Il y a les cheveux, le grand front… Mais le nez ne va pas… Non, cette fille lui ressemble, mais ce n'est pas Mona. Ce n'est absolument pas elle.

Oswald rempocha le téléphone de Neil.

— Mais d'où tenez-vous cette photo ? continua la résidente.

Oswald ne répondit pas. Il descendait déjà les marches quatre à quatre.

Il avait vu juste depuis le début. Il devait appeler Stavroguine au plus vite. Il y aurait très certainement moyen, avec cette photo, de l'innocenter. Oswald se sentait le cœur léger. De sa vie, il ne s'était jamais senti aussi utile qu'en cet instant.

(25)
DANS UN ENDROIT INDÉTERMINÉ...

Lorsque Anouar se réveilla, sa première envie fut de se rendormir aussitôt. Il ne se rappelait plus du tout où il se trouvait avant de tomber dans les vapes. Ou plutôt si, quelques vagues images... Un lac coincé entre deux montagnes... Monte-Cristo et Mercédès... Un TGV ! Si la logique la plus stricte, la plus mathématique, était respectée, il aurait donc dû se réveiller dans ce même TGV, avec, en face de lui, Neil et Ilsa.

Or, il se trouvait dans une chambre exiguë qu'il ne connaissait que trop bien et qui ne lui manquait pas du tout : sa chambre de la petite maison d'Angers où il habitait avec sa mère, dans ce lotissement rue du Grand-Douzille.

Anouar voulut se rendormir, car cela ne pouvait pas être vrai. Il ne pouvait être éveillé, car, sinon, pourquoi se retrouver dans cette chambre ? Il s'assit pourtant sur son lit, tenta de discipliner ses belles boucles brunes, qu'il trouvait un peu trop longues depuis un certain temps, et se frotta les yeux.

Après le flou revint la détresse.

Il se trouvait bien dans sa chambre. Sa chambre en mode dévasté, comme ce jour où il était rentré de l'hôpital avec Ilsa, ce jour où il était devenu un Effacé. Deux bibliothèques avaient été renversées et des dizaines de ses précieux classeurs gisaient par terre, éventrés. Curieusement, il ne reconnut pas son écriture sur les feuilles.

Il remontait le temps, précisément jusqu'au jour où sa mère avait été assassinée par les hommes de Destin.

Soudain, Anouar manqua d'air. Sa poitrine eut une contraction douloureuse. Et si sa mère était encore dans la chambre à côté... Ou plutôt le cadavre de sa mère... Sa plaie à la tempe et tout ce sang sur la moquette... Il décida de ne surtout pas aller voir. Il avait la conscience assez forte pour lutter contre ce début de cauchemar, si toutefois cela en était un.

Anouar sortit en trombe de sa chambre et se retrouva face à l'escalier qui conduisait au rez-de-chaussée de la maison. Il posa un pied sur la première marche. C'est alors qu'il perçut une luminosité provenant de derrière, et qu'il n'avait jamais connue à cet endroit de la maison.

Il fit volte-face pour remarquer que la façade avant de son habitation avait disparu. Les pièces ouvraient sur... le vide.

Et devant lui s'étendait un paysage qui n'avait absolument rien à voir avec le quartier de la Roseraie d'Angers. Il ne rêvait pas. Il vivait cette scène.

Alors, Anouar comprit tout.

Et il sut que la fin approchait.

(26)
CINETECA, BOLOGNE, 7 SEPTEMBRE

Zacharie ne revint pas, et c'est en la seule compagnie d'Ilian qu'Ilsa débarqua à l'aéroport Marconi de Bologne, après une escale d'une heure à Roissy-Charles-de-Gaulle. Il était près de midi et les deux comparses prirent un taxi qui les emmena sans détour via Riva di Reno, à la cinémathèque de Bologne. Il faisait chaud, très chaud, le ciel était d'un bleu absolument limpide.

Située à côté du grand parc du 11-Septembre-2001, la Cineteca était une construction tout à fait classique de briques rouges, sur deux niveaux, mais les salles de cinéma et la bibliothèque se situaient un peu plus loin, à l'autre bout du parc, dans un bâtiment à l'architecture plus originale auquel on accédait par un cylindre orangé qui dépassait largement le haut du bâtiment.

Une multitude de vélos étaient enchaînés aux grilles de l'entrée. Ilsa et Ilian pénétrèrent dans le bâtiment. Un homme de ménage aux yeux fatigués leur indiqua le bureau du directeur, à l'étage. Elles montèrent l'escalier et trouvèrent sans souci le bureau de Pier Paolo Giallo. Son assistante les reçut dans l'antichambre et leur annonça que le directeur de la cinémathèque était en déjeuner de travail jusqu'à 14 heures. Ce fut Ilian qui engagea la conversation, car Ilsa ne parlait pas un mot d'italien.

— Nous venons de la part d'un ami du *signor* Giallo, Noël Troimoin, précisa l'ex-compagne de Jean-Baptiste Descimes. Nous souhaitons simplement visionner un long-métrage que vous possédez en réserve.

L'assistante, qui devait avoir vingt-cinq ans à peine, et autant de flacons de vernis à ongles étalés sur son bureau que d'années, haussa les épaules. Elles commençaient sérieusement à l'enquiquiner, ces deux-là.

— Le *signor* Giallo ne gère absolument pas les archives. Il vous faudra envoyer un mail à l'adresse que je vais vous donner au moins trente jours avant la date prévue pour la projection…

Elle tendit un papier couvert d'une dizaine de traces de couleurs différentes, allant du turquoise au rouge cerise. Une adresse mail devait y avoir figuré jadis.

— S'agit-il bien d'un film que nous avons restauré récemment ? Car les autres archives sont plus sensibles, et il vous faudra une recommandation pour les emprunter.

— C'est bien de cela qu'il s'agit, dit Ilian. Nous devons visionner ce film le plus vite possible.

— La Cineteca n'est ni un vidéoclub ni un drive-in, riposta la secrétaire, les lèvres pincées.

Là, Ilsa comprit. Une vraie pimbêche, celle-là. Elle fit signe à Ilian de laisser tomber. Elles pouvaient bien patienter jusqu'au retour de Pier Paolo Giallo. En attendant, et parce qu'elles n'avaient absolument rien avalé depuis près de vingt-quatre heures, elles s'offrirent une part de pizza et un *granita* aux amandes. Lorsqu'elles revinrent, l'assistante les informa d'un signe de tête vers la porte derrière elle que le directeur était rentré de son déjeuner. Elles frappèrent au battant et il les accueillit tout d'abord assez froidement. C'était un homme très élégant, qui portait un costume trois pièces typiquement italien. Malgré la chaleur étouffante, il n'avait pas même quitté sa veste. Ilsa et Ilian croyaient trouver un homme d'une terrifiante pâleur, habitué à vivre jour et nuit dans les salles obscures, et elles avaient devant elles le cliché de l'Italien au bronzage savamment étudié. Il se dérida pourtant en entendant le nom du vieux projectionniste.

— Et comment va ce cher No ? demanda-t-il dans un français au fort accent de la péninsule.

Ilsa prit la parole et l'informa que No se portait plutôt bien.

— Je ne peux rien lui refuser, à No... Savez-vous qu'il a sauvé plusieurs films majeurs de la destruction pure et simple ? Je pense notamment aux *Passe-partout du diable*, de von Stroheim, sorti en 1920, dont No a retrouvé la seule et unique copie dans un vieux hangar à Palm Springs dans les années 1970... Et puis il y a *Number Thirteen* d'Hitchcock. Là, il n'a rien voulu me dire de ses recherches. Nous sommes en train de le numériser et de le restaurer... C'est un film incomplet du début des années 1920 que le maître n'a jamais terminé, mais cela va faire du bruit ! Il faudra le voir... Nous pensons le projeter à notre prochain festival, dans un an, si les travaux sont finis à temps. No est un bienfaiteur du cinéma et donc de l'humanité tout entière, mes jolies dames !

Ilsa se forçait à soutenir la conversation malgré son impatience de découvrir *Le Prince*. Il ne fallait pas se montrer trop revêche tout de même.

— La numérisation, ça doit être très appréciable pour vous... Et vous devez ainsi gagner de la place : le stockage sur un disque dur, ce n'est pas la même histoire que des milliers de bobines dans un hangar.

Giallo fit la moue.

— Oui, cela a ses avantages. Mais un disque dur n'a que cinq années d'espérance de vie, tout au plus... Il faut toujours copier, sauvegarder autre part… Alors que nos vieilles bobines, celles de la fin du XIXe siècle, elles sont encore là, vaillantes !

Il se leva et demanda enfin le nom du film que les deux visiteuses voulaient visionner avec tant d'empressement.

À cet instant, si elles avaient dit : « *Le Prince*, de Dominique Frame, 1973 », il leur aurait répondu qu'elles faisaient erreur après avoir regardé dans sa base de données de quarante mille films. Mais Ilsa dit :

— Il s'agit d'une série documentaire que No a mise en conservation chez vous, *Paris 68*.

Le directeur de la Cineteca tapa le titre sur le clavier.

— Il y a vingt et une bobines 16 mm, c'est cela ?

On y était. Ilsa approuva.

— Nous souhaiterions les visionner immédiatement, précisa la Tunisienne. Pouvez-vous nous ouvrir une salle de projection ?

— Mais oui, mais oui… Je vais donner des consignes.

Il décrocha son téléphone, composa un numéro court et indiqua un nombre en italien, probablement la cote du film documentaire, puis parlementa quelques instants avec son interlocuteur pour décider d'un espace de projection. Il s'énerva un peu, comme il est de bon ton en Italie, en agitant sa main libre, et raccrocha abruptement avec un « *Stronzo*[1] *!* » dans la plus grande tradition de l'interjection italienne.

— Vous êtes attendues à l'entrepôt du 48 de la via Zanardi. Federico vous montera les bobines sur le projecteur de la petite salle de contrôle attenante. Ce n'est pas un écran de grande taille, mais cela dépanne. Je suppose que vous venez visionner le documentaire pour des travaux universitaires ou pour un article de recherche ?

1. « Connard ! »

Elles approuvèrent toutes deux et quittèrent Giallo en le remerciant pour sa sollicitude.

Elles firent à pied les deux kilomètres qui les séparaient de l'entrepôt, en passant sous un long tunnel soutenant les voies de chemins de fer.

Federico, qui était à la négligence ce que son directeur était à l'élégance, les accueillit en grognant et les guida parmi les rayonnages contenant des milliers de bobines 16 mm emprisonnées dans leurs boîtes de fer. Il y avait là de quoi donner un sérieux complexe à Noël Troimoin. Cela ne sentait absolument pas la poussière. L'endroit était climatisé, il faisait presque froid.

Federico chargea en silence les vingt et une bobines sur un chariot. Ce fut précisément à cet instant, lorsque le machiniste eut posé la dernière galette, qu'Ilian et Ilsa prirent conscience du voyage de sept heures qu'elles s'apprêtaient à effectuer, et dont elles ne reviendraient pas indemnes.

Alors qu'on les menait dans la petite salle de projection aux murs moquettés de rouge, et qui contenait seulement quatre confortables fauteuils munis d'une tablette, Ilsa oublia un instant ce qui s'était passé au cours des heures précédentes. Elle se trouvait bien en cet endroit, auprès d'Ilian qu'elle sentait d'une pureté absolue. Mais n'était-ce pas ce même sentiment qu'elle avait éprouvé lors de ses premières semaines en compagnie de Nicolas Mandragore ?

Où étaient Zacharie, Mathilde et Anouar ? La clef se trouvait certainement dans ce film.

Occupant les deux fauteuils du centre, elles observaient derrière elles Federico qui montait avec des gestes d'une infinie précaution la première bobine du film sur le projecteur. Il précisa de mauvaise grâce qu'il viendrait à temps pour placer la deuxième, qu'il avait l'habitude puisque chaque bobine représentait vingt minutes de film. Ilian traduisit à l'intention de l'adolescente.

Il était 14 heures passées de cinquante-deux minutes lorsque la lumière s'éteignit. Ilian et Ilsa allaient suivre le long périple d'un prince.

Le nom de Monte-Cristo Productions apparut à l'écran.

Et la première image surgit.

L'homme était seul sur son île, comme dans un désert. Lorsqu'il vit les lueurs des torches sur le rivage au-delà du bras de mer, ses yeux se plissèrent, simplement, et ce fut tout. Il n'eut pas d'autre réaction, alors qu'il savait pertinemment que ceux qui tenaient les torches embarquaient pour le massacrer.

La lune ardente bringuebalait dans le ciel clair, cherchant à accélérer sa course imposée, sûrement pour ne pas avoir à éclairer ce qui allait venir, à se rendre complice de ce qui se passerait bientôt.

(27)
RUE STENDHAL, PARIS, 7 SEPTEMBRE

Oswald Nissieux passa le reste de la nuit non pas dans la demeure de Mme de La Clébord mais dans la chambre d'un petit hôtel sans prétention du XXe arrondissement de Paris, dont toutes les fenêtres donnaient sur le cimetière du Père-Lachaise.

Chambre qu'il partagea avec Neil. L'Effacé, à bout de forces, s'endormit dès qu'il se fut allongé. Auparavant, il avait tout de même appelé Ilsa pour s'informer sur les circonstances de la disparition de Zacharie.

Oswald voulait faire un dernier point sur l'enquête pour pouvoir y réfléchir durant la nuit. Il le fit donc tout seul puis avec Nikolaï Stavroguine, qui avait tenté de joindre Neil sur son portable, le harcelant à raison d'une vingtaine d'appels successifs. L'ancien prêtre avait fini par décrocher et, malgré la méfiance première du Russe, ils avaient passé plus de deux heures à débattre.

Stavroguine avait été fou de rage d'apprendre le décès de Mona Pérec, qui aurait été la seule à pouvoir confirmer qu'il n'était pas le meurtrier.

— Mais les enquêteurs ont pourtant déclaré qu'elle t'avait bien reconnu…

— Ces ordures lui ont fait dire cela, voilà la vérité. Donc, on a une seule preuve, cette photo, qui, alliée au témoignage d'une personne de l'immeuble, confirmerait que la Mona Pérec qui a été admise à Bégin n'est pas celle qui en est sortie.

— Celle qui est entrée était du groupe A, compléta Oswald, on l'a vu sur la photo où on distingue sa poche de transfusion à la sortie de son appartement. Et celle qui est sortie, les deux pieds devant, était du groupe B. La substitution a dû avoir lieu pendant la nuit avec cette curieuse ambulance. On pourrait en avoir la confirmation matérielle en récupérant l'arme du crime, mais le poignard doit être dans un coffre à la DCRI. Par contre, là où ça pourrait devenir intéressant, c'est que, si la Mona Pérec qui est morte n'est pas la véritable, alors la vraie est peut-être encore en vie... Comme dit Neil, la DCRI a pu chercher à l'effacer afin qu'elle ne parle pas.

— Non, non, non ! hurla Stavroguine, dont l'inactivité et la solitude accentuaient encore un peu plus la folie, ça ne tient pas ! La DCRI a plutôt intérêt à ce que Mona Pérec crève... Ça ne rime à rien de la soustraire ainsi... À moins que... À moins que la présence de Mona Pérec dans l'immeuble et son agression n'aient pas été si fortuites que ça... Et la DCRI avait alors tout intérêt à ce que Mona Pérec ne meure pas, mais ne rencontre jamais les journalistes pour parler de son agression. C'est tout de même curieux, non, cette absence totale de photos et de renseignements sur elle... En général, les journaleux ne sont pas avares de détails croustillants sur les victimes de meurtre... Leur profession, la marque de leur bagnole, leur lieu de vacances...

Ils se perdirent tous deux en conjectures et ne discernèrent qu'une seule issue pour venir à bout de cette enquête et amasser de nouvelles preuves : se pencher sur l'identité de Mona Pérec. Et vite, parce que la DCRI, après l'épisode de la nuit sur le périphérique, n'allait certainement pas rester les bras croisés à attendre. De plus, ils avaient sans doute été filmés à l'Institut médico-légal.

— Surtout que la photo prise par Neil ne vaut pas grand-chose au final, ajouta Oswald. On nous objectera que le cliché ne signifie rien, on nous demandera de quelle façon on se l'est procuré et on aura beau jeu de dire qu'on a provoqué un accident pour arriver à nos fins… On nous traitera de voyous, et ça se retournera contre nous.

Stavroguine ne parlait plus au téléphone, il beuglait :

— Alors que ce sont eux, les vrais voyous, les crapules de la République ! Mouret est peut-être encore pire qu'Hennebeau sous ses airs de ne pas y toucher !

À l'autre bout de la ligne, Oswald entendit même des bruits de tôle froissée, de verre brisé. Il se voulait rassurant, alors que ces fracas continuaient.

— On va tenter d'en savoir plus sur Mona, mais il faudra faire vraiment attention. Ils n'ont pas hésité à enlever Anne Saroyan, la journaliste du *Parisien*.

Le Russe reprit peu à peu une contenance lui permettant de dialoguer à nouveau.

— Et ce type, là, qui a emplafonné l'homme à la moto… qui vous a sauvé la vie sur le périph ?

— La vie de Neil, oui, corrigea l'ancien prêtre. Je n'en sais pas grand-chose… Il dit qu'il est romancier, que ses fenêtres donnent sur le parking de Bégin et qu'il a assisté au rapt de la journaliste. Le type se serait aussi rendu compte, comme moi, de la différence de groupes sanguins… Bref… Un petit futé, peut-être… À moins qu'il ne nous mène en bateau.

— Ne deviens pas plus paranoïaque que moi, cracha Stavroguine. Les mecs n'iraient pas jusqu'à se buter entre eux pour vous piéger… Enfin, ce serait rassurant qu'ils n'en viennent pas à ces extrémités.

Neil émergea de son sommeil à 9 h 30 du matin. Lorsqu'il distingua les chiffres sur le réveil digital de l'hôtel et que son cerveau les eut transformés en heure, il secoua Oswald Nissieux, qui avait fini par s'endormir lui aussi – non sur son lit, mais au fond d'un fauteuil, avec l'écouteur de Neil encore vissé dans l'oreille.

Il était tard, trop tard pour commencer la journée d'un Effacé. Neil ingurgita le petit-déjeuner insipide en quelques minutes, puis Oswald et lui énumérèrent les premières pistes à suivre. Leur objectif était clair : d'ici à douze heures, ils devaient mieux connaître Mona Pérec et comprendre pourquoi la DCRI l'avait effacée.

Ce mot avait pour Neil tant de signification que sa motivation n'avait jamais été aussi forte depuis son départ du fort de Tamié.

Puisqu'il n'était plus question de retourner rue Planchat, ils devaient trouver un autre moyen d'avancer. Neil se rappela la remarque d'un résident à propos du statut de l'immeuble. Il s'agissait d'un HLM de la Ville de Paris, cela signifiait forcément que Mona Pérec avait déposé une demande de logement social puis avait constitué un dossier lors de l'attribution de l'appartement. Ils devaient juste trouver le nom de l'organisme bailleur, ce qui fut fait vers 11 heures. Il s'agissait de Paris Habitat, dont les locaux se situaient au 74 de la rue Stendhal, dans le XXe arrondissement, à quelques encablures seulement de leur hôtel.

Stavroguine avait tenté en vain de cracker le système du bailleur. Oswald et Neil devraient effectuer une visite à l'ancienne. Ils s'y rendirent aussitôt.

Bien évidemment, il n'était pas question de se présenter à l'accueil et de demander simplement à jeter un coup d'œil au dossier. Ils n'en avaient absolument pas le droit. Alors Neil n'hésita pas un seul instant : il pénétra furtivement dans les bureaux administratifs de Paris Habitat tandis qu'Oswald l'attendait au café d'en face en se rongeant les ongles.

Lorsqu'il croisa un homme en costume qui lui demanda ce qu'il faisait là, Neil répliqua du tac au tac qu'il était employé pour le ménage et qu'il avait oublié son portefeuille la veille au soir. L'homme, portant sous chaque bras d'énormes dossiers qui menaçaient de tomber, se contenta de cette réponse et passa son chemin.

Neil n'eut pas de difficulté à atteindre la salle des archives, une salle sans fenêtre et pleine de casiers grinçants. Le classement alphabétique lui permit de trouver sans peine le casier concernant la lettre P et il commença à passer les noms en revue.

Mais, tout occupé à mener sa tâche le plus rapidement possible, l'Effacé oublia l'essentiel : s'assurer qu'aucun employé du bailleur ne se trouvait dans la salle des archives. Et ce ne fut pas un employé qui le fit sursauter, lorsqu'il perçut une présence dans son dos. Il s'agissait plutôt d'un jeune homme, à peine plus âgé que lui, embauché temporairement sans doute pour se faire un peu d'argent de poche avant la rentrée universitaire.

— Ils sont passés hier, dit-il en s'approchant de Neil.

Il portait une chemise et un jean. Son visage ne reflétait pas le moindre étonnement, pas le plus petit signe d'agacement à propos de la présence de l'intrus en ces lieux.

— Qui, « ils » ? demanda Neil.

L'autre haussa les épaules.

— J'en sais rien. Deux flics en civil… Ou deux barbouzes… Vous êtes qui, vous, dans le groupe ?

— Dans le groupe ? reprit Neil. Mais quel groupe ?

— Bah, « quel groupe »… Mais celui dont tout le monde parle en ce moment ! J'étais au Grand Rex, moi, l'autre soir. C'est sur écran géant que j'ai vu les vingt premières minutes de *Toxicité maximale*. Le groupe… Les Effacés, bien sûr.

Alors vous êtes qui, vous ? Pas Zacharie, parce que lui, il est blond, c'est clair… Alors, Neil ou Émile ?

La question frappa l'Effacé au cœur par deux fois. D'abord parce que ce type avait réussi à le démasquer… Un truc de dingue. Et puis parce qu'il avait hésité entre Émile et lui pour l'identifier, ce qui n'était pas étonnant puisqu'il avait plusieurs épisodes de retard… Ce prénom d'Émile, lancé innocemment par son interlocuteur, le pétrifia.

— Mais comment… ? balbutia Neil.

La surprise ne lui permit pas d'en demander plus, mais son interlocuteur comprit le sens de sa question et lui expliqua :

— Moi, je ne crois pas que le Russe soit coupable du meurtre de Salavin. Je pense que c'est juste pour donner au grand public un os à ronger… un os comme il les aime, riche, étranger… Les politiques sont forts pour jouer les prestidigitateurs… Vous savez, le coup de la colombe qui se transforme en foulard… Y a pas de magie en fait, c'est juste qu'on arrive à détourner votre regard le temps de procéder à la substitution… Bref, ça les arrange bien, la piste du Russe… Et moi, je sais par un pote qui travaille chez les flics que Stavroguine a fui en compagnie de plusieurs adolescents… Le jour de la sortie du film qui raconte leur histoire… Je fais alors le lien. Et ça me semble normal de retrouver un de ces jeunes sans identité à vouloir obtenir des informations sur la jeune femme que le tueur a poignardée… Surtout quand je sais que des flics sont venus confisquer le dossier hier matin, et qu'un autre type bizarre a tenté le même coup que toi hier juste avant la fermeture des bureaux.

Le raisonnement ne manquait pas de cohérence. Neil recouvrait peu à peu ses esprits. Il ferma le casier, n'ayant pas trouvé de dossier au nom de Mona Pérec.

— C'était qui, cet homme ? demanda Neil.

— Je te répondrai si tu me dis qui tu es.

Il fut d'abord tenté de lâcher : « Personne. » Mais il se nomma :

— Neil, je suis Neil.

L'autre lui tendit la main. L'Effacé la serra.

— Ravi de rencontrer une star. Je suis Donald. Tu comprendras qu'avec ce prénom-là mes parents me destinaient à aimer le cinéma américain. *X-Men*, ça me botte, mais *Toxicité maximale*, c'est du grand art aussi.

Neil réitéra sa question à propos du « bizarre » visiteur de la veille.

— Lui, je ne le connaissais pas. Et il n'a rien voulu me dire. D'ailleurs, j'ai appelé la sécurité, mais il s'est taillé vite fait...

— Tu l'as vu, non ?

— Oui. Un type entre trente et quarante piges, beau parleur. Il portait un bandage à une main.

Neil se mordit les lèvres.

— Cheveux châtain clair ?

— Me rappelle plus.

— Des taches de rousseur ?

— Ah oui, pas mal, c'est vrai... Donc tu le connais ?

Le romancier ! Oui, Neil le connaissait. Et il se dit alors qu'il serait temps d'avoir une véritable conversation avec cet homme qui le précédait, le suivait ou l'imitait depuis vingt-quatre heures...

Ils quittèrent les archives, et Donald raccompagna Neil jusqu'à la sortie de l'immeuble afin de lui éviter de subir un contrôle d'identité. Neil retrouva Oswald au café et ne le laissa même pas terminer sa tasse. Il le tira par la veste pour l'entraîner en direction du cours de Vincennes. En quarante minutes à peine, il serait au domicile du romancier.

— Je t'ai déjà dit que j'avais vécu ici avec ma mère. Là, plus précisément.

Neil montra à Oswald son ancienne habitation au début de l'avenue du Petit-Parc à Vincennes.

— Et je sais quel immeuble donne exactement sur le parking visiteurs de Bégin où se trouvait, et où se trouve encore certainement, la voiture de la journaliste.

Ils continuèrent à avancer dans cette avenue qui abusait un peu de sa dénomination. Des magnolias déjà fanés se dressaient çà et là sur les trottoirs. Ils passèrent deux rues perpendiculaires, puis Neil montra une porte noire vitrée couverte de fer forgé.

— C'est là.

— Ne me dis pas que tu as le code, aussi ?

— Non, mais il suffit d'attendre. Quelqu'un finira bien par arriver.

Trois minutes plus tard sortit un homme aux cheveux sales dont on ne voyait sur le visage que deux poches qui pendaient sous les yeux. On aurait dit le sosie de Louis-Ferdinand Céline à la fin de sa vie, l'écrivain cloîtré à Meudon éructant sa haine contre le monde entier.

Neil et Oswald entrèrent subrepticement et détaillèrent les noms sur les boîtes aux lettres.

— Tu as trouvé le nom de l'écrivain, toi ? demanda Oswald.

— Non, et aucun ne m'évoque quoi que ce soit. Le type m'a bien dit qu'il n'écrivait pas des best-sellers. Il va falloir passer tout ce beau monde à la moulinette « Google ».

— Attends !

Oswald montra une boîte où figuraient trois noms, dont le dernier était entre guillemets.

— Ça ressemblerait pas à un nom de plume, ça ?

Neil entra immédiatement le patronyme sur son téléphone.

— Non, ça colle pas, dit-il en secouant la tête. C'est une vieille rombière de soixante piges.

Ils se mirent à entrer des noms dans le navigateur de leurs portables, en espérant que personne ne viendrait troubler leur petit bout d'enquête.

— On dirait qu'il y a deux écrivains à ce numéro... dit Oswald.

— Ouep ! répondit Neil d'un ton triomphant. Et celui que l'on cherche vit dans l'appartement au-dessus de l'autre... J'avais raison !

Il montra le nom qui s'étalait sur la petite bande de papier, à la suite d'un premier. En effet, cela n'évoquait rien à l'ancien prêtre, qui soupira :

— Il y aura bientôt plus d'écrivains que de lecteurs en France...

Les acolytes traversèrent la petite cour fleurie pour pénétrer dans le second bâtiment et atteindre le deuxième étage, porte de droite, après quelques foulées dans une cage d'escalier aux peintures et au tapis de sol quelque peu vétustes.

Neil sonna.

Mais la sonnette ne fonctionnait apparemment pas. Il frappa plusieurs coups et entendit le parquet grincer. Quelqu'un venait de l'autre côté du battant en tentant de faire le moins de bruit possible. L'Effacé resta en plein champ de vision du judas et entendit dès lors la porte se déverrouiller.

— Juste à l'heure du déjeuner, commença le romancier. Il ne faut pas vous en faire, messieurs...

Il les fit entrer et, aussitôt, ils surent qu'ils ne pourraient pas résister à cette odeur de pizza chaude qui n'attendait que de vaillantes mâchoires pour la dévorer.

Le romancier les fit pénétrer dans son antre, qui consistait en un enchaînement de bibliothèques et d'étagères fatiguées sous le poids des livres. On n'apercevait qu'à de très rares endroits le parquet de chêne, qui, outre les meubles, se trouvait étouffé par des livres en vrac, des DVD et des Blu-ray. Beaucoup d'ouvrages d'art, une centaine de volumes de la Pléiade réunis religieusement dans une bibliothèque vitrée cette fois, et des polars, des romans de science-fiction à foison.

Neil se sentit immédiatement à son aise dans cet appartement, même si la circulation y tenait plus du slalom que de la marche.

— Faudrait t'agrandir, constata Neil. Tu attends aussi le best-seller pour ça ?

Le romancier sourit.

— Tu ne crois pas si bien dire… J'ai mis mon appartement en vente il y a trois mois et personne n'en veut… Un agent immobilier m'a dit que certains acheteurs potentiels se sentaient agressés par les livres. Si on parvient ensemble à prouver son innocence, Nikolaï Stavroguine pourra bien faire un petit geste, non ? Il doit avoir au bas mot de quoi racheter tout Vincennes ! Alors, mon taudis… Je me contenterai de le vendre au prix du marché…

— Mais enfin, intervint Oswald, vous n'allez pas les laisser ici, vos livres ?

— Non, je ne suis pas aussi mal élevé, tout de même…

Ils s'installèrent dans le salon, sur un canapé bas aux motifs orientaux. De là, on voyait un bout du parking de l'hôpital, et surtout de grands sapins verts. Mais ils devaient avoir une conversation sérieuse à présent. Neil raconta à leur hôte sa visite à Paris Habitat et la raison de leur venue.

Puis il posa une question qui lui brûlait les lèvres :

— Qui es-tu vraiment ? Un simple auteur ne heurterait pas ce qu'il suppose être un flic avec sa bagnole en pleine nuit sur le périphérique parisien… Et n'irait pas non plus fracturer des casiers d'archives, de jour, en plein Paris.

L'auteur sourit.

— C'est vrai que c'est plutôt le genre d'action dévolu aux héros de romans. Je vais te répondre pourtant… D'abord parce que tu m'es sympathique, ce qui n'est pas rien pour un misanthrope comme moi, et ensuite parce que je travaille actuellement sur un gros livre pour un de mes amis éditeurs, Yvonnick Denoël, je ne sais pas si ça vous dit quelque chose…

Neil avait déjà entendu ce nom, mais il ne se rappelait plus dans quelles circonstances. Oswald et lui hochèrent négativement la tête.

— Un roman, en fait, qui tente de brasser plusieurs décennies de la Ve République en s'intéressant à des affaires louches.

L'homme se leva et revint avec une pizza coupée en parts inégales ainsi que trois canettes de bière.

— Et l'affaire qui entoure Mona Pérec est en tout point conforme à une autre qui s'est déroulée au mois de juin 1974 : l'assassinat d'un riche industriel, jamais vraiment élucidé… Mais je vais vous expliquer tout ça calmement… Seulement, je vous conseille de mordre dans la pizza et de vider vos bières sans traîner, car il y a des chances que mon histoire vous coupe un tant soit peu l'appétit.

(28)
PALAIS DE L'ÉLYSÉE, PARIS, 7 SEPTEMBRE

Hervé Moine se trouvait au centre exact de cette vaste pièce vide de l'aile ouest du palais, totalement vide, dont on avait même arraché les tentures et démonté le parquet. Auparavant, cet endroit, bourré de livres et de dossiers du sol au plafond, était souvent présenté par les habitués du palais – les visiteurs du soir, ainsi qu'on les appelait familièrement – comme le coffre-fort de la présidence Hennebeau. Le précédent occupant des lieux avait même obstrué la fenêtre en dressant devant les vitres une large bibliothèque contenant ses philosophes préférés, afin de ne pas être dérangé par la vue du parc de l'Élysée mais aussi afin d'éviter d'être observé.

Cette pièce, dont la nouvelle administration avait décidé de la mise en quarantaine dès le premier instant, était l'ancien bureau de Dominique Destin.

Le patron de la DCRI s'y trouvait en ce moment, et il ne comprenait pas pourquoi il avait éprouvé ce besoin dès son arrivée au palais cet après-midi. Cela s'était imposé à lui, et il n'avait pas eu la force d'aller contre cette envie irrépressible.

S'était-il offusqué, comme les autres, devant les malversations continuelles de Destin ? Oui.

Avait-il promis aux responsables politiques et à ses hommes de la DCRI que la période passée où l'ombre gagnait toujours un peu plus de place sur la lumière était bel et bien terminée ? Oui.

Admirait-il Dominique Destin comme un des plus grands esprits politiques de la Ve République ? Oui. Indéniablement.

Dans le fond, il savait pertinemment ce qu'il était venu faire là, le but secret et inavouable, même à lui-même, de sa visite en ces lieux.

Il était venu avec cette idée saugrenue que Destin avait peut-être laissé là un peu de son esprit, où qu'il puisse être en cet instant, mort ou vif.

Hervé Moine ferma les yeux et se posa cette question : qu'aurait fait Dominique Destin face aux vents contraires qui soufflaient violemment dans sa direction ?

Il attendit sagement qu'une réponse vienne des murs de cette alcôve, de ces murs qui avaient protégé bien des secrets touchant à la persuasion, à la corruption, au chantage et au meurtre.

Mais rien ne vint, et Hervé Moine sortit. Son visage ne trahissait pas la moindre déception. Le visage de cet homme ne trahissait jamais rien.

Lorsqu'il monta à l'étage et entra sans frapper dans le Salon doré, il ne trouva que Christophe, le chef de cabinet. En sa qualité de directeur de la DCRI, il ne pensait rien de ce dernier, de ce rouage fondamental de la machine de l'État. Il n'en pensait rien et pour cause, puisqu'il savait tout sur lui. Ses services lui concoctaient invariablement une note par semaine sur chacun des proches conseillers de Marie-Ange Mouret. Et les rapports concernant son chef de cabinet étaient souvent les plus piquants.

Christophe était assis devant le bureau présidentiel et avait fait table rase des dossiers que Marie-Ange était en train de traiter pour y déposer les siens. Lorsqu'il vit Moine entrer, il se leva et alla à sa rencontre, traînant tout de même un peu des pieds sur le tapis moelleux.

Alors, dans le hall d'entrée, au rez-de-chaussée, un huissier annonça : « Mme la présidente de la République. » Celle-ci revenait d'une cérémonie à la Sorbonne en l'honneur d'un vieux militant pacifiste argentin, où elle avait dû se coltiner pendant trente minutes le discours insipide de son ministre de la Culture. C'est pour cette raison qu'elle arriva fâchée dans le Salon doré et qu'elle envoya sa veste négligemment sur le dossier de son fauteuil, en disant :

— Enfin, ça fera de belles photos pour ma prochaine tournée en Amérique latine...

Elle vit les dossiers de son chef de cabinet sur son bureau. Elle vit aussi la raideur du directeur de la DCRI.

— Nous devons parler de ton déplacement de samedi, annonça Christophe.

— Madame la présidente, répondit Moine, vous me devez quelques minutes à propos de certaines affaires en cours...

Marie-Ange Mouret regarda les deux hommes tour à tour, puis fixa son regard sur le directeur de la DCRI et dit d'une voix ferme :

— Je te verrai après, Christophe. Nous n'en avons pas pour très longtemps.

— Alors je vais rester, fit le chef de cabinet en se laissant tomber dans un petit canapé devant une table basse.

Précisément le canapé qui avait accueilli les Effacés et Stavroguine peu avant qu'ils deviennent les plus grands ennemis de la République.

— Non, lâcha-t-elle en continuant de fixer Hervé Moine. Je veux le voir seul. Je t'appelle.

Christophe se leva alors, sachant qu'il était inutile de lutter. Après tout, elle lui répéterait ce qu'elle voudrait bien lui répéter de cette conversation, et, parfois, il était plus utile d'ignorer certains secrets de la République que de tous les connaître.

Une fois seule avec le patron de la DCRI, Marie-Ange Mouret regagna son bureau et prit place dans son fauteuil, invitant son interlocuteur à s'asseoir.

— Ce ne sont pas de bonnes nouvelles, n'est-ce pas ? commença-t-elle.

— En effet.

Christophe avait donc eu raison. Réussir une manipulation à la perfection relevait de la littérature, du cinéma, et non de la réalité.

Moine se racla la gorge.

— C'est au sujet du meurtre de Salavin. Nous devions cette nuit rapatrier le corps de celle que nous faisons passer pour Mona Pérec à la DCRI.

— Eh bien ?

— L'ambulance et l'agent ont eu un accident sur le périphérique.

— Jusqu'ici, rien de trop grave.

— Cet accident n'était pas fortuit. Il a été provoqué par un homme à moto que nous avons identifié comme étant Oswald Nissieux.

Mouret secoua la tête de dépit.

— L'ancien confesseur d'Hennebeau. Mais qu'est-ce que ce curé vient faire dans notre histoire ?

— Il était accompagné d'un passager qui portait un casque sur les lieux de l'accident. Nous avons pourtant réussi à l'identifier grâce aux caméras de l'Institut médico-légal, où il avait tenté de s'introduire plus tôt dans la soirée pour identifier la morte.

— Il vous faut une ordonnance de ma main pour me livrer son nom ?

— Il s'agit de Neil, un des Effacés que nous avons reçus ici. Et ce Neil a pris des clichés de la morte. Et il les a montrés ensuite à une habitante de l'immeuble où résidait Mona Pérec. Maintenant ils savent la vérité. Ou tout au moins une partie de la vérité. Et tout cela à cause de la négligence d'un de mes hommes à propos d'une histoire de groupe sanguin… Une journaliste du *Parisien* était à deux doigts de révéler le pataquès, heureusement je m'en suis occupé, mais trop tard. Nous avons constaté qu'elle n'avait pas été la seule à s'apercevoir de cette histoire de groupe sanguin…

— Je trouve pénible votre façon d'utiliser le « nous » pour conter vos échecs et le « je » lorsqu'il s'agit de mettre en exergue vos réussites, Moine.

Christophe avait donc vu juste. Elle devrait peut-être reconsidérer un jour l'intelligence de son compagnon. Mais ils étaient sans doute trop proches, au fond, pour cela. Ils ne voyaient plus que leurs défauts réciproques. Pas d'amour dans le travail, c'était une juste maxime qui n'admettait aucune exception.

— J'espère que vous avez une solution à apporter à ce problème, continua la présidente en se servant un verre d'eau minérale de Haute-Savoie, sa région.

— Nous allons mettre les bouchées doubles pour tenter de les retrouver, lui et ce Nissieux. Ainsi que Stavroguine. Busc n'était pas dans le faux quand il nous disait de traquer la troupe entière et de les éliminer tous en même temps.

— Ces gamins m'ont sauvé la vie il y a quelques mois.

— Ces gamins risquent de vous coûter votre place, madame la présidente.

— Et que voulez-vous faire ? lança le plus haut personnage de l'État en se levant. Produire des avis de recherche sur eux ? Je vous rappelle que ces adolescents sont censés être morts et enterrés, Moine. C'est leur plus grande force, avec leur intelligence, bien entendu. C'est grâce à ces deux atouts qu'ils sont parvenus à détruire la réputation d'Étienne. Et à me hisser à ce poste.

Moine, toujours assis, se sentait mal à l'aise d'être dominé ainsi.

— Nous pourrions peut-être faire pression sur eux grâce aux deux filles – Elissa et Mathilde – que nous détenons. Elissa va mieux, son état s'est stabilisé. Nous pourrions procéder à un échange, par exemple.

La présidente secoua la tête.

— Non. S'ils mettaient ensuite l'affaire sur la place publique, ça reviendrait pour nous à avouer que nous séquestrons des adolescents dans des geôles secrètes.

— Ça ne serait pas la première fois... Et puis les gens sont blasés...

— Non. Et par quel biais les contacterions-nous ?

Moine baissa les yeux, ne sachant que répondre.

Marie-Ange Mouret se rassit.

— D'abord, dites à votre cellule de crise de préparer des éléments de réponse pour contrecarrer cette histoire de photos volées au cas où elle serait révélée au public. Faites cela aussi pour le problème des groupes sanguins. À ce propos, qu'avez-vous fait de la journaliste ?

Moine ne répondit rien. Mouret soupira.

— Était-ce vraiment nécessaire ?

— Personne ne la retrouvera jamais. Le temps passera...

— Préparez donc ces éléments dans le plus grand secret. Et puis accentuez la pression sur Stavroguine. Faites monter la sauce dans les médias. Donnez-leur plus de biscuits. Une visite de son triplex, de sa propriété de Saint-Tropez. Qu'il devienne un objet de haine, vite et bien. Cela nous fera gagner un peu de temps.

La présidente passa à un autre problème :

— Et pour ce qui est du film, *Toxicité maximale* ?

Là, Moine se sentit immédiatement plus à l'aise.

— Nous avons récupéré une bobine de la première production de Monte-Cristo... Un film qui s'intitule *Le*

Prince. Mes équipes sont en train de travailler dessus et elles exploitent d'ores et déjà une piste, sur la Côte d'Azur.

— Où l'avez-vous trouvé, le film ?

— Chez un vieil homme qui habite près de Toulouse et qui avait été très brièvement l'attaché de presse de la maison de production...

— Il faut faire vite, ici aussi, pour remonter à la source, Moine. Les émeutes continuent. Elles se limitent pour le moment aux alentours des cinémas, nous parvenons encore à les contenir, mais si elles s'étendent...

La présidente se rassit et garda le silence une longue minute avant de poser une question au patron de la DCRI :

— Croyez-vous qu'il faille distribuer *Toxicité maximale*, comme le demandent un nombre croissant de Français ? Cela serait techniquement possible puisque nos hackers ont récupéré l'intégralité du film sur les serveurs des cinémas...

Moine se leva à son tour, subitement très agité.

— Certainement pas ! Nous prendrions là un risque considérable ! Ce ne serait rien d'autre qu'une folie !

— Le film, vous l'avez vu ?

— Oui, cette nuit.

— Et... ? Dois-je attendre que vous ouvriez votre blog, Moine, pour connaître votre critique de la chose ?

— L'affaire ProCure est telle que nous l'avons reconstituée à la DCRI, en accord avec les éléments fournis par la DGSE. L'implication d'Hennebeau et d'un de ses ministres ne fait aucun doute. Le banquier genevois est reconnaissable entre tous, la folie d'Amadieu est remarquablement traitée, si bien qu'Hennebeau apparaît comme le vrai méchant. C'est criant de vérité, du brut de décoffrage, jusqu'à la présence de la petite Noire, Elissa, en tant que vecteur du virus. Et la reconstitution des lieux est bluffante de réalisme. Ce film surgi de nulle part est une réussite en tout point. Cela explique la dépendance qu'il a immédiatement suscitée chez les spectateurs. Mais, surtout, il y a une scène à la fin du film, une des dernières séquences, où un homme chauve et maigre à en crever apparaît pour la première fois à l'écran…

— Destin ? demanda la présidente.

— Bien évidemment. Et il évoque une affaire autour de plusieurs doigts coupés…

Marie-Ange Mouret ferma les yeux. Son estomac redevint immédiatement un océan d'acides en pleine tempête.

— C'est ce qu'on appelle un *cliffhanger* dans un scénario, continua le patron de la DCRI. Et cette histoire de doigts coupés suppose une suite… S'il y a un second film, et s'il sort, vous allez être impliquée, madame la présidente. Et là, il deviendra difficile de contenir les émeutes.

Marie-Ange Mouret tapa des deux poings sur son bureau avec une force inouïe qui fit se soulever les dossiers de Christophe.

— Il faut localiser Stavroguine au plus vite, Moine, m'entendez-vous ? Et mettre deux, trois fois plus d'hommes pour traquer ceux qui se cachent derrière Monte-Cristo Productions. J'ai eu tant de mal à conquérir le pouvoir, Moine, que je ne veux pas le perdre pour de si futiles raisons…

— Le Russe n'a pas quitté la France.

— En êtes-vous certain ?

— Oui, il a trop de panache pour cela. Il veut prouver son innocence. Et il est en passe de le faire. De toute façon, Interpol et les polices des pays limitrophes ont reçu son signalement. Il nous faut trouver son repaire : nous cherchons du côté de ses propriétés et de celles que possédait son père. Saint-Tropez, Paris, Duingt…

Mais la présidente mit un terme à cette liste d'un geste autoritaire. Son estomac n'était plus à sa place ordinaire, elle le sentait bien. Elle avait l'impression qu'il s'était dissous sous la quantité d'acides qu'elle venait de sécréter en quelques minutes… L'équivalent d'une vie pour d'autres…

Elle n'osa pas pencher la tête en avant, de peur de voir un trou s'étendre au niveau de son ventre, s'étendre et corrompre sa magnifique robe pervenche du jour.

— Trouvez-le, Moine, et abattez-le ! Le peuple le réclame ! Et il faut toujours satisfaire le peuple, toujours...

(29)
ARCHIVES SECRÈTES DES EFFACÉS

Retranscription des notes de Neil prises à la sortie de son entretien avenue du Petit-Parc, à Vincennes :

Bon, un truc de fou, un de plus. Ça paraît tellement dingue que le type se fait certainement un roman. Je préférerais en plus… parce que, là, on était déjà dans le vertige, l'évanouissement est proche. *It's still the same old story…* L'histoire se répète toujours, inlassablement… Parce que les hommes restent les mêmes, ils se battent toujours pour les mêmes mauvaises idées, les mêmes sales envies… Ils courent toujours après le pouvoir et l'argent qui leur assurent la domination, comme seul salut de l'espèce.

Il y a donc cette affaire de juin 1974 qui est presque la copie conforme de celle dans laquelle Stavroguine est impliqué. Je la résume ici pour ne rien oublier. Reste à savoir si tout est vrai, et, surtout, reste à faire en sorte que cette fois on arrive à prouver l'innocence de l'accusé. Même s'il est certainement déjà trop tard pour sauver la journaliste.

En 1974, la famille Brunante régnait en maître sur l'économie française et, plus globalement, sur celle de l'Europe tout entière. La branche agroalimentaire du groupe, qui détenait 40 % des industries du secteur en France, 40 % de ce qu'on avait dans les assiettes à l'époque, voulait prendre le contrôle d'une brasserie de taille moyenne basée à Douai, dans le Nord. Mais le patron fondateur, Poupard, un fort en gueule, député de l'opposition qui plus est, s'y était opposé. Les Brunante l'abreuvaient de propositions plus alléchantes les unes que les autres et il les refusait toutes, insultant même les dirigeants de la branche agroalimentaire dans les médias, insistant bien sur le fait que son entreprise resterait une coopérative, appartenant à chaque cadre, chaque ouvrier de la brasserie, que la prise de contrôle ne se ferait jamais parce que tout le monde était d'accord à l'usine : la recette de leur bière ne tomberait jamais dans l'escarcelle de ces marchands du Temple. Une semaine plus tard, les Brunante parvinrent à mettre dans leur poche plus de la moitié des travailleurs et ils leur rachetèrent leurs parts dans la société, devenant ainsi majoritaires pour une somme qui pouvait paraître folle aux spécialistes du secteur mais qui était infinitésimale pour le puissant groupe. Les Brunante en avaient fait une question de principe, même contre l'avis de Jean-François Monglat, directeur de la branche agroalimentaire, qui préconisait de laisser le brasseur tranquille et de renoncer à cet achat. Si Jean-François Monglat était lié aux Brunante par sa fonction, il était surtout marié à une de leurs filles, et les positions répétées de cet homme volage contre les souhaits de l'empire agaçaient les plus hautes branches de la famille.

Les éléments étaient en place, le drame pouvait se nouer.

Un matin, dans la propriété de Chantilly d'une de ses bonnes amies, Rachel Trust, Jean-François Monglat fut tué d'une balle de fusil en pleine tête, tandis que sa bonne amie fut salement touchée au torse et conduite à l'hôpital. Comme l'avaient été François Salavin et Mona Pérec. Il n'y eut pas de témoin. Cependant, l'arme fut retrouvée dans le lac de la propriété le lendemain. Elle était recouverte des empreintes de Poupard, le brasseur de Douai. Comme on avait retrouvé des empreintes de Nikolaï Stavroguine. La bonne amie de Monglat, même si les journalistes ne recueillirent pas directement son témoignage, confirma que Poupard était bien l'assassin. On arrêta donc cet homme, qui clamait son innocence et criait à qui voulait l'entendre qu'il ne pouvait avoir commis le meurtre puisqu'il se trouvait ce matin-là avec un dirigeant du groupe Brunante pour tenter une médiation. Les journalistes jugèrent cet alibi grotesque, d'autant que personne ne le confirma chez les Brunante. Pour parfaire le scénario, *Le Figaro* reçut, trois jours après le drame, des photos très floues postées depuis Cannes, sur la Côte d'Azur, où l'on pouvait apercevoir Poupard sortant de la propriété de Chantilly au petit matin. Comme on avait trafiqué les caméras de surveillance de la RATP pour faire apparaître Nikolaï Stavroguine dans la station Dumas quelques minutes après le meurtre de Salavin.

Poupard se pendit avec ses draps dans sa cellule la veille de sa première audition par le juge d'instruction. Pour la presse et le public, il signait là son aveu sans le moindre doute possible.

Pourtant il y a un élément, qui vient maintenant, qui a été effacé de la mémoire. Selon le romancier, cet élément est crucial et je n'ai pas de mal à le croire. Mais il a fallu chercher pour le faire remonter à la surface. En juin 1974, un jeune interne du centre hospitalier de Senlis, où la blessée Rachel Trust avait été admise, s'était étonné d'un fait qui avait échappé à chacun de ses collègues, médecins ou personnel infirmier. Il faut dire que la femme avait droit à bien des égards, et sa chambre était surveillée par la DST, l'ancêtre de la DCRI. On savait les Brunante en relation étroite avec le président de la République de l'époque, fraîchement élu. On disait même qu'il leur devait son élection. Bref, l'interne avait noté que, à l'arrivée de la blessée, une transfusion O rhésus positif avait été installée pour la sauver et que, quelques heures plus tard, quand les médecins habituels du centre hospitalier de Senlis étaient venus l'examiner, le sang transfusé était du B rhésus négatif.

On y était ! Le romancier a retrouvé ce témoignage dans le carnet non publié d'un journaliste d'un hebdomadaire d'investigation accidentellement décédé quelques jours après le meurtre de Monglat, comme par hasard. Le jeune interne s'en serait ouvert à lui ainsi qu'à ses parents et, ce fut son erreur, à un type de la DST ou de la police. Il croyait en la justice, il avait confiance en son pays, en la République.

Le romancier n'a pas continué tout de suite son récit, il s'est senti un peu mal à l'aise, et je sais pourquoi maintenant.

Le jour suivant l'admission de la blessée à l'hôpital, l'interne en médecine a disparu de la circulation, ainsi que sa compagne et sa petite fille de trois ans. On n'a retrouvé son nom nulle part ensuite. Et ses parents, le même jour, ont été victimes d'un accident de voiture entre leur domicile et celui d'un couple d'amis, un virage manqué sur une route qu'ils connaissaient parfaitement.

D'après les hypothèses du romancier, et j'y souscris, j'y adhère vraiment, les Brunante ont fait d'une balle deux morts. Monglat, qui leur échappait et qu'ils ne voulaient plus dans la famille, et Poupard, qui avait osé leur tenir tête et les menacer. Et, pour que cette manipulation ne soit jamais découverte, pour qu'elle fonctionne jusqu'au bout et n'entache jamais leur réputation d'excellents citoyens, ils ont payé un homme, des hommes plus certainement, pour traquer et tuer l'interne et sa famille. Pour éliminer tous ceux qui se trouvaient sur le chemin de la vérité.

Et c'est ensuite, précisément là, que tout a flanché dans mon esprit… Lorsque j'ai demandé au romancier le nom de ce jeune interne en médecine qui se trouvait traqué parce qu'il avait été le témoin d'une effroyable manipulation, traqué avec sa compagne et sa petite fille, de cet homme dont on avait assassiné les parents en simulant un accident de voiture, qui était destiné au bonheur et qui, parce qu'il avait refusé le mensonge et creusé pour trouver la vérité, avait vu sa vie se transformer en cauchemar…

Ce jeune interne s'appelait Jean-Baptiste Descimes.

Et c'est là le vrai nom de celui qui m'a fait.

(30)
BOLOGNE, 7 SEPTEMBRE

Ilsa et Ilian errèrent dans la Dotta, Bologne la savante, plusieurs heures après la fin du film, comme deux vagabondes, muettes, frôlant les murs, refusant les lumières artificielles, alors que la nuit était déjà tombée. Elles n'étaient plus dans la ville, même plus dans la vie. Elles avaient vu *Le Prince* dans son intégralité.

La basilique San Petronio, une des plus imposantes au monde, leur présentait sa façade inachevée, pourtant magnifique, à l'image de cette ville. Elles ne la remarquèrent même pas, comme elles traversèrent en aveugles la piazza Maggiore, un des joyaux de l'humanité, illuminée pour que ses trésors soient visibles même entre la sixième et la neuvième heure.

Au bout de ces sept heures de visionnage, une fois la lumière rallumée, il leur avait fallu un court temps d'adaptation avant de se rappeler qu'elles possédaient un corps, en plus d'un esprit. La réalité n'existait plus pour elles.

Ce film était un venin, mais il contenait en lui son propre antidote. Lorsque le générique final s'était déroulé à l'écran, très sobre et très bref, Ilsa et Ilian, pourtant révoltées de nature, n'avaient jamais éprouvé autant de haine envers la société des hommes, la démagogie des puissants, les foules et leur bêtise. Jamais leur envie de lutter contre le fléau représenté par cette société hiérarchisée à l'extrême n'avait atteint de tel sommet d'intensité et d'exigence. Ce personnage du Prince, joué magistralement par un acteur inconnu d'elles, usait de toute son intelligence et de toute sa droiture, ainsi que de son goût des arts, pour éduquer son peuple. Le film commençait par son lynchage sanglant, dans des scènes presque insoutenables, fascinantes et dérangeantes à la fois. Puis il était question de sa résurrection fantastique, de son retour au pouvoir et de l'exposé de ses stratagèmes pour se faire aimer de ses gens. Jamais Ilsa et Ilian n'avaient autant haï, mais jamais, dans le même temps, elles n'avaient porté autant d'espoirs de changer le monde.

Si la narration, le découpage, les dialogues les avaient captivées, c'était précisément parce que le film refusait toute logique, et passait d'une scène à une autre sans que l'on s'y attende, mais sans que l'on s'y perde. Et, les très rares fois où les deux spectatrices s'étaient dit en elles-mêmes *Non, il ne va pas oser cela*, Dominique Frame n'avait en effet pas osé cela : il l'avait dépassé, transcendé en allant plus loin encore, en dépassant les limites de la raison.

La maîtrise technique était aussi stupéfiante de la part d'un réalisateur débutant. Elles y avaient trouvé une utilisation de la caméra, des cadrages d'une précision inouïe. Frame avait vu son film comme un polygone en trois dimensions, une sorte de construction géométrique savante et ruisselante de secrets, que nul n'aurait été capable de représenter sous la forme d'un théorème. Rien n'avait été bâclé et elles s'étaient surprises à trouver courts des travellings de cinq minutes, des plans-séquences d'un quart d'heure où pas un seul mot n'était prononcé. C'était une des forces telluriques de ce film, ce souci permanent du détail, dans chaque plan, la place de chaque personnage, place qui évoluait d'un plan à l'autre sans qu'aucun effectue le moindre mouvement à l'écran. C'est ce décalage permanent, qu'on ne pouvait mettre sur des erreurs de script, qui conférait au film sa magie et ses interprétations infinies... Jusqu'à ces nuages dans le ciel qui formaient des visages, jusqu'à cette lueur qui se tenait à gauche, aux trois quarts du cadre, vers le haut, tout au long de la dernière heure du film, et quel que soit le plan... Petit point de lumière sur la toile qui devenait obsédant, parfois représenté sous la forme d'une bougie, d'une fenêtre éclairée ou dans un des yeux vifs du Prince. Petit point qui continuait à vivre en Ilian et Ilsa plusieurs heures après la projection de l'œuvre, à gauche de leur champ de vision, à l'endroit exact où il avait brillé à l'écran.

Et puis il y avait ces images subliminales, ces plans de quelques centièmes de seconde seulement qui s'imprimaient dans votre esprit sans qu'il soit possible d'en être conscient et qui resurgissaient ensuite, quelques heures plus tard, vous plongeant dans un sentiment de déjà-vu particulièrement déstabilisant. Ilian et Ilsa pensaient que le film ne s'épuiserait jamais, notamment grâce à cela, et que son vingtième visionnage resterait aussi riche que le premier, puisque tout vous échappait en même temps que tout vous concernait.

Noël Troimoin leur avait dit qu'il fallait voir ce film pour mieux connaître Dominique Frame. Ce dernier était dès lors devenu leur meilleur ami, puisqu'il partageait la même conception du monde qu'elles, puisqu'il avait la même interprétation des symptômes de la maladie, et proposait le même remède.

Comment un homme avait-il pu devenir Dominique Destin après avoir écrit et créé une telle réalisation ? Ce n'était pas simplement un chef-d'œuvre, le terme était trop réducteur, puisqu'un chef-d'œuvre, par son sens même, suppose d'autres films à sa suite, devenant ainsi un mètre étalon. Et *Le Prince*, par sa singularité, sa force, resterait à jamais une pièce unique.

Mais le film avait aussi délivré des indices à propos de son réalisateur et de son obsession de l'île. Le Prince vivait dans une tour, avec ses deux serviteurs nains, sur une île de roches orangées, au large d'une côte où résidait son peuple. Dominique Frame avait filmé le site de manière profondément charnelle et les deux spectatrices étaient persuadées à présent que c'était là l'endroit que le cinéaste aimait le plus au monde. Elles savaient que Destin détestait cette campagne qui l'avait vu naître, qu'il avait pris possession d'une île au large de l'Érythrée, portant le même nom que son film, mais qui n'était rien d'autre qu'une construction de pacotille. Elle était l'œuvre de Destin, sa vérité, et Ilian et Ilsa cherchaient celle de Frame.

L'île d'Or, au large de la plage du Dramont, près de Saint-Raphaël. Ilsa l'avait reconnue… C'est là-bas qu'ils avaient enterré Émile. C'est un endroit que celui-ci avait visité lors de l'une de leurs premières aventures. C'est là que Dominique, redevenu Frame après sa deuxième mort, devait se terrer.

Elles louèrent une voiture à la gare, à la seule agence encore ouverte à cette heure tardive. Elles calculèrent qu'il leur faudrait environ cinq heures pour rallier l'île d'Or et les derniers secrets de Dominique Destin, et qu'Ilian céderait le volant à Ilsa à mi-parcours, une fois qu'elles rejoindraient la côté méditerranéenne à hauteur de Gênes.

Lorsqu'elles repassèrent fortuitement devant l'entrepôt de la via Zanardi où elles avaient visionné le film, un attroupement s'était formé devant la porte du bâtiment, et les gyrophares de trois voitures de *carabinieri* les aveuglèrent un court instant avant qu'elles continuent en direction de l'autoroute A1, ne voulant pas savoir ce qui s'était déroulé dans l'entrepôt de la Cineteca après leur départ.

Elles arrivèrent sur la plage du Dramont, déserte, alors qu'une lueur se levait, à l'est, derrière le haut sémaphore, une lueur qui faisait briller quelques vaguelettes, qui était là pour faire reculer les ténèbres, comme chaque matin, mais qui n'avait cette fois pas la force de faire paraître l'aurore.

(31)
DANS UN ENDROIT INDÉTERMINÉ...

Lorsque Zacharie se réveilla, sa première envie fut de se rendormir aussitôt. Il vit un bout de mer, très calme en apparence, une île au loin sur laquelle se dressait une petite tour. Bref, rien de ce qui ressemblait à cette maison de Pibrac, la maison du projectionniste, où il s'était endormi avec Ilsa tout contre lui.

D'ailleurs, où était-elle, Ilsa ?

Il se releva et, dans un geste réflexe, il s'essuya la joue, le cou, l'oreille, tous recouverts d'un sable gris très fin. Zacharie déplia sa grande carcasse et embrassa du regard son environnement. Il faisait sombre, mais il voyait tout. Ilsa n'était pas avec lui. Ce panorama ne lui rappelait rien directement, et pourtant il ne lui sembla pas étranger.

Il ébouriffa sa tignasse blonde pour faire tomber les derniers grains de sable. Un mal de tête carabiné, à l'arrière de ses globes oculaires, le faisait grimacer, mais plus pénible encore était la douleur de se trouver dans un endroit à la fois connu et inconnu, sans savoir comment il était parvenu là.

Et, soudain, une image lui vint, la silhouette gauche d'Émile sur cette plage à l'est de Saint-Raphaël, à la recherche d'un des détenteurs des cinq doigts tranchés et déclenchant l'algorithme dans ce qui avait été leur deuxième opération. Cette plage du Dramont et son île d'Or où se cachait Siniac, l'annulaire de la bande. Ilsa, Neil et lui se trouvaient à Saint-Tropez pendant ce temps-là, à la recherche de Mathieu Viata. Mathilde, qui se remettait doucement du virus, était restée dans la villa de Chevreuse.

Ils étaient encore unis à l'époque, soudés par l'omniprésence de leur mentor, Nicolas Mandragore.

Pourquoi Zacharie se trouvait-il ici ? Qu'est-ce que cela pouvait bien signifier ?

Il fit un pas, puis un autre. Ses baskets s'enfonçaient dans le sable mou. Plus il s'approchait du rivage, plus sa perplexité gagnait en intensité. Le soleil arriva d'un coup, derrière lui, éclairant l'île et l'eau, comme s'il avait suffi de pousser un interrupteur pour que l'astre surgisse. Mais Zacharie ne put se mouiller les pieds. L'eau n'existait pas. Il tendit la main et toucha l'horizon avec ses doigts, cette tour de brique, ce ciel d'un bleu évanescent, cette mer d'huile. Tout cela n'était en fait qu'une image peinte sur une toile immense. Zacharie se sentait oppressé. Il se retourna et vit ce minuscule bout de plage où il s'était réveillé, ce sable déversé là entre de gros câbles, des projecteurs, tout un attirail qui n'avait absolument rien à faire ici.

Il donna un violent coup de pied sur la tour crénelée et la toile se déchira, laissant la place au véritable horizon de l'endroit où on l'avait conduit.

Alors, Zacharie comprit tout.

Et il sut que la fin approchait.

(32)
PLAGE DU DRAMONT, SAINT-RAPHAËL, 8 SEPTEMBRE

L'orage arriva tandis qu'Ilsa et Ilian se tenaient toutes deux debout sur la grève.

Elles n'avaient pas échangé le moindre mot depuis le début de la projection du *Prince*. Quatorze heures de silence sans que jamais le mal-être s'installe. Et là, devant cette île qui les attirait tel un aimant, elles dirent ensemble, dans une parfaite synchronisation :

— Allons-y.

Elles se déshabillèrent. Ilian se mit nue et Ilsa garda ses sous-vêtements, par pudeur. Elles dissimulèrent leurs affaires sous un gros rocher et commencèrent leur progression à petits pas dans cette eau noire, le corps criblé des petits grêlons qui tombaient du ciel. Et, lorsqu'elles plongèrent dans l'eau mitraillée de la Méditerranée, ce fut, malgré le froid, un soulagement. Les glaçons ne meurtrissaient plus que leur crâne et leurs épaules. Les deux femmes avançaient sous le tonnerre, avec ces éclairs qui, plus loin, au large, donnaient enfin quelques couleurs à la séquence. Les vagues s'étaient épaissies et les nageuses se laissaient souvent engloutir pour mieux remonter à la surface ensuite, prendre cet air à pleins poumons, et cette sensation organique les rappela à leur existence de mortelles.

Elles s'étaient jetées dans cette mer subitement déchaînée, théâtre d'un orage d'une violence ahurissante, sans même en estimer les conséquences. Outre la tour, Ilian et Ilsa se trouvaient être des cibles rêvées pour un prochain éclair. Si le vent poussait les cumulonimbus vers elles, le pire pouvait arriver.

Y pensaient-elles ?

Non. Ilsa songeait aux mouvements de sa brasse et Ilian brassait de bien noires pensées. Dominique. Destin ou Frame, peu lui importait. Il était celui qui, après les avoir sauvés à la station Dumas, les avait meurtris de la pire manière qui soit, en enlevant leur fille de huit ans, en la tuant plus certainement. Et puis, ensuite, Destin avait tué Jean-Baptiste, trente années plus tard. Il avait ôté de la vie d'Ilian les deux êtres dont elle n'était pas en mesure de se séparer.

Il avait été un réalisateur génial, puis il était mort et s'était réincarné dans un monstre de la pire espèce.

Mais pouvait-il mourir vraiment, cet être qui ne semblait dissimuler, pour seul organe, qu'un cerveau dans ce corps sec ? Elle comptait bien le constater par elle-même lorsqu'elle aurait, avec Ilsa, trouvé son repaire. Car il n'y avait pas d'autre choix : Destin était derrière *Toxicité maximale*, il avait survécu à la destruction de l'île du Prince avec ce projet précis de refaire du cinéma, de réaliser un film comme une ultime renaissance – c'était la continuité de son œuvre aussi puisqu'il s'agissait de dire que le Prince de son premier long-métrage n'avait pas réussi encore à rendre la société meilleure.

Ilian l'étranglerait. Alors qu'elle progressait dans ce tumulte, ne distinguant même plus Ilsa auprès d'elle, elle écartait de ses mains le courant glacé, sentant ses doigts s'engourdir et sachant que, au moment de les refermer autour de la gorge de son pire ennemi, ils retrouveraient forcément toute leur agilité.

L'orage ne faiblissait pas. Le danger s'éloignait toutefois, les éclairs s'étant déplacés de l'autre côté de la tour. Privées de cette lumière, elles durent faire les cinquante derniers mètres dans une profonde obscurité, en espérant ne pas dévier dans les flots et rester sur la plus pure des trajectoires : la ligne droite.

Ilian et Ilsa atteignirent les roches à l'endroit précis où Émile avait dû accoster quelques mois auparavant, et où les sujets du Prince, hommes, femmes et enfants, avaient débarqué ce soir sinistre pour lyncher leur dirigeant.

On avait aménagé un escalier pour accéder à l'entrée de la tour. Ilsa et Ilian l'empruntèrent, luttant contre les rafales et veillant à ne pas glisser.

Parvenue devant la lourde porte en bois de la tour, Ilian entreprit immédiatement de briser la serrure à grands coups de galet. Chaque choc se confondait avec un roulement de tonnerre. Ilsa grelottait, à la différence de l'ex-compagne de Jean-Baptiste, habituée aux extrêmes en tout genre, et qui heurtait la porte avec une prodigieuse violence. Des échardes de bois volaient en tous sens, et bientôt la serrure céda.

Ilsa, devant la nudité de sa compagne, se dit que, si Destin se trouvait dans cette tour, Ilian serait bien démunie pour se battre contre lui.

Même les redoutables et cruelles Amazones se vêtaient et s'armaient pour combattre.

Elles pénétrèrent dans la tour et n'y trouvèrent rien. Les pièces étaient désespérément vides, du rez-de-chaussée au cinquième étage. Contrairement à ce que donnait à supposer le film, il n'y avait pas de sous-sol.

Ilian ne laissa rien paraître de sa déception. D'ailleurs, était-elle déçue ? Ilsa ne le pensait pas. Toutes deux gagnèrent la plus grande pièce, au sommet de la tour, et, après avoir ouvert en grand la fenêtre qui faisait face à la côte, elles s'installèrent devant. Immédiatement, les deux spectatrices reconnurent le cadrage, cette perspective qui était celle où se situait le Prince, non au début du long-métrage, mais dans la dernière heure, lorsqu'il était occupé à terminer ses Mémoires à son bureau.

Et Ilian sut alors où se cachait Destin.

— La vois-tu ?

Ilsa ajusta son regard à celui de sa compagne puis hocha la tête.

— Oui, je la vois.

Il n'était nécessaire pour aucune d'elles de désigner le point lumineux qui apparaissait sur leur gauche, et qui se confondait avec une des villas de la côte de porphyre, située le long du sentier des douaniers. Ce point, personne d'autre qu'elles ne pouvait le distinguer en cet instant, qui plus est sous ces cataractes. Il était dans leur esprit, il était cette lumière qui restait dans le cadre du *Prince* lors de la dernière heure. Il était la clef.

Elles retournèrent se jeter à l'eau et couvrirent les quatre cents mètres qui les séparaient du rivage bien plus vite qu'à l'aller puisque les vagues étaient avec elles cette fois. Les grêlons s'étaient changés en pluie. Elles retrouvèrent leurs vêtements secs sous le rocher et se rhabillèrent.

— Viens, dit alors Ilian, qui ne voulait pas perdre une minute.

Elle prit la jeune fille par la main et courut sur le sable puis sur les galets, en direction de cette lueur qui restait imprimée sur leur rétine. Les premiers mètres du sentier des douaniers étaient sournois. La pluie avait rendu la roche glissante et, pour ne pas déraper, les deux femmes durent s'agripper plusieurs fois à des grappes de doigts-de-sorcières, ces plantes rampantes et charnues qui poussaient anarchiquement tout le long de la côte.

Leur progression se fit dans le vent et la pluie, sans aucune perspective de voir bientôt une lueur venir dans leur dos annoncer le matin.

Elles devaient encore passer une crique, puis une montée abrupte, pour parvenir au modeste portail de fer de la villa Frame. L'averse avait diminué d'intensité, elle s'arrêta d'un coup au-dessus d'elles, et, instantanément, des odeurs minérales, de terre et de roche trempées, s'exhalèrent. Puis il y eut un parfum de mimosa mouillé, frais, absolument pas capiteux, et quelques vagues senteurs d'eucalyptus, plus loin.

La lueur du Prince, dans leur esprit, les aveuglait à présent.

Elles se tenaient devant le portail, devant le danger, sans arme.

Ilian pensait que leur détermination serait suffisante. Ilsa ne songeait à rien d'autre qu'à Anouar et à Zacharie. Si Destin les avait enlevés, en la laissant libre, elle, pour une raison qu'elle ne parvenait pas encore à expliquer, peut-être se trouvaient-ils en ces lieux ?

Elles poussèrent toutes deux le portail, qui s'ouvrit en grinçant, et entrèrent dans le jardin trépassé de la villa Frame.

(33) SENTIER DES DOUANIERS, SAINT-RAPHAËL, 8 SEPTEMBRE

Elles surent aussitôt qu'elles n'étaient pas seules dans le jardin de la villa. Elles entendirent très distinctement des cliquetis d'armes automatiques lorsqu'elles y pénétrèrent plus avant, tentant avec maladresse de se dissimuler derrière les squelettes des arbres et des arbustes de ce jardin crépusculaire. Ces bruits menaçants provenaient des quatre directions, et Ilian et Ilsa eurent un instant l'impression qu'elles se trouvaient au centre de ce qui s'annonçait comme une bataille féroce. Elles avaient toutes deux cette intuition qu'on ne cherchait pas à tirer sur elles, qu'elles n'étaient pas les cibles, mais que trois forces distinctes s'étaient rejointes à la villa Frame : celle de Destin, l'occupant, celle de Mouret, à la recherche de Monte-Cristo Productions, et celle des Effacés et de l'ex-compagne de Jean-Baptiste, venus là pour comprendre…

… et pour détruire.

— Il ne faut pas aller plus loin, dit dans un souffle Ilsa, qui stoppa net sa marche derrière une rangée de palmiers miniatures complètement décharnés.

— On ne peut plus reculer, trancha Ilian.

Puis elle se corrigea :

— Je ne peux plus reculer. Jean-Baptiste a échoué, une dernière chance se présente, je dois la saisir…

— Ils le feront pour nous, argumenta Ilsa.

— Qui, « ils » ?

— Les forces de Mouret…

Ilian enlaça l'adolescente, et ce contact dont Destin l'avait privée la bouleversa tout à fait.

— Crois-tu qu'ils agiront dans l'intérêt de Zacharie et d'Anouar, si toutefois tes compagnons sont bien ici ?

Ilsa grimaça.

— Mais nous n'avons rien, pas d'arme, rien pour nous défendre.

— Il faut simplement pénétrer dans la villa. Si je me retrouve face à face avec Destin, il ne m'abattra pas d'emblée. Il voudra savoir – il a toujours voulu tout savoir, tout contrôler. Et je lui parlerai alors du *Prince*, pour le déstabiliser… Et je le tuerai… Et, quand je l'aurai tué, il te faudra t'enfuir sans moi… Je ferai tout pour te sauver, comme Jean-Baptiste l'a fait avant moi. Est-ce bien clair dans ton esprit ?

Ilsa ne répondit pas. Car, à cet instant, la fusillade éclata. Les balles sifflaient dans tous les sens, provenant du jardin mais aussi de la villa, dont on apercevait un balcon en hauteur.

Les deux amies se séparèrent sans le décider ; Ilsa coupa à travers une longue enfilade de bambous, vers la droite, et Ilian choisit de se diriger vers la gauche, pensant qu'il s'agissait là du chemin le plus court vers le rez-de-chaussée de la grande villa blanche.

L'aînée ne courut pas d'une traite, et s'arrêta même un instant, à plat ventre, le visage enfoui dans une herbe desséchée mais persistante, qui se refusait à mourir. Elle jaugea les forces en présence. Elle se trouvait toujours au centre, et des interjections, des ordres, fusaient maintenant, en français et en anglais. Elle ne reconnut pas la voix de Destin et se leva alors, délivrant une belle impulsion pour bondir de sa cachette, s'apprêtant à rallier la villa, dont elle apercevait dans le jour enfin naissant le début d'une colonne.

Elle entama sa course telle une flèche, mais, parvenue à hauteur d'un petit banc de bois qui avait dû être vert dans une autre vie, Ilian s'arrêta net. Elle venait de ressentir une douleur très vive derrière le crâne. Elle resta debout et passa sa main droite dans ses boucles. La souffrance se fit plus aiguë encore et, lorsqu'elle vit que, de ses doigts, gouttait une substance sombre et visqueuse, elle ne résista pas à l'envie de s'asseoir sur ce petit banc. S'asseoir et attendre.

Ilsa, de son côté, était parvenue devant une porte de la villa, située près d'une grande corde à linge. C'était une porte de bois peinte en blanc, une porte très classique, comme l'était la villa – qu'elle pouvait saisir à présent dans son ensemble, avec ses balcons, ses colonnades blanches, sa piscine et son pigeonnier, construit tout en haut, sur le toit, comme une excroissance disgracieuse.

La porte était entrouverte. Elle entra en se disant qu'elle était folle au dernier degré de se lancer ainsi seule à l'assaut de la villa Frame. Mais Ilian lui avait promis de la sauver.

Ilsa progressa dans l'obscurité de la buanderie puis de la cave, s'aidant de ses paumes qui glissaient le long des murs pour trouver son chemin. Elle trouva un escalier qui montait au rez-de-chaussée. Au dehors, la fusillade redoublait d'intensité, et l'Effacée comprit alors qu'il s'agissait du bouquet final, des dernières salves avant la victoire d'un groupe contre un autre.

Si, extérieurement, la villa paraissait des plus classiques, l'intérieur était d'une originalité folle. Non par l'ameublement, puisque les pièces étaient absolument vides, mais Ilsa s'aperçut que pas un mur, pas un plancher, pas une porte ne semblait avoir été construit d'équerre. Tout était oblique, les pièces se finissaient en angles aigus et certaines étaient séparées en leur milieu par un mur en triangle. C'était une architecture qui donnait le vertige, qui confinait au délire... mais qui ne laissait pas indifférent. Ilsa reconnut là quelques traits communs avec certains décors du *Prince*.

Ce qui lui confirma à cet instant précis qu'elle se trouvait bien dans la maison de Dominique Frame.

Où était-il ?

Il y avait de nombreux pas au sol, en plus des siens, qui s'étaient imprimés dans la poussière.

Où était-il et où était Ilian ? Celle-ci allait-elle parvenir au rez-de-chaussée par le sous-sol ou par l'arrière de la villa, qui avait été épargné par les balles ?

Ilsa avançait à petits pas, guettant le moindre bruit. Elle entra dans une pièce où une gigantesque étoile à huit branches avait été dessinée sur le parquet. Elle avança.

Et Anouar et Zacharie, où se trouvaient-ils ?

Ilsa entra plus avant dans la pièce, cherchant une autre issue. Mais elle n'en vit pas. Et c'est sans se retourner qu'elle sentit sa présence derrière elle. Il ne produisait pas un seul son mais se trouvait là, sur la pointe d'une branche de l'étoile. L'adolescente savait qu'elle allait ressentir dans très peu de temps une poigne autour de son cou et le souffle de tombeau de Destin sur sa nuque. Elle se contenterait de lui demander ce qu'il avait fait d'Anouar et de Zacharie, et ce qu'il comptait faire avec elle. Mais elle s'en moquait à présent. Elle aurait dû mourir l'année passée, elle aurait eu plus d'un an de sursis.

Elle se força à ne pas se retourner lorsqu'une main, évidemment, se posa sur son épaule.

— Ne crains rien, dit la voix.

Qui n'était pas la voix de Destin mais celle, très douce, d'une femme.

— Ne crains rien. Je suis Aurore, la fille de Jean-Baptiste et d'Ilian. Et je suis là pour te sauver.

ALEXANDRE-DUMAS

12 JUILLET 1974

Aurore était agacée par ce bonnet qui ne tenait pas bien. Elle avait demandé à sa maman de fabriquer quelque chose, de lui mettre un fil, par exemple, qui permettrait de le retenir au menton de sa poupée.

Sa maman avait promis, mais cela faisait plusieurs jours que tous trois ne rentraient pas à la maison, le soir, plusieurs jours qu'Aurore avait abandonné ses autres poupées pour se consacrer exclusivement à celle-ci, celle aux habits roses, sa préférée. Ils dormaient dehors, dans les jardins publics, ou sur les berges du grand fleuve qui traversait Paris. Ça allait parce qu'il faisait chaud.

Et voilà que le bonnet était encore tombé dans la rue ! Aurore eut envie de pleurer. Sa maman se pencha aussitôt pour le ramasser et en recoiffer la poupée, mais ça allait la salir et elle n'avait plus sa petite baignoire en plastique pour la laver comme elle le faisait soigneusement, chaque soir, en jeune maman modèle.

Sa mère lui dit de se dépêcher et la prit dans ses bras. Elles allaient rejoindre son papa, qui prenait très souvent le métro en ce moment, dans la journée. Avant il soignait des gens, mais il avait arrêté depuis qu'ils étaient partis de la maison.

Aurore descendit les dernières marches vers le quai toute seule, prenant sa poupée par la main et lui parlant de la façon la plus rassurante : sa maman la tenait bien, elle ne risquait rien à descendre cet escalier.

Son papa, là-bas, sur le quai, ne la voyait pas encore, mais elle le voyait. Il y avait aussi deux autres hommes qui ne plurent pas à Aurore, un chauve très maigre, une sorte de fil de fer, et un autre, assis, qui regardait sa montre en tapant du pied sur le sol.

Ça y est ! Le métro entrait dans la station. Ça vrombissait de partout. Elle, en bonne apprentie maman, serra fort sa poupée.

Aurore sentit à cet instant que quelque chose d'extraordinaire se passait. Sa mère venait de crier en lui lâchant la main. Elle se tourna vers elle car sa maman criait parfois, quand elle était stressée – c'était le mot de sa maman, « stressée ». Aurore venait alors dans ses bras pour l'embrasser et la calmer. Mais là, sa maman s'était déjà élancée.

Et, lorsque Aurore tourna à nouveau ses yeux clairs vers le quai, son père avait disparu.

Et, le monsieur chauve se jetait sur les rails, comme seul en était capable un fou.

(34)
SENTIER DES DOUANIERS, SAINT-RAPHAËL, 8 SEPTEMBRE

— Ne crains rien, répéta Aurore, je te dis que je suis là pour te sauver. Il faut que tu me suives sans rien demander. Je suis ici pour te soustraire aux dangers…

Sa voix était aussi douce que celle d'Ilian, et Ilsa se retourna enfin.

Elle ne vit tout d'abord que les grands yeux marron de la fille de son ancien mentor, de son sauveur. Des yeux où il était facile de déceler une intelligence vive et une confiance en soi absolue. Puis Ilsa découvrit son visage, d'une très grande pureté, un mélange parfait de ses deux parents, qui trouvaient là, dans ce métissage, une façon particulièrement sensuelle de s'amalgamer. Elle avait un peu plus de quarante ans mais en paraissait facilement dix de moins.

Aurore était donc vivante. Destin ne l'avait pas tuée.

— De qui ou de quoi devez-vous me sauver ? demanda Ilsa, qui tentait de dissimuler l'émotion qui montait en elle.

— Des forces de l'ordre, des hommes de Mouret et de Moine, ceux qui me pourchassent depuis que j'ai tenté de distribuer mon premier film… Nous en sommes venus à bout ici, mais ils seront bientôt ailleurs, sur votre route…

— La disparition d'Anouar et de Zacharie, c'est vous ?

Aurore ne répondit pas. Elle portait un jean et une chemise blanche dont elle avait noué les deux pans à l'avant. Elle rajusta son nœud tandis qu'entrait un homme lourdement armé, qui n'eut pas même un regard pour Ilsa et vint lui chuchoter quelques mots en anglais à l'oreille.

— Il faut que nous partions immédiatement, dit-elle.

Aurore voulut saisir l'adolescente par le bras, mais Ilsa se déroba.

— Non, vous ne m'avez pas répondu à propos de Zacharie et d'Anouar.

— Ne t'en fais pas. Et suis-moi...

Ilsa secoua la tête.

— Mais il y a votre mère !

Lorsqu'elle entendit cette phrase pourtant anodine, Aurore se mua en statue.

— Ma mère, balbutia-t-elle. C'était donc elle qui se trouvait avec toi à Pibrac ? Réponds ! Et à Bologne aussi... Mes hommes me l'ont décrite, mais je n'ai pas pu le croire...

— Oui, c'est elle, c'est Ilian, dit Ilsa.

— Et où t'attend-elle ?

— Nous devions nous retrouver dans la villa... Elle a pris un chemin différent du mien lorsque la fusillade a éclaté et que nous avons été prises entre les tirs croisés...

Aurore se rua aussitôt à l'extérieur de la pièce à l'étoile et Ilsa la vit, dans la curieuse perspective offerte, gagner le balcon qui donnait sur le jardin. La métisse revint aussitôt à l'intérieur de la maison.

— Maman m'attend sur un banc, dans le jardin ! Elle m'attend ! Elle m'attend !

Sa voix était devenue plus aiguë, et un sourire immense s'épanouit sur son visage.

Aurore sortit dans le jardin sans crainte, puisque la bataille était terminée. Elle ne prêta guère d'attention à ce corps d'homme qui s'étalait sur le chemin de gravier, et dont le bras droit était presque détaché du tronc. Le combat avait été terrible, mais sa mère était bien vivante, assise sur ce petit banc…

Elle se glissa à son côté et, faisant fi du trouble de ses yeux, regarda cette femme, cette femme qu'elle n'avait pas vue depuis plus de trente ans, la croyant disparue ou même morte. Elle la retrouvait enfin…

Aurore plongea ses yeux dans ceux de sa mère, lui paraissant plus purs que jamais, et lui passa une main derrière la tête pour l'attirer vers elle. Elle vit alors cette corolle à l'arrière du crâne, d'où s'écoulait un mince filet noir qui sinuait vers son dos.

Aurore, prise de vertige, regarda à nouveau cette femme qui lui avait donné la vie. Et elle se revit, toute petite boule de chair et de sang, dans cette matrice, dans les entrailles de cette femme, à un âge où la symbiose est totale, où l'on dépend de sa mère à la vie à la mort. Elle ne souhaitait plus qu'une chose en cet instant, que le monde s'écroule autour d'elle, épargnant ce banc, afin qu'elle retrouve cette sensation de fusion, de chaleur intense, à l'heure dernière. Elle se pencha, posant sa tête sur le ventre de sa mère. Et elle attendit que les mains protectrices de sa maman viennent caresser son cou, comme quand elle faisait des cauchemars, petite, mais rien ne vint. Aurore se redressa alors et replongea ses yeux dans ses yeux jumeaux. Elle avait l'impression d'être face à un miroir qui, à chaque vision, trouverait un moyen de l'embellir.

Ilian la regardait sans la voir.

Aurore baisa alors les lèvres glacées de sa mère.

(35) AVENUE DU PETIT-PARC, VINCENNES, 8 SEPTEMBRE

Neil et Oswald Nissieux se trouvaient encore chez le romancier, assis sur le même canapé, une vingtaine d'heures après leur arrivée.

Ils avaient tous les trois vérifié scrupuleusement les connexions entre l'affaire Stavroguine et l'affaire Poupard en se rendant à plusieurs endroits dans Paris, et principalement à la Bibliothèque nationale de France pour compulser des journaux de l'époque sur microfilms.

Dans l'affaire Poupard, il subsistait un certain nombre de questions non élucidées à ce jour, questions que la presse de 1974 ne s'était pas posées. Les médias auraient dû suivre cette affaire de près et même après sa résolution officielle, *surtout* après sa résolution officielle en fait. Et ils n'en avaient pas eu l'envie, ou, plus dramatiquement, le droit.

Le trio d'enquêteurs vérifia deux faits troublants autour de l'affaire, que l'on pouvait retrouver l'un et l'autre dans celle en cours, en appliquant une sorte de table de correspondances.

L'amie de Monglat, Rachel Trust	→	Mona Pérec
Monglat	→	François Salavin

Poupard	→	Nikolaï Stavroguine
Jean-Baptiste Descimes	→	Anne Saroyan
La famille Brunante	→	La DCRI, Hervé Moine, Marie-ange Mouret

À propos de la première correspondance, Rachel Trust demeurait totalement inconnue avant et après l'affaire. Elle ne semblait pas avoir d'existence légale jusqu'au meurtre de Monglat, et disparaissait purement et simplement de la circulation après sa sortie de l'hôpital. La conviction de l'écrivain était que la femme était une call-girl à la solde de la famille Brunante. La famille n'avait néanmoins pas prévu que la call-girl serait blessée lors du crime. Elle avait pour mission d'amener la future victime chez elle, puis d'appeler le tueur et ensuite de témoigner contre Poupard et de disparaître de la circulation avec un gros chèque. Sa blessure et son hospitalisation avaient changé la donne et il avait donc fallu prendre toutes les mesures nécessaires afin que les médias n'aillent pas mettre leur nez dans le passé et les occupations de Rachel Trust.

Dès lors, puisque, selon la table de correspondances, à la famille Brunante correspondait la DCRI, Mona Pérec devenait… un agent de la DCRI ! Un agent qui avait obtenu cet appartement dans l'immeuble pour préparer les lieux et faciliter ensuite l'arrivée des faux agents de la police scientifique qui avaient appliqué les empreintes de Stavroguine recueillies quelques heures auparavant à l'Élysée. Sauf qu'un grain de sable était venu dérégler la machine… Une fois son forfait commis, le tireur d'élite, le véritable assassin, qui ne connaissait pas Mona (un nom d'emprunt, très certainement), l'avait prise pour un possible témoin et poignardée, la laissant pour morte.

L'argumentation que venait d'élaborer le romancier plaisait beaucoup à Neil, qui renchérit :

— Oui, elle aurait pu par exemple être étonnée d'un truc… Je crois que la police a raconté que l'assassin avait sauté par la fenêtre car la porte de l'escalier au rez-de-chaussée était fermée. Imaginez la scène… Mona est à sa fenêtre, qui se situe en dessous de celle du tueur. Elle voit la vitre voler en éclats dans l'immeuble d'en face et Salavin tomber raide mort. Alors, elle guette la descente par l'escalier du tireur d'élite. Elle entend ses pas, son opération se déroule impeccablement bien… L'assassin va sortir de l'immeuble, elle va pouvoir recevoir les imitations de la police scientifique et balancer le trucage des bandes vidéo sur le serveur du PC de sécurité de la RATP pour que la tronche de Nikolaï paraisse. Mais le type est obligé de remonter parce que, en bas, c'est fermé… Et Mona prend peur, elle débloque, elle ouvre sa porte pour savoir ce qui se passe et tombe nez à nez avec ce mec. Ce mec à qui la DCRI, leur employeur commun pour un temps, a juré de ne pas se laisser voir ou bien de condamner à mort tout témoin accidentellement croisé dans l'immeuble. C'est tombé sur Mona ! Quand les secours arrivent, ils trouvent les affaires de la femme agent, des pontes de la DCRI sont là aussi, et ils la transfusent avec son vrai groupe sanguin, du A. Sauf qu'ils préparent déjà la disparition de Mona… Il faut vite trouver une rousse dans le même genre que l'agent qui vient prétendument de mourir, une SDF, une fille qui n'a pas de famille, dont on ne viendra pas demander le corps.

Neil s'arrêta à cet instant. Il repensa au moment où Mandragore lui avait avoué que le cadavre d'un adolescent, un vrai cadavre, reposait dans son cercueil en lieu et place du sien.

Ce fut Oswald qui compléta la démonstration :

— Sauf que la fille en question est B, ça, ils ne peuvent rien y faire, et, pour ne pas se mélanger les pinceaux, pour que tout soit bien propre à l'hôpital, ils préparent le coup et font savoir dès le matin à la journaliste du *Parisien*, Anne Saroyan, qu'elle s'est trompée la veille avec son groupe A. La journaliste maintient, car une photo est là pour le prouver. Photo que j'ai eu l'opportunité d'imprimer et qui a ensuite totalement disparu d'Internet et n'est jamais parue dans les médias.

Le romancier alla chercher un document sur sa table et l'agita devant eux. Il s'agissait également de ce cliché. Il conclut lui-même :

— Du coup, la DCRI l'enlève ce soir-là et j'assiste à la scène depuis la fenêtre de ma cuisine. Un truc que je n'aurais même pas osé mettre dans un de mes romans… Et, dans la nuit, une ambulance sous haute surveillance vient procéder à l'échange. L'agent de la DCRI quitte Bégin pour aller se faire soigner sous d'autres cieux et on apporte le corps, que l'on garde dans une chambre surveillée à Bégin. Lorsque la mort de Mona est annoncée, l'affaire se referme d'elle-même. Personne n'interrogera plus Mona Pérec, les journalistes lèvent le camp de Bégin. Et la blessée de la DCRI peut suivre tranquillement sa convalescence sans être inquiétée le moins du monde… La suite, avec la photo prise dans l'ambulance, nous la connaissons puisque c'est nous qui l'avons écrite.

Il fallait maintenant réunir toutes les preuves en leur possession pour au moins déclencher l'appétit de quelques journalistes au sujet de ces mystères. C'était par ce biais, et par ce biais seulement, qu'ils parviendraient à innocenter Nikolaï Stavroguine.

Mais l'esprit de Neil continuait à turbiner à toute allure à propos de l'affaire de 1974. Avec tous ces éléments, et en les recoupant avec les informations que José Aladin avait obtenues d'Ilian Morta à bord de son supertanker en Somalie, il devenait possible de reconstituer la scène du métro, cette scène qui avait eu lieu à la station Alexandre-Dumas. Jean-Baptiste Descimes, fatigué d'être pourchassé pour avoir constaté l'anomalie des groupes sanguins, déprimé de ne pouvoir intéresser à sa cause des journalistes ou même des policiers, se dit qu'il vaudrait mieux mourir ; qu'ainsi, au moins, on le prendrait peut-être au sérieux et que, sous la pression de la presse et du grand public, on rouvrirait une enquête et on placerait Ilian, sa compagne, et Aurore, sa fille, sous protection durant cette période. Alors il se jette sur les voies. Et Destin est là... Coïncidence ? Et si Destin était justement celui qui a organisé toute cette manipulation pour le compte des Brunante ?

Neil allait trop loin dans les conjectures. Mais Destin était là et parvint à sauver Descimes, qui s'en sortit avec des brûlures sérieuses aux paumes...

Tout cela donnait le vertige... Ces correspondances entre le passé et le présent... Cette concordance des temps... Ces mêmes noms qui revenaient tout le temps au centre ou en périphérie de tous ces événements...

Oswald, Neil et le romancier contactèrent Nikolaï aux premières heures de la matinée pour lui exposer leurs conclusions et leurs idées.

Le Russe semblait avoir retrouvé son calme et se montra presque jovial au téléphone. Ils comprirent vite la raison de ce changement.

— La fin est proche, les amis. Ils croient que je ne remarque rien de leur manège, mais ça y est... Ils sont remontés jusqu'au fort de Tamié, et ce n'est pas trop tôt. Probablement qu'Yveblat, ce gros porc de notaire, a fini par cracher le morceau contre des espèces sonnantes et trébuchantes puisqu'il s'en nourrirait jusqu'à en exploser...

Nikolaï précisa les événements qui se déroulaient en ce moment à Plancherine, une petite commune qui se situait au pied du fort.

— Ils ont utilisé des voitures banalisées pour ne pas se faire remarquer, mais les mecs du RAID sont là, armés jusqu'aux dents. Et ils vont attendre la nuit pour me sauter dessus. Busc ne doit pas être loin… Il doit être en train de punaiser des papiers à la con sur ses cartes tactiques, mais c'est moi qui vais les punaiser sur les flancs de la montagne, ces fils de pute… Je leur prépare une bonne surprise, et de taille ! Ils peuvent venir, je les attends… Depuis que j'ai vu les mecs à la panthère débarquer, je suis tout jouasse. Il ne me manquerait plus qu'une bouteille de Zubrowka à l'herbe de bison dans la main droite, le cul bien ferme d'une gonzesse canon dans la main gauche, et je monte au septième ciel direct… Wahou !

Il eut à nouveau son rire de dément.

— Alors, bien, bien, les mecs, et je remercie le littérateur au passage… C'est bon, allez éduquer la presse, allez mettre le nez des journalistes dans la merde qu'ils ne veulent pas remuer de peur de se salir… Et magnez-vous ! Si les premiers soupçons pouvaient sortir à peu près en même temps que l'assaut de Busc, ça serait un timing de folie, ça les mettrait minables comme jamais…

Neil trouva le regain de vitalité de Nikolaï Stavroguine fort à propos. Tout d'abord parce que le Russe allait devoir tenir tête aux forces de l'ordre, et ensuite parce que lui-même avait reçu très tôt ce matin un SMS d'Ilsa qu'il n'avait compris qu'après plusieurs dizaines de relectures.

Aurore = film Dep LA + autres vite

Ce qu'il comprit, c'était qu'Aurore était derrière le film *Toxicité maximale*, et non Destin – premier choc. Qu'Ilsa partait à Los Angeles, contrainte et forcée apparemment, puisqu'elle avait tout juste eu le temps de lui adresser ce SMS laconique – deuxième choc. Et que les autres, soit

Anouar et Zacharie, devaient déjà être de l'autre côté de l'Atlantique – troisième choc. Le message se terminait par un mot qui ne laissait aucun doute quant à l'urgence de la situation.

Aurore était donc vivante. Mais pour quelle raison avait-elle tourné ce film sur eux ? En hommage à son père ? Et pourquoi enlever un par un les Effacés pour les conduire à Los Angeles ? Neil devait parler de tout cela à Stavroguine et lui demander son aide.

— Ouais, ouais, répondit le Russe. Tu me laisses gérer mes petites emmerdes du jour, les trente soldats d'élite qui vont venir cette nuit me trouer la peau, et on en reparle...

Oswald suggéra de rester à Paris pour être le porte-parole de toute l'équipe et présenter les différentes incongruités de cette affaire aux journalistes, à commencer par ceux du *Parisien*, qui restaient sans nouvelles de leur collègue Anne Saroyan et trouvaient sa disparition quelque peu étonnante.

Le romancier, lui, ne souhaitait pas encore entrer sur la scène médiatique et préparait l'effet de surprise de la concordance des deux affaires pour son livre à paraître. Cela servirait aussi la réhabilitation de Nikolaï Stavroguine. Il avait d'ailleurs eu en ligne son éditeur, Yvonnick Denoël, pour lui demander s'il était d'accord pour avancer la date de publication du roman. L'éditeur accepta avec joie.

Quant à Neil, il tenait absolument à être aux côtés de Stavroguine lorsque l'assaut aurait lieu. Il prit le TGV de 17 h 49 à la gare de Lyon qui arrivait à 21 h 30 à Annecy, espérant juste qu'il ne disparaîtrait pas à son tour, à la faveur d'un des nombreux tunnels du trajet.

(36)
COMMUNE DE PLANCHERINE, 8 SEPTEMBRE

Hervé Moine atterrit à l'aérodrome d'Albertville, en provenance de Paris, à 21 h 33 très précisément. Une berline noire banalisée vint le chercher sur le tarmac et quitta en trombe l'aérodrome. Treize minutes plus tard, le patron de la Direction centrale du Renseignement intérieur descendait du véhicule pour s'engouffrer dans l'ancien presbytère de Plancherine, que Busc avait investi avec ses équipes pour préparer l'assaut du fort de Tamié.

Avant de paraître devant le chef opérationnel du RAID, Moine ferma le bouton supérieur de sa veste et rajusta sa précieuse cravate. Lorsqu'il entra dans la pièce plongée dans l'obscurité et pourtant très lumineuse à cause des dizaines d'écrans, les hommes du groupe d'élite lui firent le salut réglementaire, la main tendue, le bout des doigts frôlant la tempe. Moine bénéficiait d'une bonne réputation dans les milieux policiers et militaires, comme son père et son grand-père avant lui. Sa longue traversée du désert, lorsque Étienne Hennebeau était à l'Élysée, avait fait de lui une victime pleine de courage – dans leurs rangs, on appréciait les hommes capables de se relever rapidement d'une blessure, qu'elle soit physique ou d'amour-propre. Moine arriva près de Busc et demanda :

— Il est encore là-haut ?

Ce furent ses premiers mots, sans autre forme d'introduction. Pas même un bonjour, rien. Busc fit celui qui n'avait pas entendu. Après tout, Moine n'était pas son supérieur hiérarchique. En théorie, ils n'appartenaient pas à la même branche du ministère de l'Intérieur, mais, comme dans tout organigramme, il y avait une seule personne qui chapeautait le tout, Marie-Ange Mouret, la présidente de la République. Et on murmurait que, dans cette affaire, elle picorait dans la paume du patron de la DCRI. Aussi Busc se devait-il de faire profil bas. Tout au moins jusqu'à ce qu'il parvienne à appréhender Stavroguine et ses complices. Alors, ensuite, on redistribuerait les cartes. Et il aurait un certain nombre d'atouts en main.

— Oui, il n'a pas bougé, répondit Busc. Au fait, bonjour, Moine.

L'autre ne répondit pas et Busc s'expliqua avec délices cette attitude par l'échec de l'intervention dans la villa de Saint-Raphaël des agents de Moine, lamentablement dominés ce matin par des amateurs américains, à ce que l'on racontait. De plus, il y avait les émeutes qui ne faiblissaient pas, ce multiplexe qui avait brûlé près du métro Cour-Saint-Émilion à Paris, causant la mort de dix émeutiers et de deux CRS. À Montpellier, un rassemblement sur la place de la Comédie, pour réclamer la diffusion de *Toxicité maximale* dans son intégralité, avait dégénéré, entraînant le saccage des huit fresques du grand foyer, ainsi que celui d'une librairie sous prétexte que le libraire aurait déclaré qu'il y avait très certainement mieux, dans ses rayons, que ces pâles aventures, vues et revues, de cinq adolescents justiciers.

Et tout cela, c'était sans évoquer le journal de 20 heures de TF1, ce même soir, qui, dès son ouverture, fit des suppositions lourdes de sens sur le décès étrange de Mona Pérec. L'ancien prêtre, cet Oswald Nissieux que Busc avait croisé lors du débriefing de la prise d'otages, avait commencé à parler dans les rédactions et le feu devait être circonscrit au plus vite ou bien les dommages deviendraient irréversibles, et ce, jusqu'au plus haut niveau de la République.

Aussi Busc, après tout, compatissait-il : la place du patron de la DCRI dépendait uniquement de la réussite ou de l'échec de l'opération que lui s'apprêtait à exécuter.

— Combien d'hommes avez-vous prévu pour l'assaut ? demanda Moine tout en écrivant message après message sur son téléphone portable.

— Vingt-deux dans un premier temps. Deux groupes d'assaut, dont un hélitreuillé et l'autre avec un pool effraction. Et j'ai fait placer des snipers là, là et là.

Busc montrait des endroits sur une carte détaillée de la région, mais Moine ne regardait pas. Il était patron du grand restaurant, lui, il laissait à d'autres le soin de laver les casseroles.

— Des snipers ? reprit Moine. Curieux. En règle générale, les snipers se placent de façon à dominer la scène, en hauteur, et non comme ici au pied du fort.

— Oui, en effet, je vois que vous avez une excellente connaissance de la gestion des tireurs d'élite…

Moine hésitait sur le sens à donner à cette phrase. Était-ce de l'ironie, de la moquerie à propos de la rue Planchat ? Il décida que non et ne rétorqua rien.

— … mais, si vous aviez daigné regarder les positions sur le plan lorsque je vous les désignais, vous auriez vu qu'il s'agit plutôt de couper court à une possible retraite des fugitifs.

— Je vous rappelle que Mme la présidente souhaite arrêter Nikolaï Stavroguine et non recevoir son cadavre à l'Élysée !

Busc se fichait bien de ses paroles. Les politiques et leurs simagrées, il commençait à en avoir par-dessus la tête ! Il était aussi question pour lui de venger un affront, et il était prêt à aller loin, très loin, pour obtenir ce qu'il voulait.

— À quelle heure avez-vous fixé le début de l'attaque ? continua Moine.

— Il est trop tôt pour le dire précisément. Nous allons déjà attendre la nuit noire, puisque mes hommes porteront des lunettes infrarouges. Il faudra juste faire attention à l'hélico, qui ne pourra pas allumer ses phares en approche. Nous voulons vraiment bénéficier d'un effet de surprise. En tout cas, je ne lance pas l'assaut avant minuit.

— Et vous comptez vous rendre au fort avec vos hommes ?

Busc ne releva pas l'insulte. Il était de la vieille école, lui, pas un haut fonctionnaire qu'on nommait là par hasard ou en signe de récompense. Son silence fit office de réponse.

— Et, en haut, demanda encore Moine, que peuvent-ils bien avoir comme moyen de défense ?

Busc haussa les épaules.

— Mais rien, voyons… Ou tout au moins pas grand-chose… Je serais très étonné qu'ils possèdent une grosse artillerie.

— Eh bien nous verrons, conclut Moine.

Et, en effet, ils virent.

(37)
FORT DE TAMIÉ, 9 SEPTEMBRE

Les hommes du RAID reçurent le « Top action » dans leurs oreillettes peu après 0 h 10. L'hélicoptère, un EC145, partit depuis l'aérodrome d'Albertville tous phares éteints et se mit en vol stationnaire au-dessus de la cour intérieure du fort de Tamié environ quatre minutes plus tard. Le groupe d'assaut en descendit grâce à des filins.

D'ailleurs, un malheureux se trouvait à peu près à mi-descente lorsqu'une roquette sol-air sortit comme une fusée d'un orifice aménagé dans le mur du fort pour atteindre de plein fouet l'EC145. L'engin explosa en vol dans un bruit de tonnerre et une flamme gigantesque, jaune orangé, monta dans le ciel de Savoie.

Busc, qui attendait devant la porte principale du fort, était heureusement encagoulé ; ainsi, personne ne put distinguer sur son visage son très grand agacement. L'artificier n'eut aucun mal à poser la charge sur la porte et à la faire exploser. Le plus difficile allait être de pénétrer dans les casemates qui donnaient accès au centre névralgique du fort, en sous-sol, là où se cachaient Stavroguine et ses complices.

Une fois la brèche ouverte, Busc fit signe à ses hommes de courir afin de rejoindre l'autre groupe et d'unir leurs forces.

Mais, une fois dans l'enceinte du bâtiment, ils eurent affaire à un nouveau comité d'accueil. Les quelques statues de marbre que Lev Stavroguine, grand admirateur des femmes, avait installées dans la cour, juste avant l'accès aux casemates, s'animèrent. Les femmes, aux formes généreuses, se tenaient debout dans des positions lascives. Positions qui le devinrent beaucoup moins lorsque les fessiers et les seins de ces dames se soulevèrent pour lancer de courtes mais puissantes rafales de mitraillette.

Trois hommes furent touchés, les autres eurent la présence d'esprit de s'accroupir et de se protéger tant bien que mal derrière des caisses de bois qui traînaient çà et là.

— Busc ?

C'était la voix de Moine, qui était resté en dehors du fort. Que croyait-il, celui-là ? Qu'on allait communiquer oralement avec lui durant toute l'opération et lors de chacune des phases de leur progression ?

— Busc, où en êtes-vous ? La cible est en approche ? Un contact visuel ?

Le chef du RAID n'avait pas envie de répondre.

Il avait déjà cinq hommes blessés, ce qui n'était pas forcément à ranger parmi les meilleurs débuts d'assaut. Il devait avouer qu'il avait sous-estimé les installations du lieu, qui avait été en fait conçu comme une véritable place forte et doté d'un réel système d'autodéfense.

Et c'était compter sans les caisses de bois derrière lesquelles la majorité des policiers d'élite s'étaient dissimulés et qui explosèrent toutes en même temps, blessant au visage et aux bras cinq autres membres du commando d'élite.

— Ils ne sont pas loyaux, rageait Busc. Ce n'est pas une manière de combattre, tous ces gadgets programmés à l'avance. C'est d'un ridicule !

Les mitrailleuses dans les statues reprirent du service dans la foulée, une roquette siffla au-dessus d'eux pour finir sa course au-dessus de l'enceinte du fort, sur un camion heureusement vide qui devait assurer, le cas échéant, une retraite rapide. Toutefois ils n'en étaient pas là...

Busc ne devait pas perdre de vue son but ultime : Stavroguine, qui se cachait dans les tréfonds du fort, après, bien après la porte des casemates. Et, s'il devait n'en rester qu'un pour lui mettre la main dessus, eh bien ce serait lui. Busc appela les secours afin que ses hommes, qui n'étaient cependant pas grièvement blessés, puissent être évacués et hospitalisés rapidement.

Puis Busc rassembla autour de lui ses forces encore en présence et demanda au seul artificier restant du pool de faire sauter l'épaisse porte blindée des casemates, protégée par un code. Cette fois, l'artificier dut placer deux charges et demanda à ses collègues de s'éloigner.

Cinq secondes se passèrent dans un silence où perçaient parfois quelques plaintes des blessés.

Puis la porte s'éventra soudain de haut en bas, laissant une brèche suffisante à l'entrée des hommes-panthères dans la place.

Busc se rua en premier à l'intérieur du fort. Ils n'étaient plus que dix sur vingt-deux.

(38)
FORT DE TAMIÉ, 9 SEPTEMBRE

Mais, dix hommes, c'était déjà bien trop pour mener l'assaut dans ce fort désert où ils ne trouvaient, pour le moment, pas une seule trace de présence humaine le long des casemates et des salles attenantes.

— Les snipers, toujours rien ? demanda Busc, par acquit de conscience.

Au fond de lui commençait à monter la peur, la peur de rater une fois encore l'assaut et de devenir ainsi la risée de la République, et pire encore, insulte suprême, de ne plus être respecté par ses hommes.

— Négatif, répondirent les trois tireurs.

Ils progressaient dans le noir avec une agilité déconcertante grâce à leurs lunettes infrarouges, slalomant entre les piliers comme si les pièces se trouvaient éclairées par des néons.

Et ils continuèrent encore, enfilant des couloirs, traversant des salles, jusqu'à descendre un petit escalier et se retrouver devant une énième porte fermée que l'artificier réduisit en miettes avec une seule charge. Busc était persuadé d'être enfin arrivé dans le centre névralgique du fort où se terrait Stavroguine, et il en eut la confirmation lorsqu'il vit dans la salle suivante, contenant plus d'une vingtaine d'écrans et d'unités centrales, ainsi que plusieurs serveurs informatiques ultra-performants, une silhouette assise sur un siège. Ce n'était certes pas le combat du gentil contre le méchant dont il avait rêvé, mais seul le résultat comptait. Il devait ramener Stavroguine pieds et poings liés devant les quelques caméras de télévision admises dans le périmètre à géométrie variable de la salle du presbytère, à Plancherine.

S'il ne devait y en avoir qu'un, s'il ne devait en rester qu'un dans ce lieu, c'était forcément Stavroguine, qui se cachait là depuis plus de deux jours à présent.

— Ne bouge pas ! hurla Busc en entrant dans la salle, et lève les mains.

Il s'avança, lui en tête, les autres derrière – il était peu de chefs à se mettre ainsi en danger.

— Un geste, une seule touche pressée sur ton clavier, et tu es mort…

Il ne voyait rien de son futur captif, si ce n'était quelques mèches de cheveux éparses qui dépassaient du haut dossier du fauteuil.

Les hommes derrière Busc braquaient tous leurs fusils vers la silhouette, au cas où le type serait armé et, se sentant acculé, tenterait l'impossible.

— Là, tout doux, dit Busc, qui avançait vers le siège.

Il se trouvait à deux ou trois pas de l'homme et ne distinguait toujours rien du visage, tourné vers l'ordinateur, mais il avait la conviction qu'il s'agissait de Nikolaï Stavroguine.

— N'aie pas peur, dit le chef du RAID en lui saisissant l'épaule pour faire pivoter le fauteuil et pouvoir le dévisager.

Mais le plus apeuré ne fut pas celui qui était assis là.

Un vieux squelette aux os jaunis, coiffé d'une perruque défraîchie, le regardait de ses orbites vides. Sa mâchoire tombant affreusement, il semblait les accueillir en riant, tandis que son majeur droit, seul doigt dressé, ne signifiait rien d'autre que toute l'estime de Stavroguine à l'égard de ses hôtes.

[39]
VINGT-SIX MILLE PIEDS AU-DESSUS DE SLIGO, RÉPUBLIQUE D'IRLANDE, 9 SEPTEMBRE

À l'instant même où Claude Busc posait sa main sur l'épaule du squelette au majeur levé, Nikolaï Stavroguine et Neil décollaient depuis l'aéroport du Val d'Aoste, en Italie, à une centaine de kilomètres du fort de Tamié.

Le Russe n'avait pas eu la joie intense d'observer la déroute des forces de l'ordre puisque, dès la nuit tombée, il était parvenu à sortir du fort par un long tunnel souterrain aménagé par son père, qui débouchait non pas au sud mais au nord, près de l'abbaye Notre-Dame de Tamié. Neil, avec un véhicule loué en gare d'Annecy, était passé le prendre au lieu-dit Les Prières, à quelque cinq kilomètres au nord de la forteresse.

Busc, si sûr de son assaut, avait demandé à la gendarmerie de disposer des barrages, mais avait négligé toutes les petites routes de la région. À sa décharge, la tâche aurait été titanesque, étant donné la topographie des environs du fort. Neil s'était fait contrôler, lorsqu'il était en chemin pour rejoindre Nikolaï, à la hauteur de Faverges, sur la départementale 12, et c'est pour cette raison qu'ils utilisèrent certaines des routes les plus étroites et les plus cahotantes de France pour rallier le tunnel du Mont-Blanc, qui, une fois traversé, les fit entrer en Italie. Néanmoins, cette négligence coupable de Busc permit à l'ennemi public numéro un de France de quitter le pays.

Stavroguine aurait été plus à son aise s'ils avaient décollé d'un aérodrome en Suisse – on connaissait son peuple pour sa discrétion et ses libertés vis-à-vis des lois des autres pays.

C'est Neil qui, depuis Vincennes, s'était occupé d'affréter le jet privé dans lequel ils volaient vers Los Angeles à cet instant, sous un faux nom bien évidemment, et usant pour cela d'une des nombreuses sociétés fictives de l'empire Stavroguine. Neil avait dû impérativement trouver un Gulfstream G550, seul petit avion privé disposant d'une autonomie suffisante pour rallier Los Angeles sans escale. Si Nikolaï put arriver incognito dans l'appareil, la voiture l'ayant conduit jusqu'au pied de la passerelle d'embarquement, Neil glissa immédiatement dix mille euros en liquide à chacun des deux pilotes italiens mais aussi aux deux hôtesses transalpines afin d'obtenir leur pleine et entière discrétion à propos de ces passagers quelque peu détonnants.

L'avion privé, loué au vol, était souvent utilisé par des personnalités d'Hollywood préférant les bienfaits de la solitude aux méfaits de la jet-set, pour faire des aller-retour express et sans contrainte entre leur incommensurable chalet de ce magnifique et encore sauvage Val d'Aoste et leur résidence principale de Beverly Hills ou Mulholland Drive. Autant dire que les pilotes connaissaient sur le bout des ailes le trajet de 9 627 kilomètres entre l'unique piste du petit aéroport d'Aoste et le fameux LAX de Los Angeles, où un avion atterrissait toutes les quarante-sept secondes très précisément.

La cabine du Gulfstream, très luxueuse, leur permettait enfin de se reposer. Outre deux coins salons équipés de fauteuils convertibles, l'affréteur avait fait installer à l'arrière de l'appareil un petit espace clos comprenant une baignoire ronde à remous. Espace que Nikolaï alla visiter quelques minutes seulement après le décollage. Et, puisque Neil remarqua qu'il ne restait plus qu'une hôtesse en cabine – et aucune bouteille de vodka –, il pensa que son ami russe avait très certainement eu besoin de la seconde, une blonde platine comme il les aimait, pour l'aider à préparer son bain. L'Effacé en profita pour enfiler quelques nouveaux vêtements achetés en coup de vent à Annecy, car ceux qu'il portait depuis plusieurs jours commençaient à tenir debout tout seuls !

Lorsque Nikolaï se fut relaxé et que son haleine eut retrouvé son degré d'alcoolémie optimal, Neil put enfin avoir une conversation sérieuse avec lui à propos d'Ilsa et de son message lapidaire.

— C'est sûr que ça va être coton de retrouver nos potes avec pour seule indication Los Angeles. Après tout, la ville ne s'étale que sur 1 200 kilomètres carrés, si mes souvenirs sont bons, ce qui ne représente que douze fois Paris... Autant dire du gâteau ! Du cheesecake ! Elle aurait pu au moins t'indiquer le quartier.

— C'est qu'elle n'en savait rien, riposta Neil. Ilsa a dû profiter d'une faille pour envoyer le message, car j'ai essayé de la joindre à plusieurs reprises et bien évidemment son portable ne répond plus. Mais on pourrait peut-être filer à Hollywood. Si Aurore s'est approprié Monte-Cristo Productions, elle devrait se trouver à Hollywood, avec les autres boîtes.

Stavroguine éclata de son rire dément.

— Sans vos oreillettes, c'est plus le même train-train. Ça se voit que tu es mort depuis six mois. Tu n'es pas à la page, mon pote. Maintenant, les studios ont tous déménagé à Burbank, au nord, sauf la Paramount, qui fait de la résistance. Mon père avait voulu s'en payer un il y a trois ans, surtout pour se taper des actrices… Bref, Hollywood, c'est désormais une succession de boutiques, de restaus et de boîtes pour les touristes en goguette qui veulent se faire photographier comme des gros cons devant les empreintes des paluches et des panards de Marilyn… Mais enfin, on se démerdera bien… Déjà, qu'on atterrisse et qu'on arrive sans encombre à LAX… Tu as lu les nouvelles ?

La table rectangulaire autour de laquelle ils discutaient était pourvue de deux écrans tactiles branchés sur Internet. Le Russe désignait justement une de ses tablettes. Neil y lut les gros titres sur le site du *Figaro*.

« Chasse à l'homme », le premier titre, était accompagné de la photo de Nikolaï tout sourire, pour changer. « Qui était vraiment Mona Pérec », le second titre, annonçait une interview exclusive à venir d'Oswald Nissieux, l'ancien confesseur du président Hennebeau, reconverti dans les enquêtes et filatures.

— Si les journalistes n'enjolivent pas comme d'habitude, tous les aéroports et toutes les gares dans un périmètre de deux cents kilomètres autour du fort ont été bouclés… Et surveillance renforcée sur les autoroutes…

Neil haussa les épaules.

— On est huit mille mètres au-dessus de l'océan Atlantique.

— Oui, mais le Busc n'est tout de même pas aussi con qu'il en a l'air. Et, s'il fait éplucher par ses petites mains les listings de départs des aéroports des environs, il finira par trouver notre vol depuis Aoste. Les Ritals collaboreront. Il cherchera l'horaire coïncidant avec ma fuite… Bref, on avisera pour nos amis une fois sur place… J'ai un pote sur le Boulevard, un gosse de riche comme moi, en rupture avec sa famille. Enfin, lui c'est du sérieux, il a même voulu tuer son père plusieurs fois avant de se casser à Hollywood sans un sou, sans rien, pour vivre le grand frisson. Moi, à côté, je suis bon pour finir sous la plume de la Rostopchine[1]. Piotr nous aidera – s'il est encore vivant, s'il ne s'est pas cramé les veines depuis notre dernière conversation... Mais attention, ne t'attends pas à ce qu'on prenne une chambre au Chateau Marmont.

— Je ne m'attends plus à rien, dit Neil.

— Ouais... Parce que, là où vit Piotr, c'est pas vraiment le chic vincennois, tu vois... Il va pas courir au bois tous les matins et acheter sa baguette tradition dans la foulée...

Neil voulut ensuite orienter la conversation sur les révélations à propos de Descimes, son suicide à la station Dumas, puisque cela avait un lien intemporel avec la désignation de Stavroguine en tant que coupable.

— On sait que Destin et Mandragore se sont rencontrés ce jour-là, et que le premier a sauvé le second... Mais alors qu'ont-ils fait ensuite ensemble pour devenir les meilleurs amis du monde ? Et pourquoi cette rupture soudaine en 1981 ? Pourquoi Destin décide-t-il d'enlever Aurore précisément cette année-là ? Tu vois, il nous reste encore beaucoup de secrets à découvrir... Et nous les apprendrons peut-être maintenant de la bouche même d'Aurore.

— Ça me semble pas de toute première urgence, ton truc avec Mandragore. On en reparlera quand on sera sur le bon plancher des bisons...

Ils avalèrent un plat de pâtes réchauffées en guise de dîner et, puisqu'il n'y avait rien de mieux à faire, ils s'endormirent tous deux, comme des agneaux.

Ce fut le copilote qui les réveilla. Alors que Nikolaï grogna un peu, Neil sortit immédiatement de ce sommeil qui lui avait fait un bien fou. Il regarda les deux horloges digitales murales situées au-dessus de la porte du cockpit. Les chiffres

1. Sophie Rostopchine est plus connue sous le nom de comtesse de Ségur.

verts indiquaient l'heure du pays de destination, les rouges celle du pays de départ. Il était 2 h 30 du matin à Los Angeles et 11 h 30 à Milan.

— Dans combien de temps arrivons-nous ? demanda l'Effacé.

— Nous survolons actuellement Mojave National Preserve... répondit le copilote dans un anglais mâtiné d'un fort accent italien.

Neil se pencha vers un des hublots et ne vit rien, bien évidemment, pas même un nuage. Il faisait nuit noire.

— L'atterrissage est prévu dans quarante minutes. Mais il y a un gros problème...

Stavroguine se redressa sur son siège, en alerte.

— On vient d'avoir l'info par les contrôleurs de LAX. La police va nous accueillir dès notre atterrissage. Ils veulent vérifier l'identité des passagers.

Le Russe eut un petit rire sec, cette fois, très nerveux. Il tapa un grand coup sur la table et les deux hôtesses, qui somnolaient, se réveillèrent aussitôt.

— Tu vois. C'est ce que je craignais. Busc et Moine ont fait leur boulot... Et toi qui commençais à m'emmerder avec ton Mandragore... On n'est pas arrivés, mon pote, ça non, on n'est pas encore arrivés dans la Cité des Anges.

(40)
DEUX MILLE PIEDS AU-DESSUS DE LOS ANGELES, ÉTATS-UNIS D'AMÉRIQUE, 9 SEPTEMBRE

Stavroguine n'arrivait pas à décoller le front de son hublot. Il voyait la ville, tout en bas, toutes les lumières de cette mégapole tentaculaire au sein desquelles il aurait aimé se fondre.

— Putain, que c'est beau... Ça a quand même plus de gueule qu'un océan ou une forêt, non ? Ça vit, ça ! Ça grouille !

Le Russe venait de finir la seconde bouteille de vodka. Il semblait presque détendu. Neil regardait par le hublot lui aussi, mais, à l'inverse de son acolyte, il aurait préféré se trouver dans une forêt dense pour s'y cacher. Dans cet avion, ils étaient hautement vulnérables. Les flics, à l'arrivée, ne pourraient pas les louper. Et alors ils devraient dire adieu à leur quête d'Aurore.

— Avant que tu me demandes pour la dixième fois ce qu'on va faire, lança le Russe, je te répète que je réfléchis.

— C'est bien de réfléchir, mais c'est encore mieux de décider...

Stavroguine ricana.

— Hé ! Tu ne vas pas te mettre à faire ton patriarche, hein ? C'est quoi, ça ? *Je* dois décider parce que *je* paie l'avion... Tes bonnes idées sont aussi les bienvenues...

Il s'arrêta, sachant pertinemment que cela ne servait à rien de s'énerver. Ils entendirent la voix du pilote dans les haut-parleurs de la cabine :

« On vient de recevoir l'autorisation d'atterrir sans délai. À cette heure, les pistes sont plutôt claires. Cinq minutes. »

— Cinq minutes avant impact, compléta Nikolaï, qui se grattait le cou, comme pris d'une subite démangeaison. J'ai une super idée, en fait, mais bon, il faudrait se montrer plutôt convaincant avec nos amis pilotes pour qu'ils acceptent... Il y a des parachutes dans ce bout de tôle volant ?

Neil l'ignorait, aussi le Russe alla-t-il à la pêche aux informations auprès de son hôtesse préférée. Il revint trente secondes plus tard avec le sourire, le même que sur la photo diffusée par la presse.

— Bon, allez, viens, on va tenter de convaincre les deux macaronis.

— Mais tu sais sauter en parachute, toi ?

— Et toi ?

— Je l'ai fait une fois, au-dessus du complexe de ton père, à Saint-Jorioz.

— C'est que ça ne doit pas être bien compliqué, alors. De toute façon, il faut le faire près du sol, et pas à dix mille pieds, bien sûr. Viens...

Neil se leva tandis que Stavroguine se dirigeait vers le coin cuisine, qui se situait entre la cabine et le cockpit. Les deux hôtesses le regardèrent, en soupirant, farfouiller dans un tiroir.

Il retrouva Neil devant la porte du cockpit et ils frappèrent ensemble. Personne ne leur répondit ; Nikolaï tourna la poignée, mais les pilotes avaient mis le loquet.

— Mieux vaut ne pas les déranger pendant l'atterrissage, dit l'hôtesse blonde.

— Tu parles, avec le pilotage automatique, les mecs, maintenant, ils pourraient se palucher tout en posant leur zinc...

Stavroguine agrémenta cette constatation distinguée d'un mot non moins raffiné, en russe, à l'intention de la demoiselle. Il recula de quelques pas et, épaule en avant, fonça sur la porte. Celle-ci céda.

— *Siete pazzi*[1] ? hurla le copilote.

Stavroguine entra. Neil préféra quant à lui rester sur le seuil. Par le pare-brise, on commençait à voir très distinctement les deux longues pistes de l'aéroport de Los Angeles, ponctuées de ces mille signaux. Et, au-delà, l'océan Pacifique.

— Fermez immédiatement cette porte et sortez ! reprit l'aviateur, en anglais.

— Difficile de sortir après avoir refermé la porte, constata Nikolaï. Écoutez, je ne vais pas vous mentir. La rallonge que mon pote vous a donnée, c'est parce que je suis recherché par les flics pour un meurtre que je n'ai pas commis.

— On vous a reconnu, avoua le pilote.

— Alors vous êtes d'ores et déjà dans la mouise... constata Neil. On ne vous pardonnera pas si facilement d'avoir pris à bord un type comme Nikolaï. Et si, en plus, on apprend que vous avez touché un dessous-de-table, alors là, c'est le séjour derrière les barreaux assuré...

Le pilote restait concentré sur l'atterrissage en approche. Il dit quelques mots à l'intention de la tour de contrôle. Ce fut le copilote qui répondit à Neil :

— Ça se fait souvent...

— Bel argument, siffla le Russe, qui se grattait encore le cou à se déchirer la peau. Ça se fait souvent, connard, peut-être pour que tu fasses un détour en route pour aller chercher la gonzesse d'un producteur d'Hollywood, mais certainement pas pour prendre à bord l'ennemi public numéro un d'un pays comme la France...

— Partez !

1. Vous êtes fous ?

— J'ai une proposition à vous faire. Quitte à vous faire coffrer, autant avoir en banque de quoi vous assurer quelques bons repas à la prison, quelques sous pour convaincre les gardiens de vous organiser une douche en solitaire de temps en temps… Et puis il y a votre famille, dehors…

— Maintenant, partez ! hurla le pilote en pleine manœuvre.

Dans quelques secondes, les roues du train d'atterrissage entreraient en contact avec la piste.

— Il faut me répondre vite, reprit le Russe. Immédiatement. Un million d'euros chacun, cash. Hôtesses comprises. Un million d'euros pour que vous redécolliez ce putain de Gulfstream, que vous fassiez demi-tour au-dessus du Pacifique et qu'on puisse sauter en parachute, mon pote et moi…

— Vous êtes malades… dit le copilote.

Il y eut une secousse, qui marqua le contact de l'appareil avec la terre. Puis le pilote poussa une manette pour inverser la propulsion des réacteurs. L'avion décélérait.

— Impossible, poursuivit le copilote. Si on redécolle, ils vont croire qu'on a été détournés et qu'on s'apprête à se balancer dans un bâtiment… Ils vont nous envoyer direct des F-16 de l'armée pour nous abattre en vol. Le 11 septembre 2001, ça te dit quelque chose ?

— Une fois qu'on sera dans les airs, tu pourras dire que les pirates sont partis, argua Stavroguine. Je vous propose un million chacun. C'est pas de l'esbroufe. Un million, pour moi, c'est le coût d'une baguette de pain pour toi. Si tu avais tous les flics de France au cul et que, pour leur échapper, ça te coûte juste le prix de quatre baguettes, tu tenterais pas le coup ?

La démonstration avait du sens. Sur la planète, il y avait bien deux sortes d'êtres humains. Ceux qui considéraient l'argent non comme une monnaie mais comme un comestible, ils étaient les rois des rois. Et ceux pour qui un euro avait la valeur d'un euro, ils repasseraient.

Neil commençait à éprouver un sérieux début d'angoisse. L'avion allait bientôt passer en deçà de la vitesse qui leur permettrait de repartir aussi vite qu'il le voulait. Si Zacharie avait été là… L'arrivée aux États-Unis commençait sous les meilleurs auspices !

— Alors ? demanda Stavroguine.

Les deux pilotes se dévisagèrent.

— Alors, c'est non, répondit le commandant. Tu vois bien qu'on est en train de s'arrêter.

Tout alla dès lors très vite. Nikolaï fit un pas de côté et pratiqua une clef de bras au copilote pour le maintenir immobile sur son siège. Il appuyait son avant-bras sur la pomme d'Adam de l'Italien, qui se débattit un peu avant de se calmer.

Stavroguine sortit une fourchette de la poche de son jean et, s'adressant au commandant :

— Si tu ne remets pas les gaz direct et que tu ne fais pas ta putain de manœuvre pour nous faire redécoller, je plante cette fourchette dans l'œil de ton camarade…

Neil resta interdit. Nikolaï ne plaisantait plus.

Les dents en argent de la fourchette titillaient le globe oculaire droit du copilote, s'enfonçant même de quelques dixièmes de millimètre dans l'humeur aqueuse de l'œil.

Ils entendirent tous la voix du contrôleur de l'aéroport qui s'égosillait dans le casque des pilotes.

— Coupez vos micros ! ordonna le Russe.

— *Per favore…* dit l'otage, d'une voix enrouée, presque d'outre-tombe. *Questo ragazzo è completamente stronzo*[2] *!*

— Je te jure que, si tu ne fais pas redécoller cet avion, je plante cette fourchette, maintenant !

2. « S'il vous plaît… Ce mec est complètement taré ! »

Il avait hurlé le dernier mot.

Alors le pilote envoya son casque valser derrière lui et tira la manette des gaz en imprimant un mouvement similaire au gouvernail. Ils étaient à l'extrême limite de l'arrêt. Mais le Gulfstream, un avion plutôt agile, accepta la démarche et il repartit dans les airs de Los Angeles.

Stavroguine jeta la fourchette sur le sol du cockpit et libéra le copilote.

— Tu sais ce qu'il te reste à faire… Demi-tour et rase-mottes aussi bas que possible. On va s'équiper des parachutes, mon pote et moi, et les deux pouffiasses vont nous déverrouiller la porte…

Le copilote, plié en deux dans son fauteuil, toussait à s'en décrocher les poumons.

Les deux fugitifs enfilèrent les parachutes que leur tendirent, tremblantes, les deux hôtesses. Neil donna quelques consignes à Stavroguine pour le grand saut, avant de conclure :

— Laisse-moi te dire que tu es vraiment un sacré barge.

Ils sentirent que l'avion penchait vers la gauche et qu'il tournait donc au-dessus du Pacifique.

— Ça va bientôt être à nous, dit le Russe.

Il demanda à l'hôtesse blonde de déverrouiller la porte.

Mais cette dernière refusa, comme sa collègue. C'était bien trop dangereux. Stavroguine insista, sans succès.

— Laisse, je vais m'en occuper, dit Neil.

Mais Nikolaï avait déjà pris la blonde par les cheveux.

— *Vuoi che te la pianti la forchetta*[3] ?

Neil ignorait que son compagnon pratiquait également la langue de Sergio Leone.

Impuissante devant cet excès de violence, l'hôtesse déverrouilla la porte en se tenant fermement au siège le plus

3. « Tu veux que je te la plante, la fourchette ? »

proche. L'appel d'air fut si violent qu'elle perdit l'équilibre et se retrouva les deux jambes en dehors de l'avion, tenant à la carlingue par la seule force de ses bras. Elle était entraînée au-dehors. Neil fit un pas en avant, puis un autre, prudemment, en s'agrippant lui aussi à différents éléments du Gulfstream. Il parvint jusqu'à l'hôtesse qui hurlait, et lui demanda de lui tendre une main pour qu'il l'aide à rentrer dans la cabine. Mais il était impossible de s'entendre.

— Laisse, ça me fera économiser un million d'euros !

Stavroguine était hilare. Il ajustait son parachute avec des gestes d'habitué qu'il avait certainement vu faire au cinéma.

Malgré leur altitude plutôt faible, l'air qui entrait dans la carlingue était d'un froid absolu. Le copilote sortit la tête du cockpit et hurla quelque chose d'incompréhensible. Neil s'approcha encore du vide et parvint à saisir le poignet droit de l'hôtesse. Il la tira alors et jusqu'à ce qu'elle se rétablisse dans la cabine. La jeune femme s'effondra sur l'épaisse moquette, au bord de l'évanouissement.

Les deux acolytes se regardèrent une dernière fois, à l'orée du ciel.

— C'est quoi, en dessous ? hurla Stavroguine. C'est la mer ou déjà la plage ? Vaudrait mieux la plage, j'aime pas nager.

Neil ne l'avait pas écouté. Il était déjà dans les airs.

Et Stavroguine se jeta à la suite de son compagnon dans les eaux noires du Pacifique.

(41)
GARCHES, 9 SEPTEMBRE

Après avoir tourné devant la gare de Garches-Marnes-la-Coquette, les deux berlines blindées aux vitres teintées s'engagèrent l'une après l'autre dans l'avenue Joffre. Elles avaient quitté le siège de la DCRI, situé rue de Villiers, à Levallois, à 12 h 30 très précisément, et n'avaient plus que quelques centaines de mètres à couvrir pour parvenir avenue Alphonse-de-Neuville, leur destination. Là, et après avoir attendu l'ouverture d'un lourd portail de fer, les deux chauffeurs engageraient leur véhicule respectif dans une petite allée privée boisée qui menait à une maison en meulière, dans une sorte de cuvette, au creux d'un jardin, où il était possible de crier tout son saoul sans se faire entendre de quiconque. Là, les six agents qui encadraient les « colis » à livrer avant 13 heures, sur consigne directe d'Hervé Moine, le grand patron, s'assureraient de n'être vus de personne (la maison était à l'abri des regards depuis la rue et les jardins voisins, mais on ne se montrait jamais trop prudent) et sortiraient les colis.

Voilà pour la théorie.

Maintenant la pratique.

Un petit camion de livraison Monoprix était à l'arrêt, warnings clignotants, en plein milieu de l'avenue Joffre, en face du magasin, gênant les deux berlines derrière lui.

Le chauffeur de la première voiture patienta une trentaine de secondes avant de contacter son comparse par l'intermédiaire de la radio.

— Va pas tarder, dit-il.

En effet, si on partait du principe que tout son chargement se trouvait sur le trottoir, il ne restait plus au livreur qu'à embarquer dans sa camionnette cinq ou six packs de bouteilles d'eau.

— Bien reçu, répondit le conducteur de la seconde berline.

Cela ne servait à rien de klaxonner. Le type faisait son boulot, tout comme lui. D'ailleurs, le livreur lui adressa un sourire lorsqu'il eut fini de charger le dernier pack. Il ne reçut rien en réponse, car il était impossible de distinguer l'intérieur du véhicule en raison du pare-brise teinté.

Le chauffeur, en fait, ne souriait pas, il commençait à s'impatienter, ainsi que l'agent de la DCRI, assis à la place du passager, à l'avant.

— Qu'est-ce qu'il a, ce connard ? grogna ce dernier. Qu'il aille livrer l'eau des mémères, qu'il se casse, sinon on va être en retard.

Mais le livreur fit quelques pas dans la direction de la voiture, comme s'il voulait venir dire un mot au conducteur.

Celui-ci klaxonna.

— Qu'est-ce qu'il nous veut, lui ?

Mais le livreur n'alla pas frapper à la vitre teintée. Il sortit de la poche de son blouson un cylindre qui ressemblait à un shaker, et il le plaça sur une des entrées d'air de la berline, sous les essuie-glaces.

— Qu'est-ce que c'est que ce…

Le chauffeur ne termina pas sa phrase. Le type venait d'appuyer sur un bouton et des volutes épaisses de poudre blanche jaillirent aussitôt par tous les aérateurs du tableau de bord.

— Ferme la ventilation ! hurla un garde du corps, à l'arrière.

Mais il était déjà trop tard. La poudre, propulsée à une pression folle, avait envahi l'habitacle en un jet compact qui ne laissa aucune chance aux passagers. Ils en respirèrent tous et s'évanouirent aussitôt. L'un des agents à l'arrière tenta bien d'ouvrir la porte de son côté, mais la toxine avait fait effet et il tomba à la renverse sur la chaussée plutôt que sur le cuir des sièges.

Avec une parfaite synchronisation, une femme en jean s'était précipitée sur le second véhicule et avait à son tour placé le même curieux cylindre sur une des entrées d'air. Là encore, un agent déverrouilla une portière mais trop tard.

En cinq secondes à peine, les deux chauffeurs, les six agents et les deux « colis » furent neutralisés. Même les passants ne s'étaient aperçus de rien. Quatre hommes surgirent d'un 4 x 4 Nissan garé en double file à l'angle de l'avenue Joffre et de celle du Général-de-Gaulle.

Ils s'emparèrent des « colis » et les déposèrent sans ménagement dans le 4 x 4, qui démarra en trombe en direction de Versailles, avant même que ses deux portes arrière ne soient correctement fermées. Dans la voiture, la seule femme présente sortit rapidement une pochette en cuir de son sac à dos, en ouvrit la fermeture éclair et en déversa le contenu sur son jean. Elle s'empara d'une seringue et en planta l'aiguille avec précision dans un petit pot de verre scellé contenant une solution transparente. Elle aspira puis retourna la seringue, pressa le piston et tapota le tube pour en chasser les éventuelles bulles d'air. Et elle piqua chacun des deux « colis », à tour de rôle, au creux du coude.

Lorsque le premier « colis » se réveilla, il vit un panneau indicateur mentionnant le golf national ainsi que l'aérodrome de Toussus-le-Noble. Il se frotta les yeux, se massa l'intérieur du coude, qui lui semblait engourdi, puis vérifia que le bandage qui recouvrait sa cuisse tenait toujours.

— Qui êtes-vous ?

Personne ne lui répondit.

Elissa haussa les épaules. Au point où elles en étaient, ça pouvait difficilement être pire. Elle prit la main de Mathilde, désespérément muette, dans la sienne pour la caresser.

*

SAINTE-MARIE, ÎLE DE LA MARTINIQUE, 9 SEPTEMBRE

Il n'était pas un vacancier, elle n'était pas une vacancière, et pourtant les deux tourtereaux en donnaient l'impression, lovés l'un contre l'autre, sur une balancelle, un jus de goyave à la main et regardant le soleil se lever avec douceur sur l'océan Atlantique. Un beau petit couple que cette Allemande blonde comme la bière de son pays natal et ce Martiniquais qui était revenu au pays après avoir gagné quelques sous en métropole et qui avait rappelé à l'agent immobilier un fils du pays, devenu un célèbre footballeur malheureusement fauché en pleine gloire.

Leur petite villa, située non loin du bourg de Sainte-Marie, sur les hauteurs qui dominent l'anse Azérot, était leur coin de paradis. Pour rien au monde ils ne l'auraient quittée. Et ils comptaient bien rester là encore longtemps, très longtemps, à ne rien faire d'autre qu'à s'aimer, en compagnie de leur chat Alfred, qui considérait la nature luxuriante des environs comme une renaissance après avoir passé quelques rudes mois à Paris.

D'ailleurs, ils étaient peut-être les seuls sur l'île à ignorer encore à cet instant les émeutes qui se déroulaient à Fort-de-France autour du cinéma Madiana, et qui avaient fait pas moins de onze morts au cours de la nuit, sept du côté des insurgés, quatre du côté des forces de l'ordre. Tous deux étaient les seuls à ne pas connaître encore le début de l'histoire des Effacés grâce à *Toxicité maximale*. Et le couple ignorait tout autant l'assassinat de François Salavin et la traque de Nikolaï Stavroguine, qui allait à présent prendre une tournure internationale avec l'arrivée du Russe à Los Angeles.

Bref, dans cette demeure modeste, on ne voulait parler que d'amour et de jus de fruits frais.

Mais, ce matin-là, rien ne se passa comme prévu. Le soleil avait à peine formé un arc au-dessus de l'océan, à l'horizon, que la jeune Allemande reçut un violent coup de matraque à l'arrière du crâne. Son ami, pourtant leste, n'eut pas même le temps de tourner la tête dans la direction de sa compagne. Il reçut lui aussi un fort coup sur l'occiput et s'évanouit dans la seconde.

Plus tard, lorsqu'ils se réveillèrent, ils se trouvaient dans un avion privé, assis, ou plutôt ligotés, sur de luxueux fauteuils en cuir marron.

— Qu'est-ce que c'est que ce bordel ? hurla José Aladin. Où sommes-nous ?

Anke avait atrocement mal à la tête et elle balbutia une phrase en allemand à propos de son chat.

Une femme, vêtue d'un jean et d'une chemise blanche dont les deux pans étaient noués à l'avant, se pencha à l'oreille du Martiniquais et lui chuchota quelques mots. L'ancien footballeur ouvrit de grands yeux et répondit « Non ! » d'un ton très ferme.

Alors elle lui dit, cette fois à haute voix :

— Ilian est morte.

Et José se tourna vers Anke, l'air plus désemparé que jamais.

— Pardonne-moi, mon amour, lui murmura-t-il. Je crois bien que nous ne sortirons jamais de cet enfer.

(42)
SUNSET BOULEVARD, WEST HOLLYWOOD, 9 SEPTEMBRE

Le saut en parachute avait été une véritable révélation pour Nikolaï Stavroguine. Poussé par les vents, il s'était déporté dans les terres du West Los Angeles et avait atterri sur le trou numéro 7 du Westchester Golf Course, un terrain de golf attenant à l'aéroport, par son côté nord. La concomitance des vents fit que Neil atterrit sur le trou numéro 9, et ils se retrouvèrent rapidement pour sortir du lieu. Est-ce que les autorités de l'aéroport avaient suivi les trajectoires des parachutistes ? Les deux comparses n'en savaient rien. Ce qui était certain, à l'inverse, c'est que le Gulfstream avait fini par atterrir et que les deux pilotes et les deux hôtesses devaient être en train de passer un sale quart d'heure. Aux États-Unis, depuis un certain jour de septembre 2001, on n'aimait plus trop rigoler avec la sécurité aérienne.

Neil et Nikolaï, après plus de vingt minutes, n'avaient toujours pas vu de taxi dans ce quartier résidentiel à cette heure de la nuit. Le Russe finit par en trouver un qui passait nonchalamment près de la station Mobil, sur la Manchester Avenue, à l'angle d'Emerson. Il le siffla, deux doigts entre les dents, et récolta une flopée d'insultes d'un automobiliste arrêté dans son énorme pick-up à un feu rouge.

— Je suis communiste et je t'emmerde, répliqua le Russe.

Neil le tira violemment par le bras pour l'entraîner dans le Yellow Cab qui avait pilé devant eux. Une fois sur la banquette arrière, il fit promettre à Nikolaï, en français, de maîtriser ses nerfs. Ils avaient beau être à neuf mille kilomètres à vol d'oiseau de Paris, il n'en demeurait pas moins que Stavroguine était recherché par Interpol. Son innocence n'avait toujours pas été prouvée. Le Russe promit, même s'il avoua manquer de son carburant favori.

— Tu es aux États-Unis, ici. Il est interdit de boire de l'alcool sur la voie publique.

— Nuance, corrigea Stavroguine. Il est interdit de montrer que tu bois de l'alcool sur la voie publique. Tu peux te pochetronner gaiement, il faut seulement emballer ta bouteille dans du papier kraft et les flics ne t'emmerderont pas. C'est la civilisation des faux culs, ici. Mais bon, je veux bien être sobre pendant le trajet en taxi. Je sais qu'avec Piotr je n'aurai pas affaire à un ingrat.

Neil demanda au chauffeur s'il pouvait se brancher sur une radio d'info en continu. Le type bougonna, mais finit par s'exécuter. Ils entendirent plus de trois flashs sur KNX durant le trajet, dont aucun ne mentionnait ce jet privé qui avait redécollé après avoir roulé sur le tarmac. Cela rassura plutôt Neil, tandis que le Russe n'en avait absolument rien à cirer. Les flics pouvaient bien être en alerte, il s'en fichait royalement. Là où habitait son pote Piotr, les flics n'osaient pas venir même habillés de kevlar des pieds à la tête.

Neil lui fit promettre à nouveau de se tenir à carreau. Il lui rappela qu'ils étaient ici pour aider Ilsa, qui avait appelé à l'aide. Et pour retrouver, accessoirement, Anouar et Zacharie, qui avaient mystérieusement disparu. Tout laissait supposer qu'Aurore, la fille de Jean-Baptiste Descimes, bien vivante, se cachait derrière Monte-Cristo Productions. Et qu'elle avait souhaité réunir les Effacés autour d'elle, en usant de moyens peu communs. Ce énième sermon agaça le Russe. Pour

Nikolaï, sa venue à Los Angeles, comme sa vie tout entière, tenait du jeu. Il avait accepté de suivre Neil pour montrer qu'il pouvait fuir le pays qui l'avait injustement accusé, et non pour répondre au SMS d'Ilsa.

Le trajet vers West Hollywood leur prit vingt-cinq bonnes minutes alors que la circulation de nuit, sur les autoroutes à huit voies qui traversaient la ville, était d'une fluidité exemplaire.

L'air était tiède et Neil descendit sa vitre à moitié pour en profiter. Il s'agissait là de sa première visite dans la Cité des Anges, cité mythique pour tout cinéphile et cinéphage, et il ne perdait pas une image de ce long travelling.

L'adolescent dut déchanter un peu car il trouva la ville laide, faite de constructions basiques, sans charme, une ville qui semblait trop fonctionnelle et entièrement dévolue à la reine voiture. Et, même lorsque le Cab s'engagea sur Santa Monica Boulevard, sa déception persista.

Ils passèrent à Beverly Hills, et ce ne fut qu'une succession de villas tapageuses, d'imitations de manoirs européens. Jusqu'à cet hôtel de luxe, le Chateau Marmont, construit sur une colline et qui dominait le début de Sunset Boulevard de sa masse peu ragoûtante. Il n'avait de château que la prononciation, puisque les autochtones avaient jugé bon d'enlever l'accent circonflexe à son nom. Nikolaï avoua lui aussi détester cette ville américaine, comme toutes les villes américaines d'ailleurs, à l'exception de New York et de San Francisco.

Neil et Nikolaï Stavroguine débarquèrent à 4 h 45 sur le Strip, cette portion du fameux Sunset Boulevard qui traverse le quartier de West Hollywood entre Gower Street et La Brea Avenue, là où les touristes, même à cette heure de la nuit, continuaient à affluer pour se faire prendre en photo devant le Chinese Theatre – cinéma mythique de la ville en forme de pagode où avait lieu chaque année la remise des oscars – et près des étoiles avec les noms du cinéma américain qui ponctuent les trottoirs de cette large avenue.

— Viens, dit le Russe, suis-moi.

Il prit la direction d'un 7-Eleven, un de ces supermarchés ouverts sans interruption, et y entra pour acheter plusieurs paquets de chewing-gums à la cannelle. Il en déballa deux, jeta les papiers sur le trottoir et se mit aussitôt à les mâcher.

— Je t'ai promis de ne plus boire...

Les deux acolytes passèrent devant une dizaine de boutiques de souvenirs qui vendaient chacune la même camelote, et notamment des portraits du président américain, Rick Blaine, sur à peu près tous les supports possibles, du mug à l'assiette en passant par le briquet, et même, prouesse technologique de première importance, sur des préservatifs. Neil remarqua la présence d'un nombre ahurissant de prostituées, qui semblaient exercer leur métier à la vue de tous malgré son interdiction dans l'État de Californie.

— Et encore, ici, c'est du soft. Plus loin, vers le Marmont, tu trouveras même des gamines. Et, sur la fin de Santa Monica Boulevard, des ados de quinze ans tapinent pour gagner de quoi bouffer. Tu pourras en parler avec Piotr si tu veux... Son squat, c'est le repaire des paumés, des mômes d'Amérique qui se barrent de chez eux parce qu'ils détestent leurs vieux et rêvent d'une vie meilleure à l'ombre des palmiers décharnés de Los Angeles. Tu en as qui se pointent de leur Missouri ou de leur Oklahoma natal pour tenter leur chance, pour devenir actrice ou acteur parce qu'ils savent déclamer un monologue de *Roméo et Juliette* par cœur et sans trébucher sur un mot. Ils terminent la plupart du temps à faire de la figuration sur le trottoir... Et c'est pareil pour les apprentis scénaristes ou réalisateurs, ceux qui croient, dans leur verte vallée de l'Iowa, qu'ils vont révolutionner le cinéma avec deux ou trois idées merdiques qu'ils ont eues en tondant leur putain de pelouse... Ils croient encore au rêve américain, mais tu pourras en parler à Piotr, du rêve américain pour les jeunes qui se pointent à Hollywood… Le rêve, pour eux, c'est de ne pas choper le sida dès la première année de leur arrivée. Hollywood a toujours été une ville jumelée avec Babylone, depuis la création de la compagnie Nestor en 1911 jusqu'à aujourd'hui…

Cette tirade l'avait épuisé. Il avait la gorge bien sèche.

Au final, le Strip valait bien moins que sa légende. Il n'y avait peut-être que les montagnes, en arrière-plan, qui parvenaient à donner un semblant de cachet au lieu.

— Je t'avais prévenu, fit Nikolaï d'un ton docte. Une fois encore, les Amerloques ont réussi à gâcher leur belle nature avec leur goût pour le clinquant…

La légende en prenait un coup.

Ils abandonnèrent Sunset et descendirent deux blocs, pour se retrouver sur Fountain Avenue. Stavroguine n'hésitait jamais sur la direction à prendre. Il se rappelait parfaitement où habitait son ami Piotr. Et, en tournant dans une rue, vers le sud, après avoir passé un autre supermarché et un club de strip-tease, ils arrivèrent enfin devant le squat. C'était une grande maison dont les fenêtres de la façade étaient soit brisées, soit recouvertes de planches. La cheminée s'était effondrée et avait atterri sur le porche, qui restait affaissé depuis.

Ils traversèrent le jardin, où ne poussaient que de mauvaises herbes, slalomant entre des papiers et des cartons imbibés de gras provenant des fast-foods du coin.

— Qu'est-ce que vous foutez là ? susurra un type ayant dans les vingt ans qu'ils n'avaient pas vu, allongé dans l'herbe.

Sa tête se confondait avec des pousses de chardon qui jaillissaient dru.

Neil et Nikolaï ne répondirent pas. L'autre leva le bras, comme s'il voulait les empêcher de continuer leur chemin vers la porte, et l'Effacé, en détaillant la peau devenue flasque de son bras, se demanda si ce junkie arrivait encore à trouver une veine libre pour s'injecter sa saloperie de drogue.

Nikolaï avait déjà pénétré dans la maison, en sautant sous le porche dans un trou qui menait directement au sous-sol. Et, lorsque Neil, qui le suivait à distance, l'entendit lancer son cri de dément, il sut qu'il venait de tomber dans les bras de Piotr.

Son ami, qui devait avoir le même âge que lui, lui ressemblait beaucoup. Il avait la même tignasse noire surmontant un visage au teint pâle, les mêmes yeux bleus et des lèvres couleur de corail. On devait déjà les avoir pris pour deux frères. Piotr les fit asseoir autour d'une table basse où étaient réunis, formant un cercle, une bonne vingtaine d'adolescents, à proportion égale de filles et de garçons. Il servit un verre de vodka à son invité, qu'il présenta aux autres comme l'ennemi public numéro un des Français.

— C'est une vedette que nous recevons chez nous ce soir !

Une brunette aux yeux verts se leva et bouscula le camarade assis auprès de Neil pour prendre sa place. Elle présenta à l'Effacé un joint à moitié fumé qu'il refusa. Il essayait de se détendre, mais n'y parvenait pas vraiment. Tous ces adolescents en rupture avec leur famille, dont certains devaient être plus jeunes que lui, étaient un peu à leur façon des Effacés. Et cela le mit profondément mal à l'aise car, contrairement à lui, ces jeunes semblaient avoir perdu tout espoir.

Au grand étonnement de Neil, Stavroguine ne prit pas non plus le Space Skunk, un mélange de marijuana et de cocaïne, spécialité de la maison.

— J'ai promis à mon pote de l'aider et j'ai besoin de garder l'esprit clair... dit-il à son ami russe afin qu'il ne se vexe pas.

— Justement, enchaîna Piotr, qui tirait de grosses bouffées, c'est qui, lui ?

— Oh, je ne te dis rien… Je te laisse plutôt caser ton cul dans un fauteuil de cinéma, pour aller découvrir bientôt les aventures du gus à l'écran…

— *Welcome to Hollywood*, mon frère ! se mit à hurler Piotr.

Et tous reprirent la phrase en chœur.

— Bienvenue dans la ville du cinéma et des apparences ! Là où les palmiers fleurissent même en hiver, là où les villas des starlettes ressemblent à des châteaux en carton-pâte pas même dignes de figurer dans les décors d'un film de série Z. Le quartier historique, à dominante mexicaine, ressemble lui aussi de plus en plus à un parc d'attractions. Vive le rêve américain ! Et dire qu'on en fait toujours des tonnes en Europe en prétendant que le rêve est encore possible ici… Mais il se fait baiser partout, le rêve, dans notre société actuelle, partout on le prend pour l'étrangler, le trépaner, le souiller… Allez, va, il n'y a bien que les créateurs qui doivent s'en sortir encore un peu, parce qu'ils parviennent à s'extraire de la fange en créant leur monde à eux, ou alors ils embellissent le nôtre, ils plantent des branches de jasmin dans un paquet de merde et ils t'offrent le paquet en te disant que ça sentira bon, un temps… Avant que ça fane. Mais, pour les autres, le rêve, ça consiste juste à continuer de vivre en luttant contre l'envie de se jeter du haut du mont Lee, là où se dressent les célèbres lettres blanches qu'on devrait toutes refondre, sauf le L, pour écrire le mot LIE, mensonge…

Piotr donna une grande tape dans le dos de Nikolaï pour exprimer à nouveau sa joie.

— Mais, au fait, qu'est-ce qui t'amène, mon frère ? Tu n'es pas juste venu ici pour me saluer ou pour échapper à la police… Tu n'aurais pas choisi les États-Unis dans ce cas, rassure-moi.

Nikolaï lui expliqua :

— Non, mon pote et moi, on est à la recherche d'une boîte de production qui n'apparaît nulle part dans les annuaires de la profession. Monte-Cristo Productions, ça te dit quelque chose ?

— C'est ceux qui ont produit le film qui parle des émeutes en France, c'est ça ?

Nikolaï approuva. L'information était donc parvenue jusque-là.

— Ça ne m'étonne pas que tu sois mêlé à ce micmac, continua Piotr. Non, ça ne me dit rien. Ça dit quelque chose à quelqu'un ici ?

Personne ne répondit.

— Les jumeaux Brunante, ça ne vous dit rien non plus ? intervint Neil. C'est le nom des fondateurs de la société de prod...

Piotr éclata de rire, un peu à la manière de son ami.

— Mais, dans les années 1970, mes colocataires étaient encore partagés entre l'ovule de leur mère et le spermatozoïde de leur père... Tout comme toi, mon grand.

Il se tourna vers Nikolaï.

— Il faudrait que tu ailles voir un de mes potes qui crèche sur Mulholland Drive. Pas un nabab, hein, il pieute dans une petite cabane en bois. Il est à la retraite maintenant, mais il a bossé à la Producers Guild dans les années 1970. Il connaît peut-être tes types et pourrait te dire ce qu'ils sont devenus... Je te filerai son adresse et ma vieille caisse...

Stavroguine le remercia. Le jeu de piste pouvait commencer.

Deux heures plus tard, tandis que le soleil s'était enfin levé sur la ville, ils prenaient la direction de Mulholland Drive à bord d'une Chevrolet qui ne semblait plus tenir que par la peinture et aussi verte que pouvait l'être une granny-smith en état de putréfaction avancé.

Cosmo Brown habitait bien une petite cabane de bois, coincée entre deux chênes, au détour d'un virage de cette route serpentant dans les Santa Monica Mountains qui dominaient la ville et qui en était en quelque sorte l'épine dorsale. Ce matin, les deux comparses ne purent apercevoir le panorama sur la San Fernando Valley à cause de la brume due à la pollution qui recouvrait la ville.

Leur entretien dura à peine une demi-heure et Brown, un petit homme grassouillet qui mâchonnait déjà un cigare à 9 heures du matin, leur apprit qu'il se souvenait bien, en effet, des frères Brunante. Il les avait conseillés lors de leur arrivée pour rédiger les statuts de Monte-Cristo Productions. Le petit homme se rappelait même que les jumeaux, déjà assez âgés à l'époque, la soixantaine bien tassée peut-être, lui avaient confié avoir subi une grosse déconvenue financière, en France, à cause d'un film qui n'était jamais sorti dans les salles et dont le réalisateur avait souhaité brûler toutes les copies.

— Mais ils avaient encore un paquet de pognon, leur apprit Brown. Leur idée, comme l'idée de tous ceux qui ont débarqué avec du pognon à Hollywood, était de monter une boîte de prod et d'embaucher de bons professionnels pour enfin réaliser leur premier long-métrage… Mais jamais rien n'est sorti sous la bannière de Monte-Cristo, enfin rien avant le film dont on parle beaucoup en France, et je crois bien que les Brunante n'ont même pas investi dans la pierre à Los Angeles…

Il s'agissait là des seules informations qu'il était en mesure de leur délivrer. Ce n'était pas grand-chose, et, d'un autre côté, cela prouvait s'il en était besoin la pertinence de leurs recherches dans la Cité des Anges.

Neil allait se remettre au volant de la Chevrolet quand l'ancien employé de la Producers Guild sortit pour leur dire autre chose :

— Je sais aussi que l'un des jumeaux, impossible de me rappeler lequel, avait de sérieux problèmes de diabète... Je m'en suis souvenu à l'instant. Je ne sais pas si ça peut vous aider... Mon patron en souffrait aussi à l'époque et j'avais indiqué au jumeau souffrant les coordonnées de son médecin, au Cedars-Sinai Medical Center, à Beverly Hills.

Neil nota cette information qu'il ressentit immédiatement comme capitale. Il s'apprêtait à partager son intuition avec Nikolaï, tandis qu'il redescendait Mulholland Drive vers le Hollywood Freeway, quand le Russe reçut un appel de Piotr.

Le régional de l'étape annonça immédiatement la couleur :

— Ne rentrez pas au squat, les flics sont passés après votre départ. Ils vous ont heureusement ratés de peu.

(43)
MULHOLLAND DRIVE, LOS ANGELES, 9 SEPTEMBRE

Neil pila sous le double effet de l'étonnement et de l'inquiétude.

— Des flics du LAPD ? demanda Nikolaï, qui accusait le coup lui aussi.

— Oui, mais accompagnés par des mecs en civil qui parlaient anglais avec un accent français à couper à la tronçonneuse. Les flics savaient que je te connaissais, mais pas d'inquiétude, ils ont interrogé tout le beau monde ici et on leur a tous dit, la main sur le cœur, qu'on ne vous avait jamais vus…

— Ta ligne de portable, elle est sûre ?

— Tu plaisantes, mon frère ! Rien n'est sûr aux États-Unis. Bientôt, à la NSA[1], ils enregistreront jusqu'au nombre de fois où tu tires ta chasse d'eau chaque jour pour connaître en détail l'état de tes boyaux… Mais on se retrouve à l'endroit où on a déjeuné la dernière fois que tu es venu. *Вы помните*[2] *?*

— *Да*[3] *!*

1. La National Security Agency est une agence gouvernementale américaine qui traite, écoute, lit et archive les données téléphoniques et les mails de plusieurs centaines de millions de personnes chaque année aux États-Unis, mais aussi dans l'Union européenne et ailleurs.

2. Tu te souviens ?

3. Oui !

Stavroguine raccrocha.

— On file retrouver Piotr au Counter, à Santa Monica. On n'a pas de GPS mais on va se démerder, *go*…

Piotr les attendait au comptoir de ce restaurant de hamburgers où il était possible de composer soi-même son sandwich préféré à l'aide d'une liste d'ingrédients en tous genres. Il était un peu tôt pour avaler trois cents grammes de viande hachée recouverts de fromage, de sauce et de condiments entre deux tranches de pain, mais Piotr n'avait trouvé que cette astuce-là pour éviter de prononcer un lieu de rendez-vous au téléphone.

— Et, parmi les flics français qui sont passés te voir, est-ce qu'il y en avait un de deux mètres, immense, avec des cicatrices plein le visage et des yeux très noirs ?

— Qui se la joue vieux beau ?

— Complètement, répondit Stavroguine.

— Alors, oui, je crois bien qu'il y était. En retrait des autres, il n'est même pas rentré dans notre squat, il est resté dans le jardin. C'est qui ?

— Claude Busc, le patron du RAID, précisa Neil. L'équivalent du SWAT en France.

La nouvelle n'arrangeait pas vraiment l'Effacé et son compère. Busc avait dû être très réactif pour se retrouver à Los Angeles quelques heures seulement après eux. Et, surtout, la mission devait venir de très haut pour qu'il puisse agir de concert avec les policiers américains sur leur territoire. On pouvait même penser à un coup de téléphone passé par Marie-Ange Mouret à son homologue Rick Blaine. Nikolaï allait devenir l'ennemi public numéro un aux États-Unis également. Le nouveau Clyde Barrow ! Ça allait saigner.

Ils commandèrent tous les trois un café américain, très allongé, et s'installèrent à une table plus confortable, près d'une fenêtre. Nikolaï raconta à son ami leur entrevue du matin avec Cosmo Brown.

— Il faudrait appeler le Cedars-Sinai pour avoir la certitude que le vieux s'est fait soigner là-bas, dit Piotr.

— Ils ne nous répondront jamais au téléphone, objecta Neil. C'est le genre d'information confidentielle qu'on ne communique qu'à la famille, et encore…

Piotr insista :

— Et tu ne pourrais pas te faire passer pour un type de la famille ? Après tout, avec ton accent français, ça pourrait le faire.

Neil hésita puis finit par accepter de tenter le coup. Ils sortirent sur le parking encore désert du restaurant et se mirent d'accord sur les propos à tenir. Son grand-oncle dont il a perdu la trace est-il encore suivi dans votre établissement, s'il vous plaît, madame…

Ce fut un monsieur qui lui répondit. Et non des plus commodes.

— Il faudrait passer à l'accueil et prouver votre identité. Nous ne délivrons aucune information de ce genre par téléphone.

Neil insista, caricaturant son accent français pour paraître plus légitime encore.

— Mais, au moins, dites-moi juste si mon grand-oncle est encore suivi chez vous…

Il sentait que son petit numéro prenait. Son interlocuteur était en train de pianoter sur son ordinateur.

— Mais il a eu quatre-vingt-dix-neuf ans le mois dernier, votre grand-oncle ! Avec ses problèmes de diabète, et sans vouloir jouer les oiseaux de mauvais augure, j'ai peine à croire qu'il soit encore vivant…

— Il n'est plus suivi chez vous, alors ? insista Neil.

— Il faudra venir, monsieur, pour en savoir plus.

L'Effacé n'en tira plus un traître mot.

— Eh bien on va venir, alors, dit Piotr.

Le Russe avait un plan.

Au milieu de l'après-midi, précisément à l'heure où les équipes médicales et administratives se relayaient, les vingt junkies, managés par Piotr en personne, débarquèrent comme un seul homme à l'accueil du Cedars-Sinai, le centre hospitalier réservé aux stars et aux habitants très aisés de Los Angeles, situé en plein Beverly Hills. Il en résulta une pagaille monstre au service des admissions, et cela permit à Neil de prendre possession d'un bureau vide afin de glisser le maximum d'informations à propos du jumeau Brunante sur sa clef USB. Nikolaï, par mesure de précaution, était resté à Santa Monica, et se promenait certainement sur Venice Beach à l'heure qu'il était.

Les troupes de Piotr firent un excellent travail, et même les vigiles appelés en nombre – Neil en compta une vingtaine au plus fort de la crise – ne parvinrent que très difficilement à déloger ces adolescents qui, même s'ils étaient vraiment malades, n'avaient rien à faire dans cet hôpital de standing, selon le directeur adjoint de l'établissement venu supporter l'insupportable.

Neil remercia le Russe à la sortie de l'établissement. Tout s'était parfaitement déroulé.

— Bah, c'est qu'on commence à avoir de l'expérience lorsqu'il faut foutre le bordel… On descend souvent dans des boîtes de strip-tease de West Hollywood qui n'hésitent pas à embaucher des mineurs… Et on est plus efficaces que les flics, crois-moi. Après notre passage, les boîtes ont bien du mal à rouvrir…

Lorsque Piotr et Neil retrouvèrent Nikolaï à Venice Beach, l'ennemi public numéro un surfait sur Internet au sein d'une librairie très accueillante, sous une grande verrière, où des chats se doraient la pilule entre deux rayons.

— Ça chauffe à Paris ! s'enthousiasma Nikolaï. Le défroqué a fait du bon boulot… *Le Figaro* a publié votre enquête, ainsi que deux autres hebdomadaires dans des numéros spéciaux. Les émeutes prennent de l'ampleur et ne se cantonnent plus aux cinémas. Le public réclame maintenant un nouveau film à propos de l'affaire Mona Pérec ! La Mouret n'a pas fini d'en voir ! Bientôt, elle vous maudira pour l'avoir sauvée des pattes de Destin sur l'île du Prince.

La vérité était en marche, pensa Neil, et rien ne l'arrêterait. Ils étaient en train de réussir la première moitié de leur mission. Il restait la seconde : faire toute la lumière sur Monte-Cristo Productions et retrouver les Effacés. Cette société et les jeunes gens étant intimement liés, sans le moindre doute possible à présent.

Stavroguine ferma le navigateur et donna un billet de cinq dollars au libraire.

— Et vous, ça a donné quoi au centre médical spécialisé dans le botox et la silicone ?

Neil lui résuma ce qui se trouvait à présent sur la clef USB.

— Les Brunante sont, semble-t-il, restés très peu à L.A. Le centre médical a transmis le dossier au Nye Regional Medical Center de Beatty en novembre 1977.

— Beatty ? répéta Nikolaï. Connais pas… C'est en Californie ?

— Non, dans le Nevada, corrigea Piotr. C'est une des portes d'entrée de la Vallée de la Mort… Par contre, si vous souhaitez vous y rendre, je vous conseille de laisser ma Chevrolet au garage et de louer une caisse avec la clim. Il fait 45 degrés à l'ombre là-bas, et ça peut monter au-delà des 50… En général, on dit aux touristes de ne pas sortir de leur bungalow réfrigéré ou de la piscine entre 9 heures du mat' et 9 heures du soir s'ils veulent rester en vie... Et ce ne sont pas des légendes.

Qu'est-ce que les jumeaux Brunante, âgés et dont l'un était malade qui plus est, étaient allés faire dans la Vallée de la Mort ?

Le jeu de piste continuait.

(44)
DANS UN ENDROIT INDÉTERMINÉ…

Lorsque Ilsa se réveilla, sa première envie fut de se rendormir aussitôt. Elle ne se souvenait plus de rien depuis cet instant où, dans la villa Frame, sur la Côte d'Azur, elle avait ressenti une vive piqûre sur l'épaule droite et avait juste eu le temps d'apercevoir une petite fléchette hypodermique fichée dans sa peau. Avant cette dernière agression, elle n'avait revu ni Aurore ni Ilian. Et là, elle se trouvait allongée sur un plancher de bois peint en vert. Devant elle, à hauteur de son visage, un écran était allumé, un écran LED d'une vingtaine de pouces, plutôt petit pour les standards du moment. Et, sur cet écran, elle se voyait, étendue sur le sol.

Son épaule était encore endolorie et elle vit, à l'endroit où avait pénétré le projectile, une petite croix en relief, toute violacée.

Ilsa se leva pour découvrir son environnement immédiat. Elle était prisonnière d'un cube aux arêtes d'une dizaine de mètres, dont les six faces de bois étaient de cette même couleur verte presque fluorescente, avec, pour seul ameublement, cet écran qui retransmettait chacun de ses gestes.

L'adolescente s'approcha de l'écran, car elle se voyait à présent marcher avec en toile de fond la Skyline de New York d'où émergeaient les flèches du Chrysler et de l'Empire State Building. Pourtant, elle était toujours prisonnière du cube vert. Soudain, une nouvelle image se composa. L'Effacée était toujours visible, mais, au lieu de se trouver à New York, elle était aux abords d'un cimetière qu'elle reconnut immédiatement comme étant le cimetière marin de Saint-Tropez, près de la plage des Graniers, là où ils avaient rencontré Nikolaï Vsévolodovitch Stavroguine pour la première fois. Elle se vit marcher devant l'enceinte du lieu. Elle parvint à se souvenir du vent doux qui soufflait alors sur la côte et du parfum de Zacharie qui était venu lui voler un baiser, devant des bouquets de genêts, tandis que Neil marchait quelques pas devant.

Elle voulut sortir de ce cube et donna de violents coups de poing sur les parois vertes.

— Ouvrez-moi ! hurla-t-elle. Ouvrez !

Elle n'était pas dans un cauchemar, absolument pas, elle était réveillée, elle n'avait jamais été aussi réveillée que maintenant, aussi désorientée également. Devenait-elle folle après tous les événements de ces derniers jours ? Ou bien était-ce cette balle de revolver qui pesait sur son cerveau et lui détraquait la conscience, après avoir failli la tuer le jour où Destin avait fait abattre ses parents, et que Nicolas Mandragore n'était pas parvenu à extraire ?

Elle retourna vers l'écran, et sa chambre de la villa de Chevreuse apparut à l'image. Elle se trouvait dans cette pièce où elle avait embrassé Zacharie pour la première fois, dans la villa à présent détruite de leur mentor, et pourtant, en faisant un pas à droite, un pas à gauche, elle avait l'air, sur cet écran, de déambuler dans sa chambre de manière tout à fait naturelle.

Alors, Ilsa comprit tout.

Et elle sut que la fin approchait.

(45) BEATTY, ÉTATS-UNIS D'AMÉRIQUE, 9 SEPTEMBRE

Neil loua une Cadillac Escalade, puissant 4 x 4 tout confort, dans une agence sur le Strip, utilisant pour ce faire une des fausses pièces d'identité que leur avait forgées en son temps Nicolas Mandragore, ainsi que cette fameuse carte de paiement au crédit illimité.

Ils passèrent six heures sur la route à parcourir les trois cent vingt miles de distance pour rallier Beatty, dans le Nevada. Neil, qui conduisit d'une seule traite – prudemment, il n'avait pas inscrit son acolyte en tant que second conducteur –, respecta scrupuleusement les limitations de vitesse d'abord sur l'Interstate-15, puis sur la CA-127, aussi appelée Death Valley Road, où ils bifurquèrent au niveau de Baker, toujours en Californie.

Il était 21 heures passées quand Neil arrêta le 4 x 4 sur le parking du Nye Regional Medical Center et coupa la climatisation qui soufflait à fond depuis leur départ de Los Angeles. Lorsqu'ils posèrent leurs pieds sur le bitume brûlant, ils eurent l'impression de griller instantanément.

— Putain de clim, maugréa Nikolaï, ajoutant le système de climatisation à la longue litanie qui avait concerné, tout au long du parcours, les routes américaines, les villes américaines, la végétation américaine, le ciel américain et, *last but not least*, les habitants de ce pays cher à son cœur, toujours avec ce même substantif grossier accolé devant.

Beatty semblait être la quintessence même de la bourgade paumée au beau milieu de nulle part. On y voyait du sable, du bitume, des voitures, des caravanes et des maisons. Il y avait la rue principale, appelé Main Street, dont rien que le nom était un chef-d'œuvre d'imagination et d'originalité, puis quelques voies perpendiculaires, parallèles ou bien en diagonale, la courbe, certainement jugée trop peu fonctionnelle, voire dangereuse, devait apparemment être proscrite dans les plans d'urbanisme de ce...

— Putain de pays !

Le Russe se dirigea vers un distributeur de boissons et y introduisit quelques pièces. Une canette d'un soda à la couleur orange phosphorescente tomba dans le fond du distributeur. Il but le tout au goulot puis jeta la canette vide dans un des fossés du parking.

— Je me la joue local, dit Stavroguine. Je salope la nature que Dieu m'a donnée.

Neil commençait à se lasser de l'antiaméricanisme primaire de son acolyte, même s'il partageait un certain nombre de ses points de vue sur le sujet. Il trouva un panneau, à la sortie piétonne du parking, où il lut que les visiteurs n'étaient pas admis au centre après 20 heures.

— Il est trop tard pour se rendre à l'accueil, dit Neil tout en s'étirant. Je propose de réserver une chambre dans un motel et on se pointera demain matin de très bonne heure.

La chemise de Stavroguine était déjà trempée de sueur. Le contact du tissu mouillé contre sa peau n'arrangeait guère son humeur.

— Tu plaisantes ? J'ai pas envie de passer une nuit dans ce bled. Alors tu y vas direct, et tu rejoues le neveu éploré à la recherche de son grand-tonton...

— Si ça fonctionne comme au Cedars-Sinai en première instance...

Mais Neil tenta tout de même le coup et il débarqua dans le petit centre hospitalier, qui n'avait absolument rien à voir avec celui de Los Angeles. Il était au Cedars-Sinai ce que la tour Eiffel était à son porte-clefs *made in China*.

La grossière structure en béton de deux étages s'étendait sur un bloc entier et la peinture écaillée de la façade laissait craindre la vétusté des installations à l'intérieur de l'hôpital. Neil trouva facilement l'accueil, que gardait un Afro-Américain aux cheveux courts et à la moustache épaisse. Il lisait un magazine traitant des nouveaux modèles de caravanes sortis sur le marché. Quand on a la passion...

— Excusez-moi, l'interrompit Neil.

L'autre lui demanda ce qu'il voulait sans lever les yeux de son magazine. L'Effacé débita alors son petit discours à propos de son grand-oncle Brunante qui était diabétique et qu'il avait perdu de vue. Il savait qu'il habitait dans le coin et tenait à venir l'embrasser – il lui manquait tant.

Le type n'entendit qu'un seul mot dans la phrase.

— « Le » Brunante ? demanda-t-il, cette fois en levant les yeux.

Neil tenta de masquer sa joie de se penser tout près du but.

— Vous le connaissez ?

— Vous croyez qu'on accueille beaucoup de vieux millionnaires français à la retraite ici ? Beatty, c'est pas la « Rivière ».

Il devait vouloir dire la Riviera.

Le type tapa un mot sur le clavier de l'ordinateur et consulta ensuite son écran cathodique.

— Sa dernière visite dans nos services date de mai dernier.

— Et vous pouvez me communiquer son adresse ?

— S'il ne vient plus, c'est qu'il doit avoir déménagé. Quand on suit une dialyse, comme lui, on ne coupe pas les ponts du jour au lendemain avec son médecin traitant.

— Il a peut-être tout simplement changé d'hôpital...

Le réceptionniste pouffa.

— Mais oui, comme ça, au lieu de faire cinquante miles sous le cagnard chaque jour, il en fera cent cinquante...

Cinquante miles. Une indication déjà.

— Impossible, et puis, si le patient avait changé d'établissement, on aurait transféré le dossier. Et là, il se trouve toujours ici... J'ai bien peur que les nouvelles ne soient pas bonnes...

— Soyez cool, reprit Neil. Que risquez-vous ?

— Vous m'avez dit être son petit-neveu ?

Ce qui signifiait en langage codé : êtes-vous, comme lui, riche à millions ? Mais le téléphone du standard sonna et une longue conversation commença entre le type et son interlocuteur, conversation absolument passionnante à base de *« yeah »*, *« no »* et du mot commençant par un *f*, équivalent anglo-saxon de celui cher à Nikolaï.

Lorsqu'il raccrocha, le type se contenta de tourner le magazine sur les caravanes vers Neil et de tapoter du doigt la photo d'un affreux cube percé de fenêtres et monté sur roues. Le prix y figurait aussi : 8 500 dollars.

Il ne pouvait être plus explicite.

— J'espère que vous avez l'évacuation des eaux usées pour ce prix-là ? ironisa Neil, qui eut à se triturer les méninges pour formuler cette question dans un anglais correct.

Bon, c'était un moindre mal. Dans ces circonstances, mieux valait tomber sur quelqu'un de particulièrement cupide que de profondément intègre.

— Je n'ai pas cette somme sur moi, dit l'Effacé.

L'autre pouffa à nouveau.

— Je ne vous en demande pas tant pour une adresse. Mille cinq cents dollars et je vous laisse lire sur mon écran pendant que je vais me chercher un café.

Neil sortit de l'hôpital et demanda au Russe s'il avait cette somme en liquide. Stavroguine était parti du fort de Tamié en emportant dans un portefeuille holster quelques grosses coupures stockées dans les lieux par son père, très prévoyant.

— Quelle raclure ! dit-il en tendant quinze billets de cent dollars à Neil.

Le marché fut conclu. Aussi simplement que cela. Et, s'il était trop tard pour prendre la route, le parc national de la Vallée de la Mort économisant sur les frais d'éclairage, ils partirent le lendemain matin à 5 heures en direction du Scotty's Castle où était curieusement domicilié le jumeau Brunante.

Cela n'avait au fond rien d'étonnant. Ce château aux murs beiges et au toit de tuiles rouges, qui tenait plutôt de la hacienda dessinée par Walt Disney, était la seule véritable demeure digne de ce nom dans la Vallée de la Mort – aussi étendue pourtant que toute l'Île-de-France. Construite dans les années 1920 pour un assureur de Chicago, la demeure avait été rapidement le lieu de vie de Scotty, un rat du désert, une sorte de conteur de la ruée vers l'or qui parvenait à fasciner les foules avec ses histoires réelles ou imaginées, et qui était parvenu plus précisément à fasciner l'assureur et sa femme. Ces derniers lui avaient rapidement cédé la jouissance du domaine, auquel il donna son nom. Au royaume des chercheurs d'or, les millionnaires sont des rois. Comment les Brunante avaient-ils fait l'acquisition du lieu ? Cela, Neil ne le trouva pas dans les entrailles de son téléphone portable.

Il était 7 h 20 du matin lorsqu'ils se garèrent devant la propriété, qui semblait laissée à l'abandon. Le soleil était déjà là, régnant seul sur le ciel, et le thermomètre de la Cadillac indiquait 92 degrés Fahrenheit[1]. Une grande pancarte avait été apposée sur la paroi d'un puits, qui se situait à gauche de l'ensemble. On pouvait y lire, pour décourager les touristes : *« No visit »*.

Neil et Nikolaï firent le tour du domaine et découvrirent les jardins, à l'arrière, et une sorte de mini-oasis où une demi-douzaine de palmiers tentaient de survivre. Cet endroit sentait la mort.

— Je crois qu'on va encore l'avoir dans l'os, pesta Nikolaï. Ce n'est pas ici qu'on a des chances de vérifier les comptes de Monte-Cristo Productions.

Mais Neil n'était pas prêt à partir comme cela. Les jumeaux Brunante étaient arrivés là après avoir quitté Los Angeles en 1977. Et le jumeau malade avait abandonné sa dialyse voilà quatre mois.

Ils avaient donc résidé dans ce lieu plus de trente-cinq années de leur vie. Ce n'était pas possible de ne rien y trouver.

— Tu comptes enfoncer les portes pour aller visiter l'intérieur ? demanda le Russe. Imagine que le truc soit relié à un système d'alarme d'une société privée. Si on se fait choper ici, tu m'expliqueras les probabilités d'échapper à une course-poursuite.

Il désigna la seule et unique route, désespérément plate. On distinguait resque le village de Beatty depuis l'endroit où ils se trouvaient !

— Quant à une fuite à pied par les monts et les plaines… Ce seront les vautours qui nous attraperont !

Neil ne répondit pas, n'eut pas même un regard pour son compagnon. Depuis quelques minutes, il s'intéressait au début d'une piste étroite qui démarrait depuis l'arrière du Scotty's Castle en direction de l'ouest. Était-elle praticable

1. 33 degrés Celsius.

en voiture ? Il ne savait le dire. Elle semblait à certains endroits très étroite, notamment lors d'une montée à flanc de colline, cinq ou six cents mètres plus loin. Il était impossible de voir plus loin. Ensuite, la vue de Neil, pourtant excellente, décrochait.

— On va suivre ce chemin avec la Cadillac.

— Tu es fou, dit Stavroguine. Mais j'aime ça.

— Il se dirige grosso modo vers le Ubehebe Crater, précisa l'adolescent qui avait déplié une carte volée le matin même au motel.

— On n'a pas d'eau. Pas grave. Si la voiture se renverse et qu'on ne meurt pas, on fera comme les soldats de la Grande Guerre, dans les tranchées…

Neil préféra ne plus se souvenir de ses cours d'histoire pour éviter de se figurer la scène.

Ils montèrent tous deux dans le gros 4 x 4. Neil prit le volant tandis que Stavroguine poussait la climatisation à fond en pestant.

Ils roulèrent ainsi environ trois kilomètres, passant de petits cols, retombant dans la vallée. Tout n'était que désert. Lorsque la piste se termina assez abruptement, au pied d'une colline, Neil coupa le moteur et souhaita continuer à pied, juste pour voir ce qui se trouvait derrière la colline, au cas où. Stavroguine l'accompagna.

Ils sentaient la morsure du sable incandescent à travers les semelles de leurs baskets. Il régnait un silence absolu, surnaturel. Un petit lézard courageux traversa devant eux lors d'une de leurs courtes pauses. Ses quatre pattes griffues qui arpentaient le sol avec assurance faisaient le même effet qu'un concert de klaxons, un soir de semaine, sur la place de la Concorde.

Plus que quelques mètres et la colline dévoilerait ses trésors cachés. Ou ne dévoilerait rien.

Ce fut l'Effacé qui découvrit en premier la vallée encastrée plus bas, cachée au monde par d'autres collines et monts sur tout son pourtour.

La vallée n'était pas déserte.

Et ce qu'ils découvrirent alors les laissa pantois. On aurait dit qu'un démiurge avait arrêté la pellicule sur une image fixe.

(46)
VALLÉE DE LA MORT, ÉTATS-UNIS D'AMÉRIQUE, 10 SEPTEMBRE

Neil et Nikolaï découvrirent ce qui se cachait au creux de cette vallée minérale, au sol de sable et de cailloux. Cinq hangars en tôle étaient disposés autour d'un lac asséché au milieu duquel se trouvait une île. Et sur cette île un château, un vrai celui-là. Ou tout au moins la reproduction d'un célèbre château français situé au large de Marseille et immortalisé dans une des plus grandes œuvres de la littérature mondiale. Le château d'If. Le château d'If, menaçant même en plein désert, avec ses deux énormes tours rondes et le donjon qui le coiffait.

Le lieu où Edmond Dantès avait été emprisonné pendant vingt années pleines avant d'en sortir, riche des secrets de l'abbé Faria.

Bien évidemment, les deux acolytes se devaient d'explorer cette construction grandeur nature. Ils s'y précipitèrent, en descendant dans le lac asséché. Mais les accès au château étaient tous fermés et ils durent rebrousser chemin. Ils étaient terriblement déçus.

Alors ils forcèrent l'entrée du hangar le plus proche et découvrirent des centaines et des centaines de costumes d'époque, du XIXe siècle, couverts d'une poussière claire, des perruques également, ainsi que des postiches de toutes sortes, et des accessoires, des épées, des pistolets, des explosifs, aussi, pour assurer les éventuels effets spéciaux, et une calèche, plusieurs, même, que Nikolaï découvrit au détour d'une plantation entière d'arbres aux feuilles en tissu.

— Je crois que j'ai trouvé plus barge que moi avec ces jumeaux. Construire ça ici, et tourner leur bordel sans que personne vienne jamais à s'en apercevoir, ils ont dû verrouiller sec le truc... Ça devait se voir depuis Google Earth, leur vallée... Ou alors c'est qu'ils ont graissé la patte de ceux qui assurent la transmission des images par satellite pour les gommer... Et les rangers du parc ont dû toucher un sacré pactole pour fermer leur gueule et ne rien dire aux autorités...

— Pas de doute, constata Neil, au comble de l'excitation. Nous venons enfin de trouver les studios de Monte-Cristo Productions. Et je commence à saisir le grand projet des jumeaux Brunante : réaliser une adaptation du roman de Dumas, le roman préféré de Nicolas Mandragore...

— Sauf que ce n'est pas ici qu'a été tourné *Toxicité maximale*... Il n'y a aucun décor moderne, le site a été conçu pour un film en costumes...

Le film de toute une vie. Le film à la réalisation duquel les jumeaux Brunante avaient passé leur existence entière. Mais l'avaient-ils terminé, au moins ?

Les quatre autres hangars livrèrent leurs secrets l'un après l'autre. Ils contenaient chacun la reconstitution d'un décor nécessaire à l'adaptation du roman de Dumas sur grand écran. Une luxueuse salle de bal que pas même les années passées n'étaient parvenues à rendre obsolète, tout un quartier de Paris avec tout ce que cela supposait de clichés – le salon d'un barbier, un kiosque à journaux, un boulanger, un boucher et le reste. Et, dans le hangar suivant, ils trouvèrent une autre rue, cette fois à Rome puisqu'un bout du Colisée avait été peint sur une grande toile dans le fond du décor. Le dernier était dévolu à diverses reconstitutions, adaptées à différentes saynètes : une vieille auberge de campagne au plancher de bois vermoulu, ainsi que plusieurs intérieurs bourgeois meublés comme il se devait au XIXe siècle, sans la moindre faute de goût ni le moindre anachronisme.

Et, devant chacun de ces décors, Neil et Nikolaï trouvèrent encore les caméras disposées selon les différents angles choisis par les réalisateurs, les spots d'éclairage et les fauteuils pliants des acteurs et des actrices, ceux des Brunante aussi, devant la rue de Paris, dont le nom était imprimé en grand sur le dossier de toile. On aurait dit qu'il aurait suffi d'enclencher une bobine vierge sur l'appareil, de rétablir l'électricité et tout aurait été en mesure de reprendre vie.

Il y avait jusque-là des villes fantômes dans l'Ouest américain. Il y avait à présent un studio fantôme, celui de Monte-Cristo Productions.

Les jumeaux n'y étaient plus, pas plus qu'Aurore, Ilsa, Zacharie et Anouar. Mais Neil savait qu'ils avaient fait là une découverte capitale. Et qu'ils se trouvaient forcément sur la route vers la dernière séquence de leurs aventures.

Neil s'offrit à nouveau un tour du propriétaire, persuadé d'être passé à côté d'une multitude de détails qui pouvaient avoir leur importance. Stavroguine, subjugué, était sur ses talons. Il trouvait lui aussi que ce lieu tout à fait improbable avait un charme fou, un cachet comme nul autre.

Le besoin d'eau commençait à les hanter, mais leur soif de découvertes était plus forte que tout. Derrière l'avant-dernier hangar, ils découvrirent un tunnel creusé dans le sol et qui semblait se diriger vers le nord-ouest. Après une rapide mise en perspective, Neil supposa qu'il s'agissait là de l'accès au château d'If. Ils s'engagèrent sans crainte dans le trou et marchèrent à peine trois minutes avant de remonter à la surface grâce à une échelle de fer rouillé. Là aussi, l'intérieur du château d'If, que Neil avait tenu à visiter avec sa mère lorsqu'il était devenu fou du roman de Dumas, à onze ans, était reconstitué avec une exactitude exemplaire. Des caméras et des spots y étaient disposés un peu partout, près des cachots notamment, où avaient dû être tournées les scènes avec Dantès et l'abbé Faria. Nikolaï, qui entreprit de pénétrer plus avant dans le donjon, y découvrit même une dizaine de vieux cercueils qui avaient probablement servi au tournage de la scène de l'évasion. Et, comme dans le vrai château, il était impossible de s'en échapper à moins d'emprunter les portes, toutes verrouillées, ou le tunnel.

Ce fut précisément lorsque le Russe quitta le donjon qu'ils entendirent le premier hélicoptère arriver. Ils se réunirent tous deux au centre de la cour du château et scrutèrent le ciel. Un point noir puis un autre se composèrent, et le bruit des pales se fit plus distinct encore. Les deux engins se dirigeaient vers les studios Monte-Cristo à grande vitesse.

— Viens, dit Neil, qui, s'il réussissait ce qu'il allait entreprendre, aurait une bien belle histoire à raconter à ses petits-enfants auprès du feu, l'hiver.

— Busc nous a retrouvés, brama Stavroguine, fou de rage.

— Aie confiance en les forces de l'imaginaire, mon ami, souffla Neil.

Et, sur cette phrase bien mystérieuse, l'Effacé disparut dans le donjon.

Il n'y avait pas une seconde à perdre.

(47)
PALAIS DE L'ÉLYSÉE, PARIS, 10 SEPTEMBRE

La nuit tombait sur le jardin du palais. C'était, pour Marie-Ange Mouret, un jour de plus où elle n'était pas parvenue à reprendre la main, et un jour de moins qui la rapprochait d'un fiasco programmé.

Tout à l'heure, elle avait reçu son petit-fils pour le goûter. Mais cet aparté familial n'avait pas réussi à lui arracher un seul sourire. Pire encore, elle avait fondu en larmes dans le jardin en découvrant un canard mort flottant sur l'eau croupie du bassin, les deux palmes en l'air.

Cela avait, au contraire, follement diverti le petit garçon, qui se serait bien amusé à plumer le volatile ou à le faire éclater en sautant à pieds joints dessus, juste pour voir si son estomac sort par le flanc ou par le bec.

À cette heure, la présidente se tenait droite dans son fauteuil, derrière son large bureau dont les dorures lui paraissaient s'effacer au fil des jours. Tout avait commencé avec un film terrible, venu de nulle part, et qui en avait remplacé un autre, inoffensif celui-là. Et puis il y avait eu la proposition de Moine pour piéger Stavroguine, dont ils connaissaient pertinemment la participation active aux émeutes de juin. Le Russe croyait peut-être le contraire, mais la DCRI avait très tôt été efficace. Moine et ses adjoints connaissaient même l'adresse du lieu où l'apprenti révolutionnaire conservait les pièces de tapisserie de *La Dame à la licorne*.

La présidente avait accepté cette proposition. Salavin avait été abattu. Et tout s'était déréglé à partir de cet instant précis.

— Il faut vous décider, madame la présidente…

L'homme qui lui parlait, ce visiteur du soir habituel, était Hervé Moine.

— Busc est sur les traces de Stavroguine dans la Vallée de la Mort, en collaboration étroite avec la police américaine. Je n'ai pas eu d'informations depuis notre entrevue, mais il y a de grandes chances que, cette fois, nous arrêtions le Russe.

Marie-Ange Mouret ne répondit pas.

— Il faut vous décider à propos de la diffusion du film *Toxicité maximale*. Nos concitoyens la demandent à une écrasante majorité, madame la présidente. Selon le dernier sondage secret commandité par mes services, ils sont plus de 93 %, et 82 % dans les rangs de nos sympathisants… Peut-être que, dès que le film sera en libre accès, les émeutes se calmeront, cesseront, même…

La locataire des lieux ne répondit toujours rien.

— Il faut soit décider de diffuser le film – et mes informaticiens sont capables de le réimplanter sur les serveurs des cinémas et même sur les principaux sites de partage de vidéos en ligne en un seul clic –, soit ordonner une répression plus vive des manifestations pour faire comprendre aux émeutiers que votre main est toujours aussi ferme… L'avez-vous vu, ce film ?

— Oui, répondit enfin la présidente.

— Et votre avis sur l'œuvre ?

— Ce film est dangereux.

Elle n'avait toujours pas tranché. Elle repensait au canard bedonnant dans cette eau croupie, à son petit-fils que cela avait fait rire, aux dorures qui se ternissaient.

— C'est à vous de décider, tonna Hervé Moine en tapant violemment du poing sur le bureau de la présidente. Mais il faut décider vite. Même la capture de Stavroguine, si elle survient, ne réglera pas tout puisqu'on nous demande des comptes au sujet de Mona Pérec. Tout juste cela nous laissera-t-il un répit pour mieux nous organiser…

Mouret restait immobile. Moine ne semblait pas se sentir pris au cœur de ce cyclone dont il était pourtant l'œil, et le seul. Le patron de la DCRI hurla cette fois :

— Décidez !

Alors la présidente décida.

(48) VALLÉE DE LA MORT, ÉTATS-UNIS D'AMÉRIQUE, 9 SEPTEMBRE

Les deux hélicoptères marqués du sigle SWAT se posèrent entre le deuxième et le troisième hangar, non loin du tunnel qui menait au château d'If. Douze hommes en descendirent et, depuis leur poste d'observation, cachés des regards, Neil et Nikolaï reconnurent parfaitement Claude Busc, le plus grand de tous, le plus nerveux également. Il avait troqué la panthère habituelle du RAID contre l'aigle du SWAT et était accoutré comme les autres, en noir, avec un casque protecteur ainsi que de grosses lunettes. Il devait cuire, engoncé dans cet uniforme sous ce soleil meurtrier qui avait, en grande partie, donné son nom à la vallée.

Aussitôt, les hommes se mirent à couvert derrière les hangars car ils entendirent un déluge de tirs provenir de l'étrange château construit au milieu de ce lac asséché.

— Ils sont là-bas, il faut trouver un accès, dit l'officier commandant l'unité américaine. On va aller les déloger !

Celui-là n'était pas du genre à tergiverser, à peser le pour et le contre. On lui avait dit : il y a un adolescent de dix-sept ans et un taré de vingt-cinq ans qu'il vous faut arrêter. Cet homme était binaire, il aimait les choses carrées, il obéissait aux ordres. Arrêter ne voulait pas dire tuer. Or, s'ils ripostaient en tirant sur le château tous en même temps, l'inexpérience de ces gamins ferait qu'ils prendraient une balle potentiellement mortelle. Il n'y avait qu'à voir le peu de justesse de leurs tirs actuels, puisque pas un impact ne pouvait être constaté sur les hangars.

L'officier supérieur chargea trois de ses hommes d'évaluer les possibilités de pénétrer dans le château sans encombre. Le Français, ce Busc, qui était un brave selon lui puisqu'il suivait ses ennemis jusqu'au bout du monde, se joignit à eux, et c'est lui qui trouva le tunnel. On ne pouvait distinguer l'entrée du passage depuis le château, aussi bénéficieraient-ils d'un petit effet de surprise.

Ils s'y engouffrèrent à douze, personne ne voulant manquer cette arrestation, tandis que les deux jeunes gens avaient cessé de tirer.

Mais, dans la cour du château, où ils sortirent sans difficulté, ne ressentant pas la moindre menace, ils ne rencontrèrent personne. Pas plus que dans les cachots ou les pièces de vie. Les douze hommes s'étaient séparés pour explorer les coins et les recoins de ce lieu improbable en plein milieu du désert. Ils ne trouvèrent que plusieurs platines audio reliées à des haut-parleurs, dont les bandes étaient arrivées à leur terme. Busc en rembobina une très vite et enclencha la lecture. Des bruits d'armes, des coups de feu pétaradants sortirent aussitôt des enceintes.

Il pressa le bouton STOP. Et il eut vraiment peur que l'Histoire se répète encore une fois.

C'est alors qu'ils entendirent une explosion sourde, qui secoua les fondations du château. Ils se ruèrent tous vers les meurtrières et s'aperçurent qu'une partie du fond du lac asséché venait de s'effondrer, entraînant avec elle une section du tunnel et le rendant impraticable. Busc comprit immédiatement ce que cela signifiait : ils s'étaient fait piéger comme des bleus par le Russe et cet Effacé, une fois encore, et ils étaient prisonniers du château d'If !

L'artificier du groupe courut immédiatement à la porte principale du château et installa une charge explosive qu'il mit à feu immédiatement, sans attendre l'ordre de son supérieur. De grosses échardes de bois volèrent en tous sens, et blessèrent même l'artificier et un autre membre de l'équipe, mais la porte ne céda pas. La construction était solide, il serait inutile de tenter d'abattre un mur.

Ce n'est qu'une fois qu'ils eurent pleinement admis leur condition de prisonniers que onze des douze hommes remarquèrent un cercueil près de la grande porte principale cadenassée. Le commandant de l'unité était occupé à invectiver l'officier de liaison à la radio pour que ce dernier demande un hélicoptère au plus vite de façon à les faire sortir de cet endroit de malheur.

Un papier se trouvait sur le cercueil, retenu par un caillou afin qu'il ne s'envole pas.

Tous purent lire :

EDMOND DANTÈS VOUS SALUE BIEN.

Mais seul Busc, le Français, en saisit le sens.

Il poussa alors un cri de rage tel qu'un des soldats du SWAT, peu habitué à ces débordements latins, tira une rafale dans sa direction, heureusement sans l'atteindre.

De l'autre côté du tunnel, sur la rive, Nikolaï et Neil se réjouirent un bref instant du spectacle offert. Quelques platines audio encore en état de marche, des haut-parleurs, des bandes-son de trucages sonores, tout cet attirail que Neil avait vu lors de leur exploration... Et puis une charge d'explosif intelligemment placée !

Le temps que le SWAT et Busc appellent des renforts et qu'ils viennent les délivrer en laissant un hélicoptère en vol stationnaire au-dessus du château, les deux compagnons auraient largement le temps de reprendre leur Cadillac et de quitter la Vallée de la Mort. L'enquête devait continuer. Ils cherchaient à connaître quels avaient été les fournisseurs des costumes, des accessoires, quels avaient été les constructeurs du château d'If et des hangars… Et le nom des acteurs venus ici, et des techniciens… Forcément quelqu'un finirait par parler et ils apprendraient alors l'histoire de Monte-Cristo Productions, et ils remonteraient vers Aurore. Un travail de longue haleine, difficile, de plus avec les flics aux trousses… Mais jamais Neil ne baisserait les bras. Rien n'est aussi désespérant que de ne pas trouver une nouvelle raison d'espérer. Il avait appris cela d'un homme qui avait toujours respecté ce précepte.

Neil regarda Stavroguine et Stavroguine regarda Neil. Leur revint en pensée leur première rencontre, à Saint-Tropez, et cette poignée de main échangée tandis que Neil avait réussi l'impossible : triompher du Russe au poker, une de ses activités favorites. Le Russe avait dit à l'Effacé que leurs routes se recroiseraient certainement un jour. Et elles faisaient mieux que se recroiser, elles se confondaient à présent pour le meilleur.

Mais cette plaisante pensée ne s'imprima pas longtemps dans leurs esprits.

Tandis qu'ils quittaient la vallée et arpentaient à grands pas le chemin montant vers leur véhicule, Neil décela une ombre étrange sur sa droite, et Nikolaï, un reflet étrange sur sa gauche. Ce fut quelques dixièmes de seconde avant que deux fléchettes hypodermiques viennent se planter dans leur nuque.

Ils s'écroulèrent aussitôt.

En un sens, presque soulagés.

(49)
DANS UN ENDROIT ENCORE INDÉTERMINÉ, 10 SEPTEMBRE

Lorsque Neil et Nikolaï se réveillèrent, leur première envie fut de se lever et d'étreindre chaque membre de la bande, à nouveau réunie. Personne n'avait voulu brusquer leur réveil, d'autant que leur sommeil n'avait rien de naturel, comme chacun avait pu l'expérimenter tour à tour, lors de leur arrivée en ce lieu.

Ce lieu.

Où se trouvaient-ils donc ?

Neil et Nikolaï interrogèrent le premier à être arrivé là, Anouar, qui se borna à répondre :

— Dans des studios de cinéma. Les studios Monte-Cristo. Mais je l'ai déduit, j'ignore tout le reste.

Zacharie et Ilsa, arrivés à la suite du surdoué, n'en savaient pas plus. Mathilde et Elissa étaient ici depuis trop peu de temps – et Mathilde restait murée dans son silence. Quant à José Aladin et Anke, ils avaient débarqué ici quelques heures auparavant seulement, en provenance de la Martinique.

Regroupés dans un large salon de réception à l'ameublement sans âme, ils attendaient que leur hôtesse vienne les chercher, enfin. Ils se trouvaient dans une sorte de résidence, un parallélépipède rectangle où ils avaient chacun une chambre standardisée, fonctionnelle, sans le moindre charme. On leur avait dit d'être patients, qu'Aurore viendrait. Et, puisqu'il s'agissait là d'attendre la fille de leur ancien mentor, ils attendirent sans exprimer le moindre signe de révolte.

Enfin Aurore arriva, cette femme d'une quarantaine d'années et qui semblait n'avoir que la moitié de son âge, effet étonnant dont avait aussi bénéficié sa mère, Ilian. Neil et Nikolaï Stavroguine la rencontrèrent pour la première fois. Neil l'aurait reconnue entre mille : ses yeux avaient beau être marron, ils avaient le même éclat, la même vivacité que ceux de son père. Aurore avait des yeux dans lesquels se lisait un monde. Elle portait un jean très simple, et une chemise blanche dont elle avait noué les deux pans sur le devant.

— Bienvenue à ceux que je n'ai pas encore salués, dit-elle en dirigeant son regard plus particulièrement sur Neil et Nikolaï.

Le Russe ne dit rien. Toujours prompt à délivrer un bon mot en toutes circonstances, là, il resta coi. La beauté de cette femme l'aveuglait, l'agressait. Ce n'était pas une beauté commune, de celles qui flattaient ses instincts ordinaires, c'était une beauté singulière qui ne devait rien au corps et devait tout à l'esprit, sans que l'un élimine tout à fait l'autre cependant. Pour la première fois devant un être humain, Nikolaï Stavroguine pensa : *Je pourrais être son complice.*

Elle leur demanda à tous de la suivre et ils sortirent du bâtiment où ils l'avaient attendue, marchant en file indienne dans un sous-bois magnifique, aux jolies teintes vertes. Cela sentait l'écorce humide, la sève, la vie.

Aurore s'arrêta un peu plus loin devant un grand sapin. L'arbre devait mesurer plus de quarante mètres. Personne, dans l'assemblée, n'en avait jamais vu d'aussi grand. Il y avait une stèle blanche, immaculée, au pied du sapin, dont le haut avait la forme d'une coupole. La sépulture d'Ilian Morta, peut-être, la tombe maternelle, mais les Effacés ne demandèrent rien.

— Vous êtes ici chez moi, dit Aurore. Le paradoxe est que vous êtes aussi ici chez vous. Nous nous trouvons au cœur d'un massif forestier sauvage, sur les flancs de la chaîne des Cascades, dans l'État de Washington, au nord des États-Unis, non loin de la frontière canadienne. Précisément sur l'emplacement d'un ancien village de chercheurs d'or qui portait le nom de Monte-Cristo.

Elle observa les visages des Effacés et ne remarqua aucun étonnement particulier.

— Ce village existait réellement sur les cartes, à cent trente kilomètres de Seattle. À présent, il est considéré comme un village fantôme et n'est plus desservi par aucune route, il n'y a qu'un sentier de randonnée. Il a été fondé en 1889 par un groupe de colons, à peine quelques années avant la sortie du premier film des frères Lumière. On lui donna ce nom parce que, pour attirer des pionniers, la simple mention du village devait évoquer l'idée de la richesse ainsi qu'un certain sens du mystère. Un des pionniers venait de lire le roman de Dumas. Il le résuma à ses compagnons et le nom fut donc adopté à l'unanimité. Le village connut un grand essor puis, très vite, une véritable désaffection lorsque les richesses se tarirent. En 1941, on démonta les voies de chemin de fer qui menaient jusqu'ici et le village périclita. De nos jours, il n'est plus qu'une étape pour quelques randonneurs chevronnés. Il a fallu que je déploie des trésors d'énergie et de persévérance pour bâtir ici ce que j'ai bâti et que je m'apprête à vous montrer.

Aurore reprit sa marche vers un bâtiment immense, qui apparut après une courte montée sur un talus et un passage étroit entre deux massifs rocailleux. Nikolaï s'était mis en tête du groupe pour avancer à ses côtés. Il ne disait rien, les mains jointes derrière le dos, tel un enfant sage revenu d'une punition. Un petit vent frais louvoyait entre les troncs, très agréablement.

Les Effacés notèrent l'intelligence de l'agencement des clairières. Par une prouesse aussi végétale qu'architecturale, Aurore était parvenue à aménager de grands espaces tout en conservant l'intimité du lieu puisqu'il était quasiment impossible de distinguer le ciel depuis le sol.

La femme vit qu'Anouar et Neil, notamment, étaient intrigués et expliqua aussitôt :

— Oui, il s'agit de donner l'illusion, vu d'en haut, que la forêt est dense et qu'il est impossible d'y habiter. Tous ces travaux coûteux ont été effectués par une entreprise de construction guatémaltèque réputée pour sa discrétion. Nous travaillons avec des filets recouverts de verdure qui camouflent intégralement nos installations. Il était impossible de faire cela dans la Vallée de la Mort. Les hangars, autour du gros cratère, n'étaient pas assez préservés. C'est pourquoi les premiers studios de Monte-Cristo Productions n'étaient-ils pas optimaux... Ceux-là, je peux vous l'assurer, le sont. Le seul désavantage concerne leur accès et leur ravitaillement peu aisé, que nous ne pouvons effectuer qu'en hélicoptère. Et la faible luminosité de l'endroit. Mais, pour cela, nous avons nos sunlights...

Elle tira la lourde porte coulissante du bâtiment et, parmi les huit visiteurs, certains ressentirent un vrai choc. Ils découvrirent une réplique exacte et grandeur nature de la villa de Stavroguine, à Saint-Tropez, là où Neil avait triomphé du Russe au poker, lui permettant ainsi de réussir la première partie de leur mission.

— Nous avons déménagé de la Vallée de la Mort en juin dernier, peu de temps après la conclusion de votre quatrième opération, pour laquelle je suis d'ailleurs en train de rédiger le script avec deux scénaristes et que nous avons pris la liberté de titrer *Face à face*. Vous voyez, nous ne prévoyons pas de nous arrêter en si bon chemin. *Toxicité maximale* a été le premier film tourné ici, en juillet, dans ce bâtiment, ainsi que dans trois autres que vous découvrirez certainement par la suite…

— Rien n'a été filmé en décor naturel ? demanda Zacharie.

— Pas le moindre plan avec les acteurs, répondit Aurore. Les trucages numériques permettent aujourd'hui de réaliser de bien belles prouesses. Si nous tournons un jour en décor naturel à Monte-Cristo, il ne pourra s'agir que du sixième long-métrage, et nous serons alors proches de la fin de cette magnifique aventure.

Ils s'approchèrent sans hâte de la reproduction de la villa de Saint-Tropez et passèrent la porte d'entrée. Nikolaï reconnut chaque meuble, chaque tableau au mur, rien ne manquait. Et bien évidemment, plus loin, il y avait cette table en plexiglas surélevée qui permettait aux hôtes du Russe de suivre la partie de poker en toute transparence,

— Le tournage de notre deuxième opération va bientôt commencer ? demanda Ilsa.

Un grand sourire fit son apparition sur le visage d'Aurore.

— Il est en cours ! Et, si un certain nombre d'éléments extérieurs à tout cela ne m'avaient pas tenue éloignée des plateaux, nous aurions peut-être déjà terminé le tournage de *Krach ultime*…

Elle précisa :

— C'est le titre, vous l'aurez bien compris.

— Mais comment faites-vous pour reconstituer tout ça avec tant de détails ? demanda Neil. Bon, les bicoques, tous les intérieurs, les lieux publics, vous pouvez encore envoyer vos équipes faire des reconnaissances, mais, pour les scénarios… C'est absolument dingue, c'est un truc qui m'a sidéré dans ce que nous avons pu voir de *Toxicité maximale*… Ils collent parfaitement à ce qu'on a vraiment vécu. Et je suppose que le reste du film est à l'avenant…

Là, Aurore se fit plus mystérieuse.

— Je garderai ce secret pour moi. J'ai une lourde hérédité en la matière…

Elle leur avait promis la vérité, mais, comme chez son père, cette notion paraissait chez elle à géométrie variable. Ils entendirent le bruit de la porte du bâtiment que l'on tirait à nouveau et une adolescente de leur âge fit son entrée en les saluant d'un petit geste. Elle se dirigea vers la maîtresse des lieux pour lui chuchoter quelques mots à l'oreille.

Aurore hocha la tête. C'est à cet instant que Neil reconnut la nouvelle venue. Il devait s'agir d'une actrice… Il se souvenait de l'avoir vue dans les premières minutes du film. Et elle jouait le rôle de Mathilde. Neil révéla sa découverte aux autres, ce qui fit tressauter la vraie Mathilde. Et cette réaction, la première depuis la mort d'Émile à Francillon, ne laissa pas indifférents ses compagnons.

— Exact, précisa Aurore. Je vois que, fidèle à ta réputation, Neil, tu es physionomiste. Je vous présente Lauriane.

L'adolescente eut un petit sourire gêné que Neil trouva fort charmant. Elle avait le visage ovale, comme celui de Mathilde, ainsi que les mêmes cheveux bruns. Malgré le froid qui régnait dans la clairière, y compris dans les bâtiments, Lauriane portait un débardeur et Neil observa la partie visible d'un bien curieux tatouage sur l'omoplate droite. Une tête de loup ?

— Lauriane habitait à Bullion, en France, dans les Yvelines. Nous l'avons repérée dans un cours de théâtre et elle a accepté de nous rejoindre au mois de juin lors du début du tournage. Lauriane joue le rôle de Mathilde dans les longs-métrages, mais elle a aussi un autre rôle d'importance parmi nous. C'est Lauriane qui s'occupe en personne des cinq loups qui vivent en notre compagnie à Monte-Cristo et qui tiennent indiscutablement les rôdeurs et les randonneurs à distance… Non que ces doux animaux aient déjà commis l'irréparable, mais il suffit qu'ils le croient pour que les gens soient dissuadés de pratiquer encore le Monte-Cristo Trail.

Lauriane refit un petit geste timide avant de s'éclipser. S'était-elle montrée impressionnée de se trouver devant les vrais Effacés ?

— Vous croiserez certainement d'autres acteurs du film lors de vos prochaines promenades, mais ils sont pour la plupart au repos aujourd'hui. Demain, nous devons tourner la scène finale, dans l'asile d'aliénés de North Brother Island reconverti en salle de bal costumé par Mayenne d'Ascoyne, et mes assistants sont justement en train de régler les derniers détails...

— C'est donc vous, et vous seule, qui gérez à présent Monte-Cristo Productions ? questionna Ilsa.

Stavroguine, un peu bêtement, dévorait des yeux Aurore, attendant sa réponse. Cela amusa Neil, qui se rendait bien compte que la foudre venait de tomber sur l'esprit de son ami russe.

— Venez, venez tous... dit Aurore.

Ils empruntèrent dans l'autre sens le chemin pris à l'aller, et, cette fois, dans la perspective inverse, les Effacés s'aperçurent qu'il devait s'agir là de la rue principale de Monte-Cristo, le village originel. Ce que confirma bientôt Aurore en insistant sur le fait que le terrain lui appartenait à présent, acquis auprès d'une banque de Seattle presque au prix du mètre carré sur la Cinquième Avenue, et qu'elle n'avait donc eu aucun état d'âme à raser les vestiges des quatre hôtels, des six saloons, de l'école et de l'hôpital, de l'épicerie aussi et même des deux églises, l'une baptiste et l'autre presbytérienne, puisque ses croyances ne se trouvaient pas dans ces cieux-là.

Tandis que les Effacés, Anke et Stavroguine marchaient en compagnie d'Aurore, ils se demandaient pourquoi la fille de Jean-Baptiste Descimes avait tenu à tous les réunir ici...

Pour leur faire part de sa vérité, certes, mais aussi pour leur offrir un asile ?

Pour cela, elle n'avait pas hésité à en capturer certains, comme Anke et José, et à en libérer d'autres, comme Elissa et Mathilde, de mains bien moins avenantes que les siennes.

Ils retournèrent dans le premier bâtiment, celui où ils l'avaient tous attendue avant que débute la visite. Dans le hall désert, Aurore obliqua à droite cette fois, dans la direction opposée au salon, vers une porte blanche de petite dimension. Elle composa un code sur un boîtier et la porte s'ouvrit aussitôt dans un chuintement.

— Je ne suis pas la seule responsable du studio... Un de ses fondateurs est encore vivant, un des jumeaux. Martin est malheureusement décédé à notre arrivée ici.

— Le diabétique ? questionna Neil.

— Non, c'est Gaspard, le diabétique, et il est encore avec nous, mais dans le coma.

Ils arrivèrent devant une nouvelle porte blanche, identique à la précédente, et Aurore tapa à nouveau un code. Le battant s'ouvrit sur une scène étrange et fascinante à la fois.

Gaspard, le jumeau survivant, était allongé sur un lit médicalisé. Plusieurs cathéters lui perçaient les bras et il portait un masque à oxygène sur le visage. De nombreux moniteurs de surveillance permettaient de contrôler son état en temps réel et de donner l'alerte au besoin.

Le quasi-centenaire à la peau rudement parcheminée avait les yeux fermés et semblait plongé dans un profond coma. Pourtant, sur le mur faisant face au lit, les Effacés découvrirent, projetée en grand, la célèbre scène de *Chantons sous la pluie* où Gene Kelly danse et chante sa joie dans une rue d'Hollywood sous des trombes d'eau.

Il ne devait pas s'agir du film en entier mais d'un extrait, car le vidéoprojecteur s'arrêta un temps pour redémarrer ensuite avec les images d'un vieux film expressionniste des années 1920, que Neil identifia comme étant *Nosferatu*, de Murnau. Il s'agissait plus précisément de la scène où Hutter, le jeune clerc de notaire, découvre la véritable nature de vampire du comte Orlock.

— S'il peut à la rigueur entendre les sons et les musiques, dans son coma, supposa José Aladin à voix basse, pourquoi lui projeter un film muet ?

— Le scintillement ! dit Aurore. Je crois que tu fais justement fausse route... Gaspard n'entend certainement plus rien dans son coma et ne réagit qu'aux stimuli lumineux de la projection, de cette lutte entre l'ombre et la clarté qui fait l'image, qui fait le film... Et, si le projecteur s'arrête plus d'une dizaine de secondes, nous en avons déjà fait l'expérience, alors le rythme cardiaque de Gaspard chute aussitôt, sa respiration devient saccadée, son activité cérébrale, surtout, diminue de moitié dès les premiers instants et s'affaiblit encore ensuite... La mort cérébrale le guette. Gaspard ne tient plus à notre monde que par le scintillement des images... Ce qui n'est pas étonnant lorsqu'on a, comme lui, voué son existence tout entière au cinéma.

Ils laissèrent le très vieil homme derrière eux, non sans une certaine émotion, et remontèrent dans le hall. Il y avait bien une seconde porte, une seconde chambre médicalisée, mais ils passèrent tous devant sans y prêter la moindre attention.

Stavroguine prit pour la première fois la parole depuis le départ vers les clairières, et demanda à Aurore si les jumeaux avaient fini par tourner l'œuvre de leur vie dont la Vallée de la Mort portait les vestiges.

— Ils ne l'ont jamais terminée, soupira Aurore. C'est pour cela qu'ils ont été subjugués par Dominique Frame lorsque celui-ci est venu leur proposer son *Prince*. Imaginez ce gamin de dix-neuf ans qui leur présente un scénario de deux mille pages et leur parle de lieux, d'idées de mise en scène, qui possède déjà dans sa tête les sept heures de film à la séquence près, au plan près, même, j'en suis persuadée aujourd'hui... Ils ont signé immédiatement et Dominique a ainsi pu réaliser son film. Ils en étaient l'inverse exact, quoiqu'ils aient pu à leur façon avoir aussi du génie. Les jumeaux n'étaient jamais satisfaits de leur travail, et retournaient des scènes plus de deux cents fois parfois. Bon nombre d'acteurs ont quitté le tournage du *Comte de Monte-Cristo* à cause de cela... Pour participer à cette aventure, techniciens et acteurs devaient avoir du temps devant eux. Car, pour les personnages principaux, ils avaient eu cette idée géniale, justement, de cinéma total... L'idée de faire vieillir leurs acteurs dans la vie en même temps que dans le rôle... Afin que le temps diégétique se confonde avec le temps réel... Ainsi, il se passa plus de quatorze ans entre le tournage de l'arrivée de Dantès au château d'If et celui de sa sortie caché dans un cercueil comme dans le roman. La première scène fut tournée en 1988, si mes souvenirs sont bons, et la dernière en 2002. Entre-temps, l'acteur avait réellement vieilli et, surtout, emprisonné dans son rôle comme Dantès le fut dans son cachot, il avait réellement vécu les affres du héros...

Cela dépassait l'entendement. Stavroguine ne se priva pas de déclarer qu'il trouvait ça absolument génial et grandiose.

— Oui, mais les jumeaux n'avaient pas la force de conviction d'un Frame, ni son énergie quasi surnaturelle.

Aurore parlait de Frame avec admiration. Pourtant, c'était ce même homme, ce même homme transformé, certes, qui l'avait enlevée quelques années après sa rencontre avec les frères Brunante, la privant de ses parents qu'elle ne reverrait plus vivants.

Ils sortirent du parallélépipède et empruntèrent une fois encore la rue principale de Monte-Cristo, où les vestiges avaient été remplacés par des constructions modernes. Ils approchèrent d'un autre bâtiment, copie conforme du premier. Une fois à l'intérieur, la surprise fut totale une fois encore, et pour tous les participants. Nikolaï se montra cette fois le plus ébahi. Il abandonna la réserve admirative qu'il observait depuis sa rencontre avec Aurore, et retrouva son langage fleuri en découvrant une station de métro parisienne reconstituée dans le moindre détail. Neil était certain que, si on les comptait, on retrouverait le même nombre de carreaux de faïence ici, en plein cœur de la chaîne des Cascades, que là-bas, à Paris, dans la véritable station Alexandre-Dumas.

Des techniciens s'affairaient autour des caméras et des spots qui étaient disposés sur le quai. Bientôt, un métro entra à toute allure dans la station. Le bruit fut assourdissant. Un homme fit de grands gestes avec ses bras au conducteur et la motrice ralentit, puis s'immobilisa à un mètre tout au plus de trois techniciens qui travaillaient sur les voies. Alors le métro recula et les cadreurs en profitèrent pour régler à nouveau quelques détails sur leurs caméras respectives, notamment celle qui suivrait le métro dès son entrée dans la station et qui était montée sur des rails pour assurer un travelling fluide.

— Là, il s'agit de réaliser la scène où tout a commencé, bien évidemment. Ce jour du 12 juillet 1974 où nous avons rencontré Dominique…

Et, justement, un homme émergea des rails en contrebas et se hissa sur le quai à la force des bras. Les Effacés furent stupéfaits de sa ressemblance avec Dominique Destin, tout juste était-il un peu plus jeune de cinq ou six années, mais tout y était : la maigreur, peut-être un peu moins prononcée également, le crâne chauve, le costume cintré. Mais il y avait un élément phare qui séparait cet acteur du vrai Destin. Le regard. Celui-ci n'avait rien de froid, de sournois, de calculé. Il était ardent. Il brûlait.

Et il brûlait d'autant plus que cet homme s'approcha d'Aurore et lui passa la main dans le dos avant de lui chuchoter à l'oreille quelques mots qui firent sourire la réalisatrice. En se retournant, Stavroguine vit la promiscuité entre Aurore et son acteur, et il lui fallut se contrôler, prendre sur lui pour ne pas laisser paraître de la colère sur son visage.

— Je vous présente Andrew. Son père était écossais, sa mère française. C'est un acteur de théâtre de Glasgow qui a bien voulu nous rejoindre lorsque je lui ai fait ma proposition un peu folle. Il tient le rôle de Destin, vous l'aurez deviné. On ne le voit pas encore beaucoup dans les deux premiers épisodes, mais vous savez mieux que quiconque que ses apparitions se multiplient ensuite. Là, nous tournerons bientôt la scène du métro… Une scène cruciale qui réunit tous les protagonistes, où Destin et les autres devront paraître quarante ans de moins. Car, ce soir-là, tous les principaux protagonistes de votre vie d'Effacés étaient présents dans la station. Mes maquilleuses vont devoir faire des miracles. Il n'y aura que la petite fille que j'ai recrutée pour jouer mon propre rôle qui ne passera pas trois heures dans la salle de maquillage lorsque nous tournerons !

Le groupe resta muet devant ce métro qui entra à nouveau dans la station à vive allure, puis freina et recula encore. Puisqu'on s'affairait surtout autour des spots et des lampes, Anouar en déduisit que le chef opérateur devait régler la lumière.

— Je ne sais pas encore où la monter, cette scène, soupira Aurore. Si je la place dès le deuxième film, le suspense en souffrira, ou bien je la garde pour le dernier film…

— Peut-être pourriez-vous juste faire une allusion au drame du métro dans le deuxième opus, suggéra Anouar, et réserver la scène filmée pour la fin ?

Aurore sourit.

— Tu es encore plus impressionnant en réalité que sur le papier de mes scénarios, Anouar. En effet, j'évoque le métro par la bouche d'Étienne Hennebeau dans *Krach ultime*, lors d'un meeting à Valenciennes, une scène où cette allusion passe totalement inaperçue.

— Oui, dit Anouar, c'est le fantasme de tous les raconteurs d'histoires, ça, que tout paraisse lié dès la première minute du premier film, du premier chapitre du premier tome... Qu'une seconde vision, qu'une seconde lecture enrichisse la première, et la complète merveilleusement... Si vous y arrivez, chapeau !

Aurore continua :

— Vous pourriez m'aider à résoudre mon problème... Je la mets où, au montage, cette scène de la station Dumas ?

ALEXANDRE-DUMAS

12 JUILLET 1974

Dominique Destin sauta au milieu des rails, là où il était certain de ne subir aucun contact électrique à haute tension. Il coagula toutes ces informations en un éclair, comme son cerveau lui en donnait la possibilité, et il se dit que l'électricité avait été coupée lors de la procédure d'urgence enclenchée par le conducteur. Et puis Descimes, sur la voie, ne tressautait plus. Il avait pris une décharge, s'en tirerait certainement aves des brûlures aux mains et peut-être aux genoux, mais le courant ne l'avait pas foudroyé.

Restait à lui éviter d'être broyé par les roues de la motrice. Destin aussi jouait avec sa vie. Le métro avait beau être en phase de freinage d'urgence, rien ne disait qu'il ne les écraserait pas tous deux. Il sentit l'épouvantable odeur minérale du métal des rails chauffés à blanc. Mais cela n'apportait à Destin aucune forme de pression, aucune angoisse. Il ressentit même du plaisir à être là, malgré le danger. Il avait pensé tant de fois à mourir, à mourir vraiment, c'est-à-dire à faire cesser de vivre son corps, puisque son esprit, depuis la fin du tournage de son premier et dernier long-métrage, était parti loin, loin, dans une de ces terres inconnues d'où l'on ne revient presque jamais.

Et là, en croisant les yeux de Descimes, l'homme qu'il traquait depuis bientôt deux semaines pour le compte de ses employeurs, il s'était vu revivre. Depuis dix secondes, il était persuadé qu'ils étaient semblables, persuadé que, derrière les yeux inédits de cet homme qu'il croisait pour la première fois, il découvrirait les mêmes trésors qu'il possédait en lui.

En un regard, Destin avait trouvé l'âme sœur.

Il était là pour enlever cet homme, telle était sa mission. Pas dans cette station de métro, c'était impossible, mais au-dehors, avec l'aide de plusieurs hommes de main. On l'avait chargé d'organiser la manœuvre autour de Monglat et de Poupard, pour payer sa dette envers la famille Brunante. Ça l'avait amusé de préparer le scénario de cette opération comme il préparait le scénario de ses premiers courts-métrages, à douze ans. C'était abject. Et il était bien décidé à le devenir, abject, avant de croiser le regard de Descimes. Il était venu pour le tuer et il allait le sauver. Charme toujours renouvelé de l'existence...

Destin prit le malheureux sous les bras, s'accroupit pour se glisser sous lui et le chargea sur son dos. Les crissements des roues ne le gênaient pas plus que le courant d'air, le cri de cette femme et les phares de la motrice qui lui giflaient le visage.

Il se leva. Une grande force se dissimulait sous cette terrifiante maigreur.

Le métro continuait au ralenti, mais avançait encore. Il devait rester cinq mètres tout au plus.

Destin prit alors la main que lui tendait cette femme superbe qui s'était précipitée à leur hauteur, haletante. En s'aidant de son autre main sur le bord du quai, il parvint à se hisser avec sa charge.

Le métro passa. Son pied gauche fut à quelques poussières de temps de se faire trancher.

Il étendit Descimes sur le quai et cette femme, que Destin trouva sublime, probablement nord-africaine, se précipita vers lui, posant la tête contre son ventre. Une petite fille portant une poupée dans les bras vint les rejoindre. La gamine pleurait en montrant les mains de la victime, d'où s'élevaient encore des petites volutes de fumée. La douleur devait être particulièrement insoutenable et l'homme, pourtant, ne geignait pas.

Destin souffla enfin.

— Appelez les secours ! cria une voix.

Ce n'était pas celle du gosse de riche, qui n'avait pas bougé de son siège et se tenait la tête à deux mains. Les portes du métro s'ouvrirent et les voyageurs descendirent des voitures, choqués par cet accident. Certains allèrent s'asseoir sur le quai, d'autres vinrent s'agglutiner autour de la victime.

Une femme blonde sortit de la première voiture en titubant. Destin vit qu'un journal dépassait de son sac à main. Elle avait le front violacé et se massait le cou avec insistance. Aussitôt, le gosse de riche se précipita vers elle et l'invectiva avec violence.

Les pompiers arrivèrent et on plaça Jean-Baptiste Descimes sur un brancard. L'un d'eux lui injecta immédiatement un analgésique en perfusion.

— On l'emmène à Saint-Antoine, dit un autre, qui portait un collier de barbe rousse.

La Maghrébine prit enfin dans ses bras la petite, qui le réclamait vivement.

— Je ne le quitte plus, souffla-t-elle.

Destin les regarda. Elle était sa femme. Elle était sa fille.

— Vous nous accompagnez ? demanda la gamine.

L'homme lui sourit :

— Et je ne vous quitte plus.

(50) MONTE-CRISTO, ÉTATS-UNIS D'AMÉRIQUE, 10 SEPTEMBRE

Puisque personne ne voulait prendre position, Aurore continua son monologue :

— De toute cette histoire, cette scène est la seule que j'aie vraiment vécue, et il se trouve que c'est le nœud de tout. C'est ce 12 juillet 1974 que tout s'est décidé. Destin a sauvé papa à la station Dumas et ils sont devenus inséparables. Il nous a mis à l'abri, il nous a effacés. C'est lui qui a initié le concept. Papa était recherché par la famille Brunante, qui avait mis un contrat sur sa tête. Je vous passe les détails de l'affaire Monglat, vous en avez peut-être entendu parler. Le coupable n'était pas celui qui a été désigné, ce Poupard qui s'est pendu en prison. Il s'agissait de piéger ces deux hommes, deux ennemis de la famille Brunante. Et papa s'est retrouvé au milieu de tout cela par hasard, alors qu'il effectuait un stage à l'hôpital de Senlis ; il avait remarqué des anomalies sanguines à propos d'une des deux victimes, qui auraient pu relancer l'affaire si elles venaient à être rendues publiques, exactement comme ces éléments qui sont en train d'être publiés dans la presse au sujet de cette Mona Pérec…

Elle se tourna vers Stavroguine.

— … et qui finiront par vous innocenter, Nikolaï Vsévolodovitch Stavroguine.

— L'Histoire se répète inlassablement, souffla Neil, qui avait étudié la question.

— Et Dominique était précisément dans la station, puisqu'il était celui qui avait monté cette opération Poupard, celui qui nous traquait, celui qui avait tué aussi mes grands-parents… La famille Brunante avait voulu recycler cette intelligence prodigieuse après l'échec du film produit par Monte-Cristo Productions, société financée par l'argent des Brunante. Lui cherchait quelque chose de mauvais à faire, puisqu'on lui refusait le bien. Mais, tout cela, nous l'ignorions bien évidemment à l'époque. Et je ne l'ai appris que plus tard, bien plus tard, il y a très peu de temps en fait…

— Mais vous dites que tous les protagonistes du drame se trouvaient dans cette station… reprit Ilsa. Destin, Jean-Baptiste, Ilian et vous…

— Mouret et Hennebeau également. La présidente actuelle était dans le métro qui a failli écraser mon père et Hennebeau était sur le quai.

— Et ils étaient là par hasard ? demanda Ilsa.

— Oui, Marie-Ange devait rejoindre Étienne. Ils étaient ensemble à l'époque. C'est ce jour-là que Destin a rencontré Hennebeau pour la première fois, ils se retrouveront des années après et allieront leurs forces pour le pire.

— Ça paraît invraisemblable ! lâcha Anke.

— Mais non, dit Anouar. Les probabilités sont très faibles, certes, mais il y a une notion que l'on peut difficilement contrôler en mathématiques, et c'est… le destin.

Ils abandonnèrent le décor de la station Dumas, laissant Andrew sur le plateau pour la plus grande joie du Russe. Les Effacés et leur hôtesse retrouvèrent la quiétude du salon après ces visites. Ils s'installèrent tout autour d'une table ronde et Aurore versa de l'eau bouillante dans une théière en fonte dont le fond était garni de feuilles de Lapsang Souchong Imperial.

Lorsque Neil goûta ce breuvage carmin, lorsqu'il avala une première gorgée du liquide, il se revit six mois plus tôt, à son arrivée dans la villa de Chevreuse, lorsque Nicolas Mandragore s'était montré à lui pour la première fois.

Aurore resta muette elle aussi, savourant cet instant où elle recevait autour de cette table ces adolescents qui avaient tant compté pour son père. Puis elle reprit ses explications – elle les avait fait venir pour cela, après tout, elle ne pouvait les décevoir :

— Ensuite, ils ont œuvré tous ensemble, Dominique, mon père, ma mère et Pierre Nonin – un ami de Dominique que certains d'entre vous ont brièvement rencontré –, autour de divers projets qui avaient tous trait à la manipulation des images. Ils ont travaillé pour le gouvernement français, pour des agences étrangères, pour des entreprises aussi... Ils se sont forgé une excellente réputation dans le monde discret du renseignement, et c'est durant cette période que mon père et ma mère ont amassé leur colossale fortune...

Personne n'osait interrompre le récit intime d'Aurore. Elle allait livrer les dernières pièces du puzzle Destin/Mandragore.

— Et tout a basculé en 1981... Lorsque Dominique s'est persuadé qu'il était temps de prendre mon éducation en main, il m'a retirée à mes parents, prétextant qu'ils venaient de disparaître et que j'étais moi-même en danger. Il m'a envoyée chez les jumeaux Brunante, ses amis, dans la Vallée de la Mort, afin de faire de moi ce qu'il avait toujours voulu être : un cinéaste à succès. Dominique ne m'a pas réellement kidnappée. Il souhaitait le meilleur pour moi. Il m'adorait. Il ne voulait pas que je devienne une jeune femme comme une autre, il me rêvait différente, il me savait différente, peut-être même...

Aurore fit une pause, et, pour la première fois, les Effacés décelèrent une marque de souffrance sur son visage.

— En somme, mon père s'est vengé d'un homme en pensant que celui-ci me voulait du mal et qu'il agissait ainsi pour mon bien. Ma vie, jusqu'à aujourd'hui, n'a été qu'une épouvantable méprise…

L'instant était bien solennel. Ce n'était pas seulement la conclusion d'un épisode qui se jouait en cet instant, c'était aussi celle d'un cycle tout entier.

— J'ai longtemps pleuré la disparition de mes parents, continua Aurore. À huit ans, le traumatisme a été grand. Je n'avais aucune raison de ne pas croire Dominique, qui était alors pour moi une des personnes que j'aimais le plus au monde. Alors, je me suis réfugiée dans les films, je pouvais en voir jusqu'à cinq par jour, dans les livres aussi, dans tout ce qui était en mesure de me permettre de m'évader. Les jumeaux me vénéraient, m'adulaient, et je finis par être heureuse avec eux, au plus près de l'acte créatif… Je n'étais plus dans la vraie vie et c'est précisément ce que Dominique souhaitait. Mais un grain de sable a fait s'écrouler tous les espoirs qu'il portait en moi… Je suis tombée amoureuse à seize ans d'un petit-neveu des jumeaux Brunante, et cela a considérablement fâché Dominique. Lorsque je suis partie vivre avec Évariste, lorsque nous nous sommes mariés, la rupture avec Dominique a été consommée. Dès lors, il ne m'a plus jamais adressé la parole et je crois que c'est cette déception-là qui a précipité sa chute dans le milieu de la politique. C'est aux environs de cette date qu'il a pris Hennebeau sous son aile et a commencé à forger son caractère pour en faire un futur président. Mais mon mariage n'a pas duré. Évariste avait plus l'obsession de mon prénom que celle de son nom, et sa personnalité révoltée, rebelle, exaspérait au plus haut point les patriarches Brunante. Ils ont fait comme avec les autres, alors, sans le moindre scrupule. Ils s'en sont débarrassés…

Là, le visage d'Aurore ne composait pas la tristesse. Il était la tristesse. Elle ne dit rien sur les circonstances du drame, mais Anouar se fit immédiatement la réflexion, et certainement d'autres avec lui, que la famille Brunante était responsable de la mort des quatre personnes qu'Aurore avait dû le plus aimer au monde : Évariste, son père et Destin, puisqu'ils avaient été mis en relation par les Brunante, et sa mère Ilian, qui s'était retrouvée mêlée à cela des années après... Sans compter ses grands-parents paternels et d'autres personnes encore peut-être... L'épisode de la station Alexandre-Dumas, au centre de tout, avait eu lieu par la volonté des Brunante de traquer Descimes et de le tuer, ce que s'était refusé à faire Destin.

— Après l'assassinat d'Évariste, j'ai hérité des avoirs de mon mari. Les patriarches de la famille ont bien tenté de me spolier, ils m'ont envoyé un aréopage d'avocats pour tenter de rogner ma part au strict minimum, pour ne rien avoir à donner à une étrangère à la famille Brunante, quelqu'un, une femme qui plus est, qui ne portait pas leur nom. Mais Évariste, dans sa douce prévenance, n'avait rien laissé au hasard en bardant la succession. C'est cet argent qui m'a permis aujourd'hui de pérenniser Monte-Cristo Productions ici, sur les terres éponymes, puisque les jumeaux se sont ruinés au fil des ans pour produire leur adaptation inachevée du roman de Dumas... J'ai aussi hérité de plusieurs participations dans l'empire Brunante, ce qui me confère encore aujourd'hui du poids dans cette famille... Puis je suis retournée en Californie chez les jumeaux, qui m'ont accueillie avec une joie immense. J'ai repris ma place auprès d'eux, place que je n'ai jamais quittée depuis... Sauf qu'à présent je suis passée définitivement de l'autre côté de l'écran.

Tous les auditeurs, autour de la table, prirent quelques instants afin de digérer ce récit qui s'imbriquait au milieu du puzzle et qui était cette pièce manquante depuis le tout début. Aurore : ce lien secret entre Descimes et Frame qui les avait décidés, sous leurs noms de bataille, à se livrer un combat où le gagnant resterait vivant et où le perdant serait mort.

— Lorsque j'ai compris que le virus ProCure, les histoires autour de la Silverman Brothers, du club de football à Annecy concernaient tous le président Hennebeau et son éminence grise, Destin, je me suis doutée de l'identité de l'homme seul capable de poursuivre ce dernier d'une telle haine : mon père, Jean-Baptiste, qui voyait en lui le bourreau de sa fille… J'en ai acquis la certitude absolue cette nuit où vous avez pris en otage le château Al-Rayyan à Paris et où vos noms, vos vraies identités ont fuité un court instant sur Internet… J'ai eu, à cet instant, l'envie de revoir mon père… Pour lui expliquer notamment que Dominique ne m'avait jamais fait de mal, jamais, jamais… Et puis l'avion de Mouret dans lequel il se trouvait a été détourné par les hommes de Destin. Et mon père s'est retrouvé sur l'île du Prince… Vous connaissez la suite…

— Comment vous est venue l'idée de faire un film sur votre père et nous ? demanda Anouar.

Aurore ne se fit pas prier pour répondre :

— Je voulais que la vérité paraisse enfin. Je voulais que les gens ne soient plus tenus dans l'ignorance à propos des événements de ces derniers mois. Et le cinéma est un vecteur formidable pour ça. Je n'avais alors plus qu'une obsession en tête : réaliser et produire le deuxième film de Monte-Cristo Productions. Et le départ de la Vallée de la Mort, l'arrivée ici en compagnie de jeunes techniciens et acteurs talentueux ont précipité les choses. Le tournage a débuté en juin. Je voulais sortir le film vite, et sans aucune annonce, pour que l'effet de surprise soit à son comble… D'où cette idée de remplacer l'avant-première d'un blockbuster américain par mon film… J'en assurais ainsi la distribution à moindre coût et je préparais un buzz à grande échelle. Les spectateurs ont suivi ! Ils ont ouvert les yeux, enfin… Si bien que, juste avant de vous rejoindre tout à l'heure, j'ai appris que Marie-Ange Mouret avait décidé d'autoriser la projection de l'intégralité de *Toxicité maximale* !

Les Effacés, quoique étonnés, ne purent que se féliciter de cette nouvelle.

— Et pourquoi nous avoir tous amenés ici par la force ? questionna Ilsa. Pourquoi n'avez-vous pas plutôt cherché à prendre contact avec nous pour nous expliquer tout cela calmement, alors que nous cherchions qui se trouvait derrière le film ?

— L'affaire Stavroguine a tout chamboulé. J'avais dans l'idée de venir m'expliquer devant vous place Dauphine, là où je pensais pouvoir vous trouver, mais vous êtes partis en trombe lorsque Busc a donné l'assaut.

Aurore se tourna vers Mathilde et Elissa.

— À l'exception de vous deux, bien entendu. Aussi, je voulais rester maîtresse de mon scénario. Il me fallait dès lors veiller à vous protéger, pour reprendre le flambeau de mon père. Et quoi de mieux que de vous savoir auprès de moi ici pour vous garder sains et saufs…

Il y avait du Mandragore en elle, pensa Neil à cet instant. C'était indéniable.

— Quant à Neil, puisqu'il enquêtait pour prouver l'innocence de Nikolaï, j'avais donné pour consigne de le surveiller seulement. J'avais prévu d'enlever Anouar dans le TGV à la faveur d'une panne électrique, à un endroit où les hommes de la DCRI, qui vous suivaient certainement, ne pourraient pas intervenir. Idem à Pibrac pour toi, Zacharie. Vous ne deviez pas être séparés, j'avais ordonné aussi ton transfert, Ilsa, mais Zacharie s'est débattu et nous avons raté le coche pour toi. Impossible d'intervenir à Bologne et tout a mal tourné dans la villa Frame à Saint-Raphaël, dont j'étais la seule, avec Destin, à connaître l'existence. J'y ai perdu ma mère pour la seconde fois.

— Destin est-il vraiment mort selon vous ?

Cette question, ce fut Mathilde qui la posa. Depuis près de quatre mois, Mathilde était restée muette. Et ce regain de conscience bouleversa chacun des Effacés.

— Oui, je le pense, je le sens. Je suis désolée pour Émile, Mathilde. Je n'ignore pas que tu étais très liée à lui. Mes paroles n'y changeront rien, mais je voudrais simplement te dire qu'un deuil doit s'accepter, qu'il ne sert à rien d'aller contre. Crois-moi, j'ai une lourde expérience en la matière...

Aurore se leva. Elle avait dit ce qu'elle avait à dire. Elle avait promis de faire la vérité sur tout, de raconter son histoire, celle de son père, celle de sa mère, celle des deux Dominique, toutes ces histoires qui, réunies, recoupées, formaient la grande histoire des Effacés.

Elle proposa aux jeunes gens d'être ses invités le temps qu'il leur plairait. Quant à elle, elle devait retourner à sa tâche.

— Ces films, je les vois comme le prologue d'un engagement plus vaste qui viendra bientôt. Ce que mon père a commencé en dénonçant les abus des puissants, je vais devoir le terminer. Mais je ne me tromperai pas d'ennemi cette fois... Papa croyait avoir trouvé en Dominique le responsable de tous ses maux à lui, et la figure emblématique de tous les maux du monde, mais il s'est fait abuser.

Aurore posa les mains sur la table, dans ce geste qu'affectionnait lui aussi Nicolas Mandragore au moment de ses briefings. Cette posture n'échappa à aucun des adolescents présents.

— J'ai déjà perdu trop de temps, continua-t-elle d'une voix percutante. Il faut agir contre les Brunante, contre les Mouret, les Hennebeau, contre ces gens qui dirigent et exploitent notre société, contre ces gardiens d'un ordre qui ne profite qu'à eux seuls, un ordre capable de changer un génie, Frame, en un parfait salaud, Destin. J'ai reçu la vengeance en héritage...

Le temps se posa un instant.

— Et je compte bien ne pas y renoncer.

(51)
MONTE-CRISTO, ÉTATS-UNIS D'AMÉRIQUE, 10 SEPTEMBRE

Les Effacés, après avoir obtenu toutes les réponses aux questions qu'ils se posaient, ne se voyaient pas rester dans ce village de Monte-Cristo, contrairement à Nikolaï Stavroguine pour les raisons que l'on devine – et qu'Aurore ne dut pas comprendre vraiment puisqu'elle accepta avec joie que le Russe reste.

Les autres avaient hâte de partir.

Mais pour se rendre où ?

Ils n'avaient nulle part où aller.

Ou plutôt si. Lorsque Ilsa, Zacharie, Neil, Mathilde, Elissa, Anouar, José et Anke abandonnèrent derrière eux le village sans avoir salué à nouveau Aurore, quatre sentiers se présentèrent au-devant d'eux. Ils n'avaient aucun loup à craindre sur aucun de ces sentiers. Les loups, les vrais loups, n'attaquaient jamais les hommes. La croyance populaire faisait perdurer cette réputation qui faisaient d'eux des bêtes dangereuses, alors que les loups se défendaient contre les hommes lorsqu'ils étaient attaqués. Le loup cherchait simplement à survivre.

Les Effacés étaient des loups.

Comment pourraient-ils désormais reprendre une vie normale et redevenir de simples marionnettes adolescentes qui deviendraient adultes le jour où on aurait attaché dans leur dos quelques fils supplémentaires – un travail, une maison, un crédit ? Ils connaissaient à présent le profil, et même le nom, de ceux qui tiraient les ficelles de milliards d'individus. L'autre possibilité serait de vivre comme l'avaient tenté José Aladin et sa compagne, cachés aux yeux de tous et refusant de prendre des nouvelles du monde pour ne pas sombrer. Ils étaient venus chercher José dans sa retraite. Et il s'en était fallu de peu que le premier Effacé de Nicolas Mandragore ne replonge dans cet océan de mensonges pour s'y ériger en grain de sel.

Ils se séparèrent donc en quatre groupes : Ilsa et Zacharie au sud, José et Anke au nord, Neil et Anouar à l'est, Elissa et Mathilde à l'ouest. Puis plus loin, à d'autres croisements, peut-être se sépareraient-ils à nouveau. Le groupe avait déjà éclaté depuis longtemps, depuis la mort d'Émile, avant même peut-être, lors de la disparition de Nicolas Mandragore à la fin de la prise d'otages…

Tout s'enchevêtrait déjà dans leur esprit. Leurs aventures des six derniers mois, leurs doutes, leurs certitudes, leurs joies, leurs peines, leurs amours, leurs haines, les avaient-ils vraiment vécus ou simplement imaginés ou rêvés ?

Ils ne parvenaient plus à dénouer les fils de leurs consciences.

Et peu leur importait, au fond.

Car les Effacés savaient bien qu'on ne pouvait vivre pleinement que ce que l'on imagine, ou ce que l'on rêve.

ÉPILOGUE

L'homme ouvrit une paupière, délicatement, très délicatement, pour ne pas bouleverser l'appareillage savant qui était disposé tout autour de son corps brûlé et mutilé. Il aspira un peu plus d'oxygène que d'ordinaire dans son masque, et, aussitôt, les machines placées de part et d'autre de son lit se mirent à émettre un véritable concerto de sons en tous genres, plus déplaisants les uns que les autres.

Il parvint à lever un bras au niveau de son visage et vit qu'il était recouvert d'une épaisse bande Velpeau sur toute la longueur. Il leva l'autre bras et dirigea ses yeux vers le bas de son corps, au prix d'une douleur vive qui irradia dans son crâne tout entier. Il était entièrement recouvert de ce bandage, à l'exception notable de sa jambe gauche, qui avait été amputée, de ses yeux et de ses mains.

Alors, il la vit entrer. Ce n'était pas la première fois, bien sûr, mais chacune de ses visites était une source de joie ineffable pour lui. Elle ne le vit pas sourire lorsqu'elle l'embrassa sur le front, hélas recouvert de coton.

Aurore plongea ses grands yeux dans ceux du blessé et resta comme cela un long moment, sans accompagner cet intense regard d'une quelconque parole. On aurait dit que ces deux êtres humains se trouvaient dans un tel état symbiotique qu'ils étaient capables de se transmettre informations et sentiments sans user d'aucune des ondes habituelles.

Ils possédaient leur propre médium.

— Comment allons-nous faire pour l'avant-dernière aventure, celle où ils sont partis à ta poursuite et où maman apparaît pour la première fois ? dit Aurore tout doucement. Tu n'étais pas avec eux, tu ne pourras pas me guider pour écrire le scénario…

Elle eut une petite grimace charmante et lui sourit.

— Mais je t'ennuie avec ça, je deviens monomaniaque avec mes films, j'y pense avant de penser à toi… Pardonne-moi pour mon absence ce matin. Mais ils sont venus ici, tous. Tu n'as pas de souci à te faire pour eux. Ils vont bien.

Puis Aurore prit la main du mutilé, surmontant l'atroce sensation de ce kevlar glacé qui recouvrait entièrement ses paumes. Une première brûlure déjà. La lésion originelle dont avaient découlé toutes les autres. Et elle dit en se penchant vers lui, plus bas encore :

— Et toi, tu iras bientôt mieux, beaucoup mieux, mon papa chéri.

Vincennes, août 2013

Le jour où l'œil du cinéma se réveillera,
le monde prendra feu.

Luis Buñuel

CE ROMAN VOUS A PLU ?

Donnez votre avis et
discutez de votre série préférée
avec d'autres lecteurs sur

Composition Nord Compo

Impression réalisée par
CPI BRODARD ET TAUPIN
La Flèche
en mai 2014

PAPIER À BASE DE FIBRES CERTIFIÉES

hachette s'engage pour l'environnement en réduisant l'empreinte carbone de ses livres. Celle de cet exemplaire est de :
1,05 kg éq. CO_2
Rendez-vous sur www.hachette-durable.fr

« Pour l'éditeur, le principe est d'utiliser des papiers composés de fibres naturelles, renouvelables, recyclables et fabriquées à partir de bois issus de forêts qui adoptent un système d'aménagement durable. En outre, l'éditeur attend de ses fournisseurs de papier qu'ils s'inscrivent dans une démarche de certification environnementale reconnue. »

Imprimé en France
Dépôt légal 1ère publication : novembre 2013
20.3635.8 - ISBN : 978-2-01-203635-2
Dépôt légal : mai 2014 - Edition 02
N° d'impression : 3005649

Loi n° 49-956 du 16 juillet 1949 sur les publications destinées à la jeunesse.